经济日报记者丛书

忠 阳 车 评

杨忠阳 著

经济日报出版社

做党和人民信赖的合格新闻工作者

“做党的政策主张的传播者、时代风云的记录者、社会进步的推动者、公平正义的守望者。”这是习近平总书记在党的新闻舆论工作座谈会上，对广大新闻舆论工作者提出的明确要求和殷切期望。

经济日报创刊40年来，在风云激荡中引领思想，在众声喧哗中回应民意，忠实记录了中国改革开放以来波澜壮阔的光辉历程，见证了经济跨越、社会进步和国家富强，谱写出无愧于时代的华彩篇章。

与时代同步、与人民同行。40年来，经济日报涌现出一大批优秀的党的新闻工作者，他们不忘初心、牢记使命，坚持正确的政治方向、舆论导向、新闻志向和工作取向，在弘扬传统中持续深化改革创新，在改进报道中不断讲好中国故事。

人才是事业发展的根本保证，提升新闻传播力、引导力、影响力、公信力，离不开一支高素质的新闻人才队伍。多年来，经济日报社高度重视人才队伍建设，不断创新人才培养方式方法，持之以恒地为记者成长成才提供平台、创造空间。

近两年，我们为12名青年记者同时开设个人言论专栏，是一次成功的探索和尝试，这在中央党报乃至整个中国新闻界都是不多见的。我们遴选的这批记者拥有多年跑口经验，既具备研究素养，又有大众化传播才华，陆续开设《每周经济观察》《国际经济观察》《忠阳车评》《三农瞭望》《粮食大事》《市场监管》《香江观察》《财金视野》《科创之声》《房地产周评》《能源广角》《文体市场面面观》等12个固定评论专栏。这些专栏具有个人风格和专业特色，其针对社会现象和舆论热点的立场表达，是对编辑部文章、社论、评论员文章等重要评论的补充和延伸，满足了不同类型读者的阅读需求，对于放大主流观点、凸显经济特色起到了独特作用。

目前，经济日报已构建起由编辑部文章、评论员文章、一版“金观平”文章、12名青年记者个人专栏、时评版以及“头条热评”等组成的评论传播矩阵，“评论立报”的格局初步形成，并与“调研兴报”“理论强报”“开门办报”一起，成为推动经济日报高质量发展的工作重点。

媒体融合发展时代，在新闻越来越难以实现“独家”的前提下，立论就是立报之本，要以权威观点、独到视角和理性分析获得优势、占据主导。实践证明，无论媒体生态如何变化，无论传播方式如何迭代，一篇有思想、有温度又兼具良好阅读体验的评论文章，一个集“颜值”“言值”和“研值”于一体的评论专栏，其本身就是闪光、有力且自带流量的。

一批评论专栏能赢得受众、成为品牌，是与专栏记者的努力分不开的，是与同志们悉心培养、全力推动分不开的。

在我看来，尊重才华，尊重个性，给年轻同志开专栏，既是提高报纸质量的重要方式和有力举措，也是培养优秀新闻人才队伍的重要方法和有效途径。报社成就着记者，记者也在成就着报社，二者是共生共荣、一同成长的发展共同体。

总体看，12个个人专栏评论时效性强、热点抓得准，兼具了高度、深度和广度等特点，但也要看到，因为多种因素制约，这些专栏文章还存在不足。差距是潜力也是动力，青年记者要继续在实践中增强“四力”，既要掌握好信息的第一发布权，也要掌握好第一解释权，守好新闻舆论阵地，引导好社会预期。

以笔为犁千秋业，只在承前启后中。习近平总书记指出，“我们这一代人，继承了前人的事业，进行着今天的奋斗，更要开辟明天的道路。”在新时代新征程上，唯有踔厉奋发、笃行不怠，方能成为一名党和人民信赖的合格新闻工作者。

（作者系经济日报社社长兼总编辑）

目　录

Contents

恒大“盖楼式”造车靠谱吗

恒大集团旗下恒大健康公司日前正式更名为中国恒大新能源汽车集团有限公司，并宣布旗下品牌恒驰汽车将于2021年上半年试生产，力争于2021年下半年实现量产。

此前，恒大已发布6款新能源汽车，从恒驰1到恒驰6，从轿车到SUV、MPV，从A级到D级。这种“简易”的命名方式，“批发式”的产品发布阵势，被网友嘲讽为“盖楼式造车”“造势大于造车”。

恒大造车一开始就备受舆论关注，原因有二。一是其已经成为继乐视、蔚来等之后，跨界造车的又一代表；二是恒大“十五字”造车模式——“买买买”“合合合”“圈圈圈”“大大大”“好好好”。在去年的一场发布会上，恒大集团董事局主席许家印用这样的口号勾勒出恒大的造车思路：“把能买的核心技术都买过来，买不过来的就全方面合作。”惊呆汽车界。

恒大“盖楼式”造车靠谱吗?

仅就资金实力而言，恒大无疑比乐视更有底气，也远胜蔚来、威马、小鹏等造车新势力。作为一个总资产2万多亿元、年销售规模超6000亿元、年核心利润400多亿元的“大鳄”，恒大不仅有钱，而且拥有多元化战略基础下的金融体系能力。但是，在恒大集团

2020 中期业绩发布会之后，外界不禁又为恒大汽车的命运担忧了。

对于人们关注的恒大造车投入情况，恒大集团首席财务官潘大荣回应称，恒大集团 2019 年投入 147 亿元，2020 年上半年投入 30 亿元，预计下半年投入 27 亿元，2021 年再投入 90 亿元。恒大汽车量产并实现销售后，集团将不再有投入。因此，恒大造车的总投入共计 294 亿元。且恒驰 6 款新车在上海、广州的生产线已进入调试阶段，“相信很快会实现现金流、盈利的平衡”。

这样的表态未免过于乐观。造车门槛究竟有多高？蔚来汽车有限公司创始人、董事长、CEO 李斌曾公开表示：“200 亿元只是起点。”自公司创立以来，蔚来汽车各种融资早已超过 500 亿元，产量突破 5 万辆，但仍未盈利。小鹏汽车有限公司创始人、董事长何小鹏也发出过类似“造车太烧钱”的感慨，不得不整天为融资“烧脑”。因此，恒大若要以 294 亿元的投入就想达到此前宣称的“年产能 500 万辆”的目标，难度可想而知。

跨界造车，没钱肯定不行。问题是，有钱也不一定能行。要知道，汽车不仅是资金密集型产业，更是一个技术密集、长周期的高壁垒行业。随着新一轮科技革命与产业变革蓬勃发展，汽车早已成为各种先进技术的载体。一家造车企业，如果不能在关键核心技术上取得突破，不仅很难推出令人“眼前一亮”的产品，相反还有可能被人“卡脖子”，甚至沦为市场的弃儿。乐视与拜腾就是教训。

尽管恒大宣称此前已购买了一些技术，并签约了一批“高大上”的合作伙伴，但在属于高端制造业的造车领域，技术的有效积累从来不是“堆积木”，而是要经历消化、吸收、整合、创造的过程。

除了关键核心技术，管理能力的提升与较长的盈利周期也是恒大必须面对的挑战。虽然盖楼、造车都是资源整合的过程，但两者的技术含量及管理要求却大有不同。相比于地产，造车要复杂得多。

举个例子，想要量产一款汽车，至少需要经过研发、制造、测试、量产4个基本步骤。造车产业链则更加复杂，从研发到量产只是其中一小部分。在研发开始之前需要做好规划和基础架构开发，包括目标市场、目标客户、产品定位、产品定价等；在量产之后还要建设销售网络以及售后市场。当然，这还不包括前期建厂。因此，一个新创车企，从定义首款产品到最终实现盈利最少也要10年左右时间。特斯拉自创办以来，经过16年的“折腾”，几度濒临破产，直至去年才开始盈利，就很说明问题。

更重要的是，汽车作为交通工具，由于使用环境的不确定性，在产品设计、研发、生产、制造以及上下游供应链管理方面，都比建房有更高要求。就造车新势力而言，第一款车的市场表现在很大程度上决定着一家企业的“生死存亡”。对于像恒驰这样的新品牌来说，如果首款车不能“一炮而红”，甚至出现闪失，都可能导致致命打击。毕竟，汽车市场竞争激烈，人们对造车新势力的容错率远比传统车企低。这也是国际上汽车新创企业存活率极低的重要原因。

事实上，在房地产开发商转型新能源汽车的道路上，恒大的前面还有宝能、华夏幸福等同行者，而且各家企业均发展得不太顺利。目前，华夏幸福已宣布退出造车领域；宝能入局观致两年多来亦无太多建树，其在全国各地的汽车项目被媒体连续曝光为“假造车，真圈地”。因此，恒大要想证明自己的造车实力，还要下更深的功夫，拿出足够“硬核”的产品。

（刊发于2020年9月11日企业版）

长城“去总化”能否化危为机

“我们将弱化职位观念，逐步实现从‘职位’到‘角色’的转变，未来我们只有‘队长’没有‘总’。只要你有能力、有梦想、肯努力，就会有你冲锋在前的战场，就会有你实现价值的舞台，甚至你还可以成为团队的领导人指挥作战，获得自我实现的更大机会。”日前，一段“互联网化”的鼓励之词，在汽车圈刷屏。

与这段鼓励词同时流行的，还有三条内部称谓倡议。一是在日常工作场合，避免称谓中带有职位、辈分；二是建议使用中文名、英文名、自拟昵称、创新符合角色特点的人设称呼；三是倡议各单位快速响应、立即行动，充分发挥创新力。颇为意外的是，这份“去总化”倡议书不是出自“北上广深”，而是偏居河北保定的长城汽车股份有限公司，一家拥有30年历史的造车企业。

应该说，企业内部称谓“去总化”的例子并不鲜见。比如，阿里内部实行以武侠文化取花名，像“风清扬”马云、“逍遥子”张勇；腾讯则是要求每位员工用英文姓名，如马化腾就叫Pony Ma；网易不久前也发文要求公司员工可通过系统申请专属的个人昵称，倡导平等交流。不过，这些企业大多属于互联网行业。由于重资产运营，长期以来汽车业更信奉经验、职位和所谓的资历，等级管理分明。此次长城将“去总化”热潮从互联网引到汽车业，可谓开了先河。

长城汽车之所以热推“去总化”，主要在于长城汽车及其董事长魏建军强烈的“危机意识”。受新冠肺炎疫情影响，今年车市遭遇重创，长城汽车也难以独善其身。长城汽车发布的财报显示，今年上半年公司营业总收入359.29亿元，实现净利润11.46亿元，同比下滑24.46%。从最新销量数据来看，今年前8个月，长城累计销售新车562878辆，同比下降9.81%，完成全年销量目标几无可能。

与此同时，随着新一轮科技革命和产业数字化变革加速，“电动化、智能化、网联化和共享化”趋势愈发明显，以特斯拉为代表的造车新势力崛起，让包括长城汽车在内的传统车企“压力山大”。在国内车市竞争更加激烈之时，作为一家连续四年产销过百万辆，拥有百余家下属公司，超6万名员工的企业，如何避免“大企业病”，加快向全球化科技出行公司转型？这是长城汽车在而立之年必须思考的问题。“长城汽车挺得过明年吗？依我看，命悬一线……”在日前发布的造车30年感悟微电影中，长城汽车董事长魏建军发出的“危机论”绝非危言耸听。

“危机”能使企业深陷困境，也能倒逼企业不断奋起。关键在于，“去总化”能否让长城实现创新发展。有不少人担忧，此次长城汽车“去总化”会不会只是个形式主义，或者玩个营销噱头。当然，有这样的担忧并不奇怪，毕竟现在的企业太会炒作了。然而，笔者以为，此次长城“去总化”的背后，更是企业对组织架构和管理扁平化的需求。

随着企业发展壮大，各个分子公司或区域因业务不同、发展水平不同、管理者思想境界不同、管理水平参差不齐，其内部沟通成本必然越来越高，不可避免地会患上机构臃肿，效率低下的“大企业病”。制度管理固然能规范员工行为，一定程度上提升效率，但很难统一人们的思想。合理的“去总化”，不仅能弱化公司内部等级和地位的差异，营造良好的文化氛围，还能帮助员工增强认同感和归属感，有利于让“平等、开放、简洁”的理念注入公司文化基因之中。反过来，这样的文化基因和工作氛围，又能很好地推动企业实施扁平化管理，从而让内部上下级沟通变得更加流畅和高效。

对于“个头甚大”的汽车企业而言，技术创新固然重要，管理创新同样不可或缺。回溯全球百年汽车产业发展历程，既是一部技术创新史，更是一部管理创新史。亨利·福特创立了汽车流水线生产和管理模式，为现代工业和消费产品大规模生产奠定了基础；艾尔弗莱德·斯隆在通用汽车创立的大企业集团管理模式，成为不少集团企业和跨国企业管理模式的基础；丰田汽车所创立的精益生产模式，不仅提升了产品质量，而且极大提升了效率，降低了生产成本，至今仍是全球企业学习的标杆。

不可否认，近年来自主品牌汽车在国家创新战略引领和合资品牌技术与管理外溢下，产品质量和制造水平都得到了大幅度提升。特别是长城汽车，由于坚持研发“过度投入”，在发动机和变速箱等关键核心零部件技术上实现了新的突破，在SUV和皮卡市场形成了较强竞争力，已跃升为自主品牌头部车企。然而，与丰田、大众等跨国巨头相比，亦存在较大差距；面对汹涌澎湃的新技术革命浪潮，长城汽车亦处于“命悬一线”的危机之中。要想缩小差距，摆脱危机，“于危机中孕新机，于变局中开新局”，车企除了要在关键核心技术上实现更多超越外，还迫切需要在数字化转型道路上勇于探索，通过机制创新与组织文化再造，形成一整套有效激发员工活力，提升企业发展效率，并具有自身特色的管理模式。显然，“去总化”对于而立之年的长城汽车而言，只是一个变革的开始。

（刊发于2020年9月17日企业版）

上汽通用问题不只是三缸机

尽管国内车市在逐月回暖，但上汽通用仍跌跌不休。最新产销数据显示，8月份上汽通用销量为12.9万辆，同比下跌3.37%；今年前8个月，上汽通用累计销量79.8万辆，同比下跌26.05%。有不少观点认为，如果未来几个月不能止住跌势，今年上汽通用全年销量将被自主品牌吉利超越，妥妥地跌出前三。

在乘用车厂商年销量排行榜单上，上汽通用长期名列第三，并且以远超第四名的销量和市场份额，与一汽－大众、上汽大众并驾齐驱，稳居第一阵营。然而，自2017年销量达到创纪录的200万辆后，上汽通用便开始走下坡路。特别是去年以来，这个曾经辉煌的合资车企，下滑势头更加明显，其年销量不仅与南北大众逐渐拉开差距，月销量甚至几度被东风日产和吉利反超。

上汽通用为何加速滑落？有人调侃，“都是三缸机（三缸燃油发动机）惹的祸！”这样的调侃，并非毫无道理。在过去几年间，上汽通用在三缸机普及方面，“跟打了鸡血似的”，不仅在一些紧凑型轿车和SUV上大量上马，甚至在B级轿车也开始搭载。虽然上汽通用宣称，其在三缸机上技术是多么领先，三缸机在节能减排上有多大优势，但消费者对此并不买账。以至于上汽通用总经理王永清面对媒体时不得不承认：“在三缸机方面，我们对消费者的接受度判断有些过于乐观。”

三缸机的激进式普及，的确是影响上汽通用销量的原因。不过，笔者以为，上汽通用的问题之“锅”，全部要三缸机来“背”，也不完全准确。要知道，比三缸机更糟糕的是，上汽通用还面临着产品质量和营销策略两大问题。

作为人们日常出行的交通工具，汽车的产品质量究竟有多重要，如何强调也不过分。然而，恰恰在产品质量上，上汽通用屡遭消费者质疑。搜索各大投诉榜单，昂科威、英朗、科鲁兹等上汽通用旗下车型，总是榜上有名，甚至名列前茅。今年 7 月 31 日，上汽通用宣布，召回近 25 万辆别克 GL8 豪华商务汽车和别克全新一代 GL8 汽车。原因是，这些车辆因供应商制造工艺波动，可能导致制动管接头部位尺寸偏差。极端情况下，还可能造成制动液渗漏，制动压力减少，影响车辆制动性能，存在安全隐患。试想，这样的产品，消费者怎敢购买？使用起来，又如何放心？

如果说，这起重大召回只是孤立事件，也就罢了。问题是，上汽通用近些年产品质量缺陷层出不穷。根据国家市场监管总局备案并公告的资料显示，由于前悬架下控制臂衬套存在设计缺陷，在受到较大外力冲击时，可能发生变形或脱出，严重时导致车辆失控，仅 2018 年 9 月 29 日，上汽通用就一次性宣布召回 332.67 万辆问题车辆。车辆涉及别克、雪佛兰、凯迪拉克三大品牌下的几乎所有主力车型，这一数字不仅超过了上汽通用当年全年的销量，也使得上汽通用成为当年召回车辆数量最多的厂家。虽然上汽通用表示，将为召回范围内的车辆安装加固件，以消除安全隐患，但如此大范围地出现严重质量缺陷，不可避免地会拉低上汽通用在消费者心中的品牌形象，影响后续产品销售。

除了产品质量不给力，上汽通用营销策略同样令人费解。以凯迪拉克为例，面对奔驰、宝马和奥迪在中国市场的强势，早年国产化的凯迪拉克选择了“低价切入，错位竞争”的营销策略。这一打法，确实让其在中国市场站稳了脚跟，销量也一度增长。不过，好景不长。凯迪拉克降价“用力过猛”，直接砸到了别克品牌车身上。而别克想要生存，只有依靠同样的方式，挤压雪佛兰的市场空间，从而导致上汽通用旗下别克、雪佛兰和凯迪拉克三大品牌“互踩”。这种“内耗”，不仅令经销商苦不堪言，也使得其产品市场竞争力和品牌形象大打折扣。

稳定的价格体系，是企业树立品牌的基石，也是对用户的最好承诺。毕竟，新车价格下滑，影响的首先是旧车残值率和消费者的忠诚度。反观日系在华车企，无论是一汽丰田和广汽丰田，还是东风本田和广汽本田，近年来在中国市场逆势走强，都获得了销量和品牌的双丰收。这表明，企业不一定非得大幅度降价，才能获得更高的销量。如何踏踏实实做好产品和服务，不在营销上自乱阵脚，上汽通用该好好反思了！

（刊发于 2020 年 9 月 25 日企业版）

特斯拉是鲇鱼，还是鲨鱼

特斯拉又把自己送上了热搜。国庆长假第一天，特斯拉中国便抛出一枚“重磅炸弹”，将标准续航版国产 Model 3 补贴后售价调整至 24.99 万元，击穿了很多人 25 万元的购车心理价位。

这已是特斯拉 Model 3 在中国市场第 6 次下调价格。相比于最初 35.58 万元的定价，一年多时间，其价格降幅就超过 10 万元，不仅让老车主深度体验了一把韭菜被割的滋味，也让蔚来、比亚迪、小鹏等竞争对手压力倍增。

尽管特斯拉并未就此次价格再度下调进行正面回应，但明眼人一看都知道，主要是由于其将之前的三元锂电池更换为宁德时代磷酸铁锂电池，成本更低的缘故。特斯拉的价格再次下调，对于那些将购而未购新能源车的消费者而言，无疑是个利好。但这也引发了不少人担忧：其持续增强的产品力，更亲民的价格，将吊打自主品牌，“特斯拉会成为一条通吃市场的鲨鱼，而非我们想要的鲇鱼”。

自从特斯拉在中国成立独资公司，在上海建立超级工厂以来，围绕特斯拉“是鲇鱼，还是鲨鱼”的争议就没断过。鲇鱼论认为，特斯拉是“汽车界的苹果”。引进特斯拉，一方面，可以倒逼中国新能源汽车企业加大创新力度，在与国际企业竞争中锤炼和提高自身实力；另一方面，可以通过龙头企业的带动，培育和提升国内新能源汽车产业链水平。正如当年引进苹果手机，不仅促成了华为、小米、OPPO 等一系列国产品牌的崛起，也带动了苹果产业链在国内的“开枝散叶”，形成了“一条鲇鱼搅活一池水”的鲇鱼效应。

而鲨鱼论认为，在特斯拉上海超级工厂建成之前，国产新能源汽车的价格通过补贴后，普遍比特斯拉便宜，有明显的价格优势。但工厂建成之后，Model 3 作为特斯拉产品线的低端车，就开始轮番降价，打压自主品牌新能源汽车市场空间。随着特斯拉上海超级工厂产能快速提升，国产化率进一步提高，按照马斯克的说法，3 年左右，特斯拉国产 Model 3 标准续航版将会降至 2.5 万美元，折合人民币十七八万元。如是，特斯拉则会成为一条通吃市场的鲨鱼，细思极恐。

笔者以为，从短期来看，对于国内整车企业尤其是新能源汽车企业来说，确实会带来不小压力，可谓危大于机。但造车从来不是百米冲刺，而是一场没有终点的马拉松。特别是随着新一轮科技革命和产业变革的加速推进，汽车产业产品和生态都面临重构。数字化和电动化转型带来的变量，又使得机大于危，自主品牌新能源汽车未必就不能超越特斯拉。

武侠世界有“与高手过招，才能成为高手”的说法，经营企业又何尝不是如此。深入剖析特斯拉当前最大的优势，其实并不在于其有多强的核心技术，而是特斯拉用互联网思维，通过新的电子电气架构，用软件和智能重新定义了汽车，打造出了现象级的智能电动产品。在预留硬件能力的前提下，特斯拉车主能够通过软件升级，不断增加汽车功能、改善体验。而基于电动化和智能化的商业生态打造和用户体验提升，恰恰代表着未来汽车产业的演进方向。所以，资本市场对特斯拉才给出了如此高的溢价，市值甚至高于传统车企老大丰田。

因此，我们既不能盲目崇拜特斯拉，更不能惧怕特斯拉，而应认真研究它，分析其长处及产生长处的根本原因。然后，结合产业变革新趋势和自身实际，努力创新，做出比对手更好的产品及其生态，满足消费者愉悦出行体验的需求。反思当年的家电行业，我们不就是在看似无法超越的强大日企和韩企的激烈竞争中，越“打”越勇，越“战”越强的吗！“所有打不垮你的，终将使你更强大”。

更何况，目前我国电动汽车，无论是新车销量还是保有量，与传统燃油车相比都还很低，成长潜力不可限量。“羊群走路靠头羊”，一个市场尤其是新兴市场，想要真正发展壮大，就必须有领头羊出来带节奏。特斯拉的明星产品频繁降价，不仅会加速提升消费者对电动汽车有更多认知，强化电动汽车的市场培育，而且会加快电动汽车性价比拐点到来。从更高的站位来看，无疑这对整个燃油车行业向新能源车转型，将起到巨大推动作用，从而在事实上也为自主品牌新能源汽车成长打开更大空间。

（刊发于 2020 年 10 月 16 日企业版）

4S店问题曝光凸显渠道之忧

砸坏好零件“创收”，倒掉车主的清洗剂“做保养”，这些看起来不可思议的事情，却在两家经销商的4S店真实地发生了。日前，有媒体通过暗访4S店，报道了员工坑害消费者权益和骗保的违规行为，引发舆论关注。

问题曝光当天，涉事合资车企就发布声明回应，对涉事4S店采取了停业整顿，启动专项检查等措施，但业内对其实际效果并不感到乐观。这倒不是说车企态度不诚恳，措施不果断，而是因为此次4S店所犯的“低级错误”，实际上是当前我国汽车行业经销商经营生态恶化的反映。如果地方市场与交通监管部门不强力介入，整车企业不从根本上实行渠道变革，仅仅通过少数几家店的整改，恐难彻底扭转或杜绝全国4S店“不择手段”挣钱的冲动。

卖新车很难挣钱，甚至要赔钱，这已成为当前整个汽车经销商不得不面对的困境。尽管在连续下滑了20多个月后，我国汽车销量开始逐月回暖，但这主要是整车企业和经销商以价换量取得的，行业利润仍然“比刀片还薄”。更令人担忧的是，饱受流通行业诟病的价格倒挂现象，并未出现根本好转。中国汽车流通协会调研显示，今年上半年行业整体新车销售毛利率进一步下降至−3.5%，仅16.3%的经销商表示没有出现价格倒挂，合资品牌价格倒挂的情况仍在加重。

倘若经销商新车销售不挣钱，还要拼命生存下去，一定会从各方面想办法，甚至从消费者身上挣不该挣的钱。比如，在售车过程中，对热门车型强加装饰，捆绑销售保险、出库费，收取新车上牌费以及贷款手续费等。同样，在售后保养期间，经销商也会千方百计为车主推荐溢价较高的各类养护品和清洗服务，以实现提高“客单价”，这已成不少店里“宰客”套路。由于存在一定技术门槛，普通消费者很难对各类维修保养的含金量作出准确判断和分辨，再加上工作环境不透明，无形中又增加了“被宰”的风险。此次，两家 4S 店员工犯规，不过是上述花样的延伸突破了公众认知。

当然，经销商不挣钱，并不是我们就能容忍其坑害消费者和骗保的理由。当后市场“宰客”已成公开的秘密，经销商又不愿自律时，要保护消费者合法权益，就需要整车企业和市场与交通监管部门加强日常监管，加大对 4S 店违法行为处罚力度。

其实，站在车企的角度来分析，它们是不太可能允许和纵容经销商如此乱来的。这是因为它们不会从中受益，4S 店“坑蒙拐骗”的钱，最终还是进了经销商自己的口袋。相反，一旦东窗事发，其对整车厂品牌的伤害要远大于经销商。4S 店被勒令停业，还能东山再起。但整车厂旗下所有渠道商，则会遭遇消费者信任危机，甚至引发销量崩盘。在市场竞争如此激烈的今天，没有哪家整车企业敢冒天下之大不韪，如此教唆经销商。

然而，眼下整车企业能在多大程度上管控经销商，又实在是要打上一个问号。由于经销商与整车企业之间仅为授权关系，因而在实际运营中相互独立。有些经销商迫于更大的经营压力，心存侥幸地在服务中不规范运作，整车企业对此很可能有心无力，鞭长莫及。

去年，闹得沸沸扬扬的西安奔驰女坐引擎盖维权，所引发的“金融服务费”事件，暴露的就是这个难题。因此，在整车企业目前难以对 4S 店实施有效管控的现实困境下，制止 4S 店的“任性妄为”，地方市场与交通监管部门还应有更大作为。

与此同时，整车企业也要加快渠道变革，通过合理优化结构，探索新的商业模式，让经销商“光明正大”地挣钱。当前，新车销售市场已从增量竞争转入存量博弈，整车企业应转变思维，放弃过去片面追求销量，轻视网络质量的做法，主动淘汰不合格的经销商。反过来，经销商也要根据市场格局的变化，退网产品力不高的整车企业，改换更具市场竞争力的品牌厂商，从而实现整车企业和经销商结构相互优化。此外，面对产业“电动化、智能化、网联化、共享化”等变革新趋势，整车企业和经销商还要创新求变，加快数字化转型，通过更加透明化和精细化的运营管理，提高服务质量，延伸价值链，提升用户体验，共同构建更加健康的产业生态。

（刊发于 2020 年 10 月 23 日企业版）

神龙复兴，惟有背水一战

日前，神龙汽车有限公司在武汉神龙文化节上发布“元 + 计划”和“五心守护行动”。根据该计划和行动方案，未来 5 年，神龙将针对中国市场和消费者需求，投放 14 款新车型，“产品更中国”“营销更精准”“服务更信赖”“运营更高效”，以推动企业复兴。这条消息发布后，迅速刷屏，不出意外地掀起讨论无数。

神龙之所以容易引发舆论关注，盖因公司深陷困局已久。作为东风汽车公司与法国标致雪铁龙集团于 1992 年成立的乘用车合资企业，神龙汽车有过辉煌。2015 年，神龙汽车年销量曾突破 70 万辆，呈加速腾飞之势。然而，颇为意外的是，近年来神龙急速坠落。到 2019 年，公司年销量跌至 11.36 万辆。今年前 9 个月，销量仅完成 4 万多辆，这一数字甚至不如某些明星车型月销量。神龙以如此决绝的姿势，跌出主流车企视线，令不少人深感困惑。

反思神龙急速坠落的原因，其实并不复杂。其中，既有产品不能适应中国市场和消费者的问题，也有产品定价不接地气的营销失误。“顶配之下皆丐版”，在此次举行的神龙汽车文化节中，神龙公司总经理陈彬引用消费者的这句吐槽，不仅生动诠释了公司产品定位与定价之间的矛盾，而且也向外界展示了新领导班子不回避问题的勇气。

同时，烦琐的决策流程，也是导致神龙运营效率低下的原因。根据惯例，神龙的一、二把手由中方和法方工作人员轮流交替担任，而且几乎所有重要文件，都需要由中法双方的管理层共同签署。表面上看，双方权力是平等了，但也会加大“谁也说服不了谁”的掣肘概率，从而削弱和拖累公司的市场响应能力。

坦然面对问题只是开始，如何改变才是关键。事实上，从2017年至今，神龙汽车已经进行了多次改革，期望重回赛道，但收效甚微。不过，相比以往的“修修补补”，此次出台的“元+计划”和“五心守护行动”等复兴举措，似乎更彻底。从中法股东双方宣布增加新的注资，到取消外方副职的变化，从多款产品的换新升级，再到给予客户“7天可退、一年价保”的超值承诺，不仅切中要害，而且力度空前。如果这些措施能够得到有效执行，相信是能够在一定程度上恢复神龙体力的。

当然，也有人会问：现在中国车市已从增量竞争转入存量博弈，传统头部企业强者恒强，造车新势力加速崛起，神龙还有复兴机会吗？其实，机会是历史发展的产物，但历史并不会慷慨地把机会恩赐给谁。经验表明，机会从来都是在顺时谋势聚势、妥善应对危机中到来的，从没有“一帆风顺”“天上掉馅饼”的所谓机会。人类历史上的很多突破，几乎都与化重大危机为发展机会紧密相连。

相信大家都读过背水一战的故事。很多时候我们去做一件事，并不是看到机会才去投入，而是当我们义无反顾地投入之后，才会化危为机，最终获得成功。

作为具有百年历史，规模仅次于德国大众汽车集团的欧洲第二大汽车制造商，神龙母公司标致雪铁龙不乏品牌魅力和技术实力。比如，前些年在涡轮增压还没有成为发动机主流技术之时，其就开发出了领先全球的 1.6THP 系列涡轮增压发动机。在世界汽车拉力锦标赛中，标致雪铁龙集团夺冠次数最多，以绝对压倒性优势长期碾压竞争对手。

更值得深思的是，尽管在中国市场销量大幅下滑和严重亏损，2019 年标致雪铁龙在全球仍实现了 349 万辆的销量，净利润 32.01 亿欧元，同比增长 13.2%。这组数字虽然枯燥，却说明问题。标致雪铁龙在中国市场的颓势，不是能力不够，而是重视不够，方法不当，努力不足。换句话说，就是不如德国大众在中国市场的决心大。

其实，作为全球新车销售和保有量最大的市场，中国给予全球车企的机会从来都是存在的，只是经过激烈的搏杀后，后来者获取机会的成本大大抬高而已。神龙复兴，惟有背水一战！

（刊发于 2020 年 10 月 31 日企业版）

新能源汽车还须发力核心技术

广汽新能源交付超 7000 辆，蔚来交付 5055 辆，理想交付 3692 辆，小鹏交付 3040 辆。10 月刚过，新能源汽车企业的最新月度销量数据，就开始在朋友圈刷屏。尽管全国销量数据还要等几天经中汽协发布，但这些车企不断上涨的销售数字，无不预示着历经一年多的市场低迷后，我国新能源汽车发展正在重回“快轨”。

之所以能重回“快轨”，一方面得益于党中央在短时间内有效控制新冠肺炎疫情，同时果断出台了暂缓新能源汽车购置补贴退坡，并将免征车辆购置税政策延长 2 年的政策。此外，北京增发 2 万个新能源购车指标，上海出台外地车“限行”新政，也在一定程度上推高了新能源汽车消费的热度。

另一方面，随着市场竞争的激烈，部分车企从供给侧进行产品结构调整，推出了中高端车型，较好地满足了市场消费升级需求。而特斯拉 Model 3 入门级车型经过多次降价后，目前已与小鹏 P7、比亚迪汉、理想 ONE 等车型基本位于同一价格区间，其产品性价比提升，不仅激发了市场消费潜力，也倒逼我国新能源汽车企业更加注重产品力的提高，在与国际高手“过招”中增强了竞争力。

不过，需要指出的是，尽管当前我国新能源汽车企业产品力不断提升，竞争力大幅增强，产业体系日趋完善，产销量和保有量连续 5 年居世界首位。已成为推动世界汽车产业发展转型的重要力量，但我国新能源汽车发展还面临核心技术创新能力不强、质量保障体系有待完善、基础设施建设仍显滞后、产业生态尚不健全、市场竞争日益加剧等问题。

发展新能源汽车是我国从汽车大国迈向汽车强国的必由之路，也是应对气候变化、推动绿色发展的战略举措。刚刚发布的《新能源汽车产业发展规划（2021—2035 年）》明确提出，力争经过 15 年的持续努力，我国新能源汽车核心技术达到国际先进水平，质量品牌具备较强国际竞争力。要实现这一愿景与目标，关键是要通过创新驱动，掌握核心技术，增强产业核心竞争力。

汽车不仅是方便人们出行的交通工具，更是各种先进技术的集大成者。回溯全球百年汽车发展史，实际上就是一部技术创新史。正是通过不断的技术创新，推动着汽车工业持续发展。可以说，技术已成为汽车产业本质特征。放眼全球，无论是奔驰，还是丰田，之所以傲居世界一流车企之巅，就在于其掌握了汽车关键核心技术，并以此为基础开发出了领先对手的经典产品，从而形成了强大品牌影响力。如果产品和品牌没有核心技术支撑，是很难在激烈的市场竞争中持续领跑的，更不用说引领未来产业变革。

当前，全球新一轮科技革命和产业变革蓬勃发展，汽车与能源、交通、信息通信等领域有关技术加速融合，电动化、网联化、智能化成为汽车产业的发展潮流和趋势。这些变量，既是巨大的挑战，更是换道超车的难得机遇。在新发展格局下，只要我们坚定科技自立自强信念，在动力电池、车用操作系统以及芯片等关键核心技术上，奋力创新，敢于突破，实现汽车产业高质量发展，汽车强国就不再是一个遥远的梦。

（刊发于 2020 年 11 月 5 日企业版）

造车新势力集体召回不该被嘲讽

在出现多次断轴事件后，重庆理想汽车有限公司日前宣布召回10469辆理想ONE电动汽车，免费为车主更换“球销”（汽车业专用术语，是一种独立悬架系统中广泛采用的部件）脱出力更高的前悬架下摆臂，以消除安全隐患。有报道称，“李想终于‘弯腰’了”。

此前，特斯拉、威马、零跑等造车新势力均主动召回了产品。相比于传统车企，舆论对此次造车新势力的集体召回给予了更多关注。不过，一个不好的现象是，一些自媒体热衷于炒作召回本身的负面影响，忽视了召回本身对消费者、产品、企业以及产业的意义；还有一些自媒体，对实施召回的企业冷嘲热讽，甚至情绪化地否定造车新势力。

作为一项产品安全管理制度，汽车召回已在国内实施了16年。国家市场监管总局发布的数据显示，截至今年上半年，我国累计召回缺陷车辆7586万辆，即平均每天有近1.3万辆问题车被召回。这对于保护消费者合法权益，倒逼企业持续检视产品、迭代更新、提高质量起到了重要作用。

然而，现在仍有很多人被情绪化的舆论误导，甚至“谈召色变”。比如，每有厂家发布召回公告，一些消费者就简单地认为该厂家产品质量差。以至于汽车召回被认为是质量差的代名词。

其实，主动召回与产品质量差否并不能简单画等号。像奔驰、宝马等豪华品牌，也经历过汽车召回，但这并不意味着产品质量不高。从另一个角度来看，主动召回反而是企业对用户负责任的表现，也是企业信誉与实力的体现。

事实上，在现实生产生活中，无论是传统燃油车，还是新能源汽车，从来就没有一款是完美无缺的。由于造车时间不长，产品迭代次数不够，造车新势力的早期产品缺陷比传统车企多并不意外。因此，我们更应关注造车新势力对待产品缺陷的处理态度，而不是产品缺陷本身。

随着新一轮科技革命与产业变革蓬勃发展，汽车产品形态、交通出行模式、能源消费结构与社会运行方式正在发生深刻变革。作为新能源汽车发展的重要推动力之一，造车新势力在遭遇传统汽车巨头挤压的同时，也面临着前所未有的发展机遇。

中国汽车工业协会的数据显示，今年前三季度，我国新能源汽车整体销量为 73.4 万辆，占新车销售总量 1711.6 万辆的 4.3%。这一比例与国家《新能源汽车产业发展规划（2021—2035 年）》提出的 20% 左右的目标还存在较大差距。

差距是压力，更是动力。今年以来，造车新势力分化加剧，虽然赛麟、博郡、拜腾等纷纷出局，但蔚来、威马、小鹏、理想等却在崛起。目前，蔚来、理想、小鹏汽车已先后在美国上市，威马也完成了 D 轮百亿元规模的融资，计划于明年登陆科创板。由于造车新势力在电动化、智能网联化、用户体验等三方面均代表了汽车产业变革的方向，再加上今年产品销量“芝麻开花节节高”，目前特斯拉市值已超越丰田、大众，蔚来市值超越通用、宝马，小鹏、理想市值也在不断刷新纪录，资本市场对这些头部造车新势力展现出良好的预期。

如果说，特斯拉是智能电动汽车领域的苹果，那么蔚来、威马、小鹏、理想就是这个领域的华为、小米、OPPO、vivo。在一份德意志银行发布的行业研究报告中，有分析师将国内这 4 家头部造车新势力称为中国造车新势力“四小龙”，类比中国智能手机发展史与发展格局。遥想 10 年前，国内智能手机渗透率只有 8%，如今已高达 90% 以上。这无疑为造车新势力的快速成长留下了巨大想象空间。

纵观全球百年汽车发展史，特别是中国汽车产业 60 多年的历史，每次产业变革都吸引了一大批新生力量参与。大浪淘沙之后，总会有一些优秀公司涌现出来。因此，对于造车新势力在道路上的磕磕碰碰，不妨多些包容，少些嘲讽。

（刊发于 2020 年 11 月 14 日企业版）

自主品牌汽车为何纷纷发力高端化

长安汽车首度透露，公司正联合华为和宁德时代，打造一个全新的高端智能汽车品牌。截至目前，其首款产品已完成前期研发工作，即将进入量产阶段，不久之后就会与消费者见面。该消息发布后，长安汽车股价多次涨停，引发资本市场狂欢。

此前，东风汽车集团有限公司已推出高端品牌岚图，旗下首款中大型高端智能电动 SUV 将在今年 12 月举行全球首发；而上汽集团也表示，正着手打造一个代号为“L”的全新智能电动汽车高端品牌。

不约而同地推出高端品牌，并非自主品牌汽车的一时冲动，而是有着深刻市场背景。在经济下行压力加大和新冠肺炎疫情等多重因素影响下，我国汽车市场正在经历结构性调整。其中，最明显的一个特征就是消费升级，豪华车市场份额不断上升，而中低端市场自主品牌汽车市场份额越来越低。

中国汽车工业协会发布的数据显示，虽然今年前 10 个月，我国汽车市场销量同比下滑 4.7%，自主品牌乘用车市场份额跌至 37.1%，但以奔驰、宝马、奥迪主导的豪华车市场仍实现了 5% 以上的正增长，市场份额亦创出新高。当然，这里面有豪华车以价换量的原因，但暗含更多的还是市场消费升级的趋势。

市场份额不仅是企业产品力的外在表现，也是其品牌力和经济效益的综合体现。随着居民收入和生活水平提高，换购需求的增加，可以预见的是，车市消费升级这一趋势将更加明显。因此，自主品牌唯有向上，才能适应市场新变化。

同时，在新一轮科技革命浪潮下，由于信息通信、大数据、人工智能等新技术在汽车产业的广泛应用，使得汽车正由人工操控的机械产品，加速向智能化系统控制的移动终端转变。“电动化、智能化、网联化”带来的产品和产业全面重构，给后发的中国车企也带来了换道超车的新机遇。如果说，在传统燃油赛道上，自主品牌只能跟跑，那么，在智能电动新赛道上，自主品牌更有机会并跑，甚至领跑。造车新势力特斯拉近年来的走红与崛起，无疑为人们树立了新的高端化品牌样本。

也许有人会问，当前中国市场已有全世界最多的汽车品牌，还需要新品牌吗？这样的担忧，并非毫无道理。据不完全统计，目前在中国市场销售的国内外汽车品牌已高达140多个。可以说，汇聚了全球绝大多数车企的汽车品牌，业界也因此早就有“中国车市竞争国际化，国际车市竞争中国化”的说法。这一方面表明中国车市在国际上具有重要地位和影响力，另一方面也折射出中国车市前所未有的激烈竞争程度。特别是近两年中国车市已从增量竞争，步入存量博弈。如此激烈的竞争环境，无疑为一个新品牌的成长带来了巨大的挑战和不确定性。

然而，挑战和机遇从来都是共生的。要看到，虽然当前中国汽车市场已告别过去高增长，但未来很长一段时间仍将是全球最大的市场，而且是2000万辆量级的超大规模。对于一个新品牌而言，市场既是其创新的重要载体，更是其成长的最好摇篮。事实上，无论是技术实力，还是知名度，奥迪在德国远不如奔驰和宝马，但由于其比较早进入中国市场，依托早年公务车市场的红利，最终实现了与奔驰和宝马在中国市场的并驾齐驱。这意味着，用好超大规模市场优势，是完全可以培育高端品牌的。

不过，需要指出的是，打造高端品牌也不是有了市场托底、喊喊口号就能轻松实现的。除了找准品牌定位，首先就需要打造出好的产品。好产品哪里来？核心技术是关键。汽车作为各种先进技术之集大成者，其品牌价值总是与其拥有的核心技术含量正相关。没有核心技术的充分掌控与有效应用，其产品不仅很难满足消费者的需求，而且难以超越竞争对手。

打造高端品牌，汽车企业不能只局限于“造好车”，还要能帮助用户“用好车”。如果说，此前由于大工业生产，汽车产品趋于同质化，那么今后数字化支撑下的智能化，将使得车企有能力满足用户的个性化需求，并由此形成汽车产品差异化的竞争力。其实，品牌高端化极为重要的一个维度就是个性化，个性化也是高端品牌内在精神和文化高级感的必然表达。

当然，打造高端品牌并非一朝一夕之功。任何一个成功的高端汽车品牌，从塑造到被大众认可，都至少经历了二三十年。即使面对汽车产业百年未有之大变局带来的新机遇，特斯拉从成立到至今也已有 17 年光景。因此，对于这些刚刚向高端迈进的自主品牌而言，现在还只是万里长征第一步。

（刊发于 2020 年 11 月 20 日企业版）

华晨破产重整警示勿患“合资依赖症”

沈阳市中级人民法院日前公布民事裁定书称，受理债权人格致汽车科技股份有限公司对华晨汽车集团控股有限公司的重整申请，这标志着华晨集团正式进入破产重整程序。该消息发布后，华晨旗下上市公司股票大涨，并引发债权人和公众强烈质疑，证监会当即宣布对其展开调查。

华晨集团是辽宁省属重点国有企业，其产业地位和影响力毋庸置疑。公开信息显示，目前集团拥有员工 4.7 万人，资产总额超过 1900 亿元，直接或间接控股、参股四家上市公司，并通过旗下上市公司华晨中国与宝马合资成立华晨宝马公司，有中华、金杯、华颂 3 个自主品牌和华晨宝马、华晨雷诺两个合资品牌。2018 年，华晨集团营收突破 2000 亿元，利税达到 359.7 亿元，成为辽宁省第一个年销售额达两千亿级的省属企业。

如此重量级企业，首次债券违约后不到 1 个月时间就制造了这么一出破产重整的大型“翻车”事故，多少有些令人唏嘘。更吊诡的是，在进入破产重整程序之前，华晨集团出让了旗下华晨中国、申华控股优质资产股权，并将申华控股的注册地从上海改到辽宁。是否有钱不还急着破产？是否涉嫌恶意“逃废债”？上市公司股票为何在公布破产重整后大涨？面对债权人和公众的这些质疑，不仅需要华晨集团开诚布公，自证清白，更有待监管部门深入调查，还公众真相。

冰冻三尺，非一日之寒。华晨集团遭遇债务危机、频繁爆雷，并非毫无征兆。要知道，长期以来，华晨集团的利润主要依赖华晨中国旗下合资公司华晨宝马，而自主品牌早已羸弱不堪，在市场上几乎无存在感。

华晨究竟有多依赖宝马？有一系列数字为证。2019 年，华晨集团营收 1811.30 亿元，其中华晨宝马营收就高达 1694.41 亿元，占比九成以上；华晨中国利润为 67.62 亿元，其中华晨宝马就贡献了 76.26 亿元。这意味着，没有华晨宝马的输血，华晨的自主品牌实际上是大写的亏损。

如果进一步查阅财报，还会发现，在 2015 年至 2019 年这几年间，华晨宝马累计为华晨中国贡献的利润高达 269.2 亿元，剔除这部分利润后，华晨的自主品牌累计亏损 34.84 亿元。这两个差异巨大的数字之间，还有多少没有捅破的窟窿？若没有华晨宝马输血，不少人士指出，华晨集团恐怕早就破产清算了，而不是现在的破产重整。

问题更在于，华晨宝马对集团输血不可能永远持续。随着国家放开汽车产业外资股比限制，宝马基于对中国市场的良好预期，依靠自己的产品和技术优势，以 36 亿欧元的价格收购了华晨宝马 25% 的股份。到 2022 年，华晨中国持有华晨宝马的股份将从 50% 降至 25%，这同时也意味着，其从华晨宝马获取的利润将会大大缩水。

与吉利、长城等很多民营车企相比，其实华晨集团起家做自主品牌并不晚。华晨集团的前身可追溯到 1949 年成立的国营东北公路总局汽车修造厂。早在 1959 年，更名后的沈阳汽车制造厂就试制成功五台“巨龙”牌载货汽车。还是在上个世纪，华晨瞅准中国逐渐起飞的轻型客车市场，通过引进技术、消化、吸收和再创新，成功打造出了“金杯”商用车品牌，市场保有量曾高达百万辆。彼时，华晨还通过海外的研发机构，创立了中华牌轿车，与一汽红旗成为当时中国少有的具有自主知识产权的轿车。

然而在本世纪初的汽车合资大潮中，华晨集团逐渐迷失了自我。尤其是傍上宝马这个“大款”后，华晨集团更是失去了自主创新的动力。偶尔推出一款新车，也是东拼西凑：底盘是保时捷调校，造型、内外饰用意大利的，发动机和宝马合作，还美其名曰，“三大资源一整合，自然出好车”。自主关键核心技术缺失，产品和设计实力不济，市场趋势把握不准，乃至过于押宝债券金融市场，这都为华晨今天的爆雷埋下祸根，值得深刻反思。

“没有自主的关键核心技术，卖多少车都是别人的辉煌。”汽车是一个科技含量很高和市场化竞争很强的产业，此次华晨集团破产重整，再一次凸显企业科技自立自强必要性。由于关键核心技术本身具有根植性，再加上跨国公司基于自身的利益最大化考量，“市场”不仅换不来“关键核心技术”，还会让自己患上合资依赖症，逐渐失去市场竞争力，最终深陷危机。而要走出危机，从破产重整到真正重振，华晨就必须向华为学习，坚定科技自立自强信念和行动，奋力创新。否则，政策倾斜也好，金融输血也罢，到头来还是免不了破产清算。

（刊发于2020年11月24日企业版）

再谈恒大“盖楼式”造车

关于恒大造车，之前写过一篇文章，反响始料不及。

国家发改委最近又下发了一则《关于开展新能源汽车整车生产及项目情况调查的通知》，“点名”要求各地详细报告恒大、宝能等企业投资和拟投资的汽车整车及零部件项目，包括土地占用、建设内容、项目进展、完成投资等。毫不意外，这则《通知》将恒大再次推上舆论风口浪尖，掀起了其是否涉嫌“借造车之名，行圈地之实”的大讨论。

恒大跨界造车，屡受各界质疑。这倒不完全是作为造车新势力，舆论对其有所偏见，而是在于恒大一系列操作让人感觉颇为不“实”。从与贾跃亭“闪婚”又“闪离”，到“口号式”造车规划；从“买买买”“合合合”“圈圈圈”“大大大”“好好好”的造车思路，到恒驰1至恒驰6的“盖楼式”发布，再到最后被总结成“汽车投资+土地+上市融资”的造车模式，不仅引发了公众各种吐槽，而且加剧了人们对恒大“是否真造车，能否造好车”的担忧。

造车先要有市场预研和产能规划，这是常识。但规划脱离地球引力，就会闹笑话。按照恒大此前公开的信息，2年至3年内首期规划年产能为100万辆，未来10年则年产能突破500万辆。这些数字究竟意味着什么？不妨先做道算术题。2019年，我国新能源汽车销量 120.6 万辆，今年预计与去年持平，而恒大汽车一期产能，就几乎相当于全国新能源汽车销售总量。厉不厉害？惊不惊奇？意不意外？尽管国家最新发布的《新能源汽车产业发展规划（2021—2035 年）》并没有对 2030 年新能源汽车销量占新车销售比例做出明确要求，但业内普遍预计 1000 万辆已是相当乐观。也就是说，恒大将独占一半。这种可能性有多大？如此“口号式”规划，被质疑也就不奇怪了。

至于“买买买”“合合合”“圈圈圈”“大大大”“好好好”的 15 字造车思路，从一发布，就震惊汽车圈。按照恒大的解释，这是为了以“金钱换时间”，加快造车速度。问题是，汽车不是房地产业，而是一个科技含量很高的产业。我国过去几十年的汽车产业发展经验表明，金钱能换来的大都是不重要或者跨国车企淘汰了的技术，而关键核心技术，是金钱买不来，也换不来的，需要企业在产品的开发和市场的竞争中逐步积累，是个厚积薄发的过程。显然，恒大还浮在造车大潮的表面。

作为房地产大佬，跨界进军造车领域，本就易引发人们对其产生是否“借造车之名，行圈地圈钱之实”的联想，但恒大不仅毫不避讳，似乎还深得其中奥妙。据媒体报道，恒大汽车以投建汽车基地为前置条件，在不少地方获得大量土地，其中相当一部分属于住宅或商业用地。而中国恒大新能源汽车集团副总裁级别以上的 10 名高管团队，除仅一人来自乐视汽车，清一色是旅游和地产背景，又很难让人确信恒大这是在真心造车。

坦率地讲，对于新势力跨界造车，包括恒大，笔者是举双手赞成的。要知道，汽车产业经过百年发展，格局与利益已经固化。面对“电动化、智能化和网联化”新趋势，传统车企受思维定式、技术路径依赖和现有资产拖累，其实并不踊跃，甚至还有不少车企本能地希望传统技术有更长生命周期，以便在过去的轨道上获得更多利润。如果没有更多造车新势力的加盟和搅局，就很难激发产业创新活力。

还要看到，从一汽解放的艰难诞生，到北京吉普的合资破土，再到以吉利为代表的民营自主车企崛起，中国汽车产业在传统的轨道上，始终是追赶者角色，没能改变跟跑的命运。但新一轮科技革命和产业变革蓬勃发展，使得改变有了可能。特别是特斯拉、蔚来、小鹏等一批造车新势力，把互联网的理念、速度、效率和激情带入了汽车行业，让中国汽车产业从来没有像今天这样充满翻身的希望。

梳理全球车企市值，10 年前我国车企的排名还集中在 15 名至 20 名。现在，蔚来、比亚迪已双双跻身前五，超越传统车企通用、本田，小鹏汽车则力压福特、现代，长城、吉利、理想，已将老牌的雷诺、起亚们，彻底挤出榜单。我国头部汽车企业，能与全球车企巨头排排坐，这在历史上可能还是第一次。虽然这只是资本市场的表现，却是一个明确而重要的信号。这预示着，只要我们在智能电动汽车这条新赛道上保持战略定力，中国汽车产业就有可能成为全球新的领跑者。

不过，需要强调的是，上述这些新势力无一不是在心无旁骛地造车，而非借造车之名圈地圈钱。汽车是一个靠实力比拼的长周期产业，靠投机，不仅造不好车，还会沦为笑柄，乐视就是前车之鉴。

（刊发于 2020 年 12 月 4 日企业版）

提升车用芯片自给能力刻不容缓

受芯片供应不足影响，传闻南北大众汽车近期陷入停产。尽管大众汽车集团（中国）已公开解释，这只是短期的供给紧张，情况没有传闻中严重，已经与总部、相关供应商展开协调工作，但这并未完全打消公众的疑虑。

具体来看，此次芯片短缺主要分为两类，一类是应用于ESP（电子稳定控制系统）的MCU（微控制单元）。在中国市场，一般10万元以上的车型，特别是中高端车型都会配备ESP。它是汽车主动安全系统的一部分，能起到防侧滑作用。另一类是ECU（电子控制模块）中的MCU。ECU广泛应用于汽车各控制系统中，被喻为“行车电脑”。

据报道，此次芯片断供风险还波及其他一些合资车企。虽然中国汽车工业协会也表示，短期供需失衡，会随着时间推移逐步得到缓解，不会对汽车产业造成较大影响。但缺少芯片导致部分企业停产，这在汽车行业是头一次，笔者以为还是有必要引起足够重视。

作为汽车的大脑，芯片的重要性不言而喻。此前，人们只是对自主车企的芯片供给充满担忧。在国内疫情得到有效控制，企业生产正常的情况下，合资车企居然也出现了芯片断供危机，这多少有些超乎大家的想象。

不少分析认为，此次汽车芯片之所以短缺，原因在于受新冠肺炎疫情影响，海外规模较大的圆晶厂和封测厂陆续宣布停产，再加上意法半导体工人罢工，使得供给能力不足。同时，中国汽车市场复苏超预期，也进一步推动了芯片需求增长，导致一些汽车生产面临中断风险。

此外，在5G技术发展推动之下，今年消费电子领域对芯片的需求在快速增加，芯片产能遇到挑战，抢占了部分汽车芯片的产能。所以，才有了“手机业打仗，汽车业遭殃”的业内调侃。

应该说，这些分析都有道理。但从更深层次看，还在于我国汽车芯片供应链过于依赖海外市场，芯片关键核心技术存在“空心化”，以至于芯片自给能力严重不足。

据中国汽车芯片产业创新战略联盟数据显示，2019年我国自主汽车芯片产业规模仅占全球的4.5%，而我国汽车用芯片进口率超90%，先进传感器、车载网络、三电系统、底盘电控、ADAS（高级驾驶辅助系统）、自动驾驶等关键系统芯片过度依赖进口。比如，电动汽车中价值仅次于动力电池的IGBT（绝缘栅双极型晶体管），98%以上需要从国外进口，且价格是国外的1.2倍至1.8倍。英飞凌、瑞萨、安森美、仙童、东芝等外国企业控制了全球八成以上的IGBT市场份额。

随着汽车智能化和网联化程度越来越高，芯片的使用量也在急剧增加，芯片的重要性更加凸显。在新发展格局下，如何通过科技自立自强，加快提升车用芯片自给能力，避免“卡脖子”风险，已刻不容缓。

（刊发于2020年12月13日企业版）

征收拥堵费，不能议而不决

北京市交通委日前表示，在就小客车数量调控政策优化方案公开向社会征求意见过程中，有不少群众建议出台征收拥堵费和发放郊区牌照等政策。对此，北京市有关部门将结合落实城市总体规划进一步研究论证。或许是因为有“拥堵费”这样的敏感词，消息一经发布，蹭地冲上热搜引发热议。

事实上，这不是北京首次讨论拥堵费问题。10 多年前北京就提出过要征收拥堵费，但后来没有了下文。2013 年 9 月，北京发布“清洁空气行动计划”，提出交通委和环保局牵头研究制定征收交通拥堵费政策；交通委和交管局牵头制定智能化车辆电子收费识别系统等，引导降低中心城区车辆使用强度。2016 年 5 月，北京出台的《关于推进价格机制改革的实施意见》明确提出，研究交通拥堵收费政策。不过，最终也是“只闻楼梯响，不见人下来”。

北京市究竟要不要收取拥堵费？收取拥堵费能否真正缓解拥堵？多方围绕这些核心问题，争论始终没有停止过。很难说，反对者没有情绪化的因素。但如果我们冷静下来，多些理性思考，答案或许就会清晰地呈现出来。

汽车产业是推动新一轮科技革命和产业变革的重要力量，是建设制造强国的重要支撑，是国民经济的重要支柱型产业。经过多年的发展，我国建成了种类齐全、配套完整的产业体系。目前，汽车零售额占全社会商品零售总额、相关税收占税收总额、相关从业人数占城镇就业总人数的比例均在10%左右，对推动经济增长、促进社会就业、增进民生福祉起到了重要作用。

然而，近年来由于不少城市限购，汽车消费受到较大影响，汽车产销已连续多年出现下滑。更令人担忧的是，因为车牌的稀缺，还滋生了大量车牌租借和买卖的非法交易，饱受社会诟病。在加快构建以国内大循环为主体、国内国际双循环相互促进的新发展格局中，如何打通汽车消费堵点，激发汽车消费活力，成为迫切需要解决的问题。

从技术支撑来看，过去征收拥堵费技术手段不成熟，由此导致的征收成本、征收效率、征收方法等问题不能有效解决，难以差异化对待，大家秉持着不接受甚至反对的态度，可以理解。但如今，随着车辆识别系统、ETC、大数据测算等技术手段的进步，各项条件在逐步成熟中，这一难题应该说已不再是障碍。

从公平角度来看，车牌和道路都是公共资源，相较于简单地通过限购限行限号等行政手段，针对不同车辆的行驶情况，采取经济手段进行动态调节，让长期占用道路资源的车辆承担一定的“拥堵费”，其实是更具效率和公平的做法。这样不仅可以促进社会道路资源和出行需求之间的优化与平衡，提升整个社会出行效率，而且还能以此为契机，有序放开限购限行，在促进汽车消费和普及的同时，让更多的北京市民享受到有车生活，满足其对美好生活的向往。

从政策层面来看，《中共中央关于制定国民经济和社会发展第十四个五年规划和二〇三五年远景目标的建议》提出，“推动汽车等消费品由购买管理向使用管理转变”。国务院常务会议指出，要稳定和扩大汽车消费，“鼓励各地调整优化限购措施，增加号牌指标投放”。从“购买管理”转向“使用管理”的政策，为各地调整限购措施打开了空间。

事实上，国际上也有不少国家和城市通过收取拥堵费，利用经济杠杆效应减缓城市交通紧张程度。比如，新加坡在实行拥堵费以后，进入控制区的车流量就明显减少。

交通拥堵是当前大城市治理的一个综合难题，其复杂性需要我们进行更多开创性的探索，而不是简单地“一限了之”或者增加几个指标。如果还抱着旧地图，是找不到新路的。

（刊发于 2020 年 12 月 19 日企业版）

丰田会成为汽车界诺基亚吗

作为丰田汽车掌门人，一向沉稳低调的丰田章男没想到，他此次炮轰电动车的言论，招来了十分猛烈的被炮轰。在最近召开的日本汽车工业协会年终新闻发布会上，丰田章男抱怨，“电动汽车被过度炒作了”。

针对日本政府可能宣布2035年禁售燃油车，丰田章男表示，这没有考虑到发电过程所产生的碳排放，以及向电动汽车转型的成本，“纯电汽车实际上会带来更多污染，因为在一些地方，电能主要是燃烧煤炭和天然气来供给”。

在经媒体报道后，他的主张，引发激烈争议。有人认为丰田章男撕开了“电动车污染”的遮羞布，但也有人认为他在“逆世界潮流”而动，还有人将丰田和诺基亚进行了类比。小鹏汽车董事长何小鹏就在微博上硬怼丰田章男，讥讽丰田未来的命运，或将如诺基亚。

丰田章男为何要炮轰电动车？电动车真如丰田章男所说的不堪吗？何小鹏怼得有没有道理？各方对于这些问题的不同分析，反而将争议推向了新的高潮。廓清其中的纷争，不仅需要抛却情绪化主张，更需要坚持发展的观点和系统性思维，才有可能找到正确答案。

事实上，关于电动车是否更环保的质疑，不仅在日本，在中国同样存在。质疑者和丰田章男一样认为，虽然电动车使用过程中是零排放，但其所用的电主要来自燃煤，进而推导出电动车和传统燃油车一样是有污染的，实则“换汤不换药”。

问题是，这样的质疑只是站在当下思考未来，并没有从未来思考当下。要看到，当前席卷全球的新能源汽车浪潮，早已不再局限于交通驱动电动化这一单向变革。与之并行的，还有能源低碳化和系统智能化革命。随着能源低碳化的加速推进，全球能源结构也在调整，未来大部分国家燃煤等化石能源比重将逐步下降，而风能、太阳能、核能等清洁能源比重则会不断上升。这意味着，未来电动车所充之电，将更加绿色环保。

退一步讲，即使燃煤发电，因为是集中燃烧，也比燃油车在运行中分散化排放，更易得到有效控制和处理。难怪有人调侃，简单地指责电动车污染大于燃油车，“非蠢即坏”，这很值得我们深思。

更要看到，不管是电力驱动，还是燃油驱动，能够真正颠覆汽车行业的不完全是电动化，而是与电动化深度融合的智能化。电动车作为智能化的最佳载体，比燃油车天然有着更快的响应速度，不仅有利于自动驾驶的更好实现，而且也有利于汽车智能化的商业生态打造与用户体验提升。以特斯拉、蔚来为例，这些造车新势力用互联网思维，通过新的电子电气架构，在预留硬件能力的前提下，车主能够通过软件自动升级，不断增加整车功能，优化体验，使得智能电动汽车正在成为新物种。也正是由于“电动化、智能化和网联化”代表了未来汽车产业的变革方向，聪明的资本才对特斯拉给出远高于丰田的估值。

有人说，丰田章男炮轰电动车，并不等于其不认可电动车，而是“醉翁之意不在酒”。理由是，作为同时兼任日本汽车工业协会会长的丰田章男，不会看不到这些产业变革的新趋势。现在之所以炮轰电动车，反对“禁燃”，只是“屁股决定脑袋”，希望为自己转型多留出点时间罢了。这样的解读，也符合逻辑。毕竟，目前丰田自家占优势的氢燃料曲高和寡，混动只是过渡，纯电动方面布局又远远落后德国大众，甚至落后本国的日产和本田。要知道，丰田可是年销量过千万辆的传统燃油车巨头。而与其相同体量的德国大众，已在全面加快智能电动化转型，丰田焉能不急！

从诺基亚手机当年的命运看，技术革命带来的摧毁性能量，往往是常人所无法预料的。不过，相较于手机行业，汽车的换代周期更长，天然带有“制造上量、产品迭代、市场渗透”的“三慢”行业护城河，这给了传统燃油车厂比手机要更长的时间，来应对这场电动化挑战。因此，丰田的诺基亚时刻，并不会很快到来。然而，如果丰田现在还是固步自封，不能顺应变革方向，也很难确保其诺基亚时刻某一天不会到来。因为，“我们常常高估一两年的变化，而低估一二十年的变化”。

（刊发于2020年12月25日企业版）

销量新高难解一汽之忧

受新冠肺炎疫情影响，刚刚过去的一年，在不少车企销量遭遇“滑铁卢”时，一汽集团却迎来了难得的高光时刻。最新数据显示，2020 年一汽实现整车销售 370 万辆，这也是该集团有史以来的最好销量成绩。

在去年全国汽车产销下滑的态势下，一汽取得这样的成绩殊为不易。不过，也有不少舆论认为，虽然一汽销量创出新高，但未从根本上解决其发展隐忧。

如果我们对数据深入分析，就会发现问题的紧迫性。在 370 万辆总销量中，一汽 - 大众销量为 216.2 万辆（含进口车），一汽丰田为 80 万辆，马自达为 8 万辆。也就是说外资品牌销量占比高达八成，而红旗、奔腾和解放三大自主品牌销量仅为其零头。这意味着，时至今日，支撑一汽集团门面的，仍是外资品牌。

《经济日报》在 2003 年曾发表一汽集团前董事长、总经理耿昭杰与记者的长篇对话《没有品牌，造多少车都是别人的辉煌》。主要观点是，没有自己的品牌，在世界经济中就没有地位，汽车工业合资后，不能放弃自主发展。“一石激起千层浪”，对话在业界引起了强烈的反响，也受到中央领导同志的关注。

然而，十几年过去了，一汽似乎还在“内卷”。要看到，以吉利、长城等为代表的自主品牌，在逆境中奋起，在砥砺中前行，如今年销量已多年稳居百万辆之上，并分别打造出领克和WEY两大高端品牌。尤其是吉利，不仅收购了沃尔沃轿车，而且成为戴姆勒大股东，市场竞争力今非昔比。这一现象，值得我们深思。

也许有人会说，去年红旗销量不是翻番了吗？如果单从数字上看，销量突破20万辆，确实是红旗的一个飞跃。但从具体车型来看，情况恐怕并没有我们想象的那么“香”。去年红旗销量占大多数的是H5和HS5车型，扣除价格优惠后，其真实市场成交价大都在10多万元。严格意义上讲，作为国人无人不知、定位高端的品牌，以如此价格抵达消费者，是无论如何也体现不出其品牌溢价能力，也难以彰显品牌豪华感。更重要的是，除了国人对这一品牌寄托着特殊情感外，目前红旗可能还没有培育出自身的造血能力，远谈不上其对产业技术主导和引领，而后者才是一个品牌真正获得成功的标志。

问题还在于，现在一汽的合资拐杖恐怕也越来越难拄下去了。经过多轮博弈，前不久，奥迪宣布上汽大众奥迪生产的车型，将由现有的一汽－大众奥迪网络进行销售和提供相关服务。消息发布后，各种解读都有。不少人认为，这是奥迪、上汽、一汽与一汽－大众奥迪销售渠道四方共赢。实际上，最大的赢家还是奥迪与上汽，毕竟奥迪又多了一个合作伙伴，而上汽则增加了豪华品牌，唯一不是赢家的应该就是一汽，因为这意味着一汽独家与奥迪合作获取高额利润的好日子已经到头了。

同时，随着汽车合资股比放开，外资不再受制于过去只能与两家中方车企合资的红线。作为一汽集团最重要的合作方，目前大众汽车集团已增资江淮大众，并将其更名为大众汽车（安徽）有限公司。虽然大众没有明说，但基于其持有大众（安徽）公司75%股份的事实，大众必然会把更多资源转移至新公司，对此一汽不应该想不通。

当前新一轮科技革命和产业变革浪潮澎湃，各大车企都在加快推进电动化与智能化转型。去年东风推出了高端品牌岚图，上汽推出了高端品牌智己，长安也联合华为和宁德时代正在创建新的高端品牌。这些新品牌借鉴互联网思维，产品采用新的电子电气架构，让软件重新定义汽车，成为推动智能电动汽车发展的重要力量。反观一汽，在产业变革浪潮中，似乎有些裹足不前。

一汽是新中国汽车工业的摇篮。去年7月习近平总书记在一汽考察时强调，“一定要把关键核心技术掌握在自己手里，我们要立这个志向，把民族汽车品牌搞上去”。这不仅是总书记对一汽的深情嘱托，也是对一汽的鞭策激励。面对汽车产业大变局的新机遇与新挑战，一汽更该加把劲，硬气起来。

（刊发于2021年1月8日企业版）

富士康救拜腾有点悬

停摆半年之久的拜腾汽车，终于等来“白衣骑士”。日前，拜腾汽车与富士康科技集团、南京经济技术开发区签署战略合作框架协议，合力加速推进拜腾首款车型 M-Byte 在明年实现量产。这一纸协议，也将在公众视线中消失已久的拜腾再次推到聚光灯下。

在签署协议的第二天，有媒体称，“拜腾近期将与富士康组建合资公司‘富腾’，而且拜腾会与盛腾合并，富士康团队已分别入驻拜腾与盛腾”。虽然拜腾对此未作回应，但这并不影响舆论对富士康牵手救拜腾的悲观论调。

人们之所以不看好这桩姻缘，恐怕还得从拜腾的历史说起。拜腾是南京知行新能源技术开发有限公司（FMC）旗下的新能源汽车品牌，最初由和谐富腾于 5 年前投资成立，后更名为拜腾汽车。经过数轮融资，拜腾累计获得 84 亿元融资，一度被业界热捧为“四大造车新势力”之一。

不过，与很多造车新势力不同的是，拜腾创建团队主要为外籍人员担当，比如，原宝马负责“i8”的毕福康和原东风英菲尼迪总经理戴雷担任联合创始人。也许是由于创始人的原因，团队人员大部分来自宝马、福特、谷歌和特斯拉等全球知名企业，阵容堪称豪华。

问题是，豪华掩盖不了一切。毕福康、戴雷两位外籍 CEO 先后离职，留下一款尚未量产的概念车拜腾 M-Byte、一张造车资质、一座电动车工厂以及一地鸡毛。去年 7 月，拜腾宣布暂停中国内地业务运营，仅保留小部分岗位维持运转。当时，央视称其“3 年烧光 84 亿，造不出量产车”。

此后公司一拆为二：拜腾汽车和盛腾汽车，前者聚焦车辆生产、市场销售，后者则聚焦于车辆、平台研发。由于首款车型迟迟没有量产落地，而彼时以蔚来、小鹏、理想等为代表的国内造车新势力，在特斯拉国产化的带动下，月销量“芝麻开花节节高”，拜腾在公众视线中很快就没了存在感。

对于富士康加码汽车领域，业内并不感到意外。因为一直以来，富士康都没有隐藏过其在造车领域的野心。富士康科技集团董事长刘扬伟曾表示，特斯拉是电动汽车中的 iPhone（苹果），富士康则希望成为电动汽车的 Android（安卓）。不过，要做“汽车界安卓”的企业并不少，华为、百度都是富士康的潜在竞争者。相比之下，富士康并没有明显优势，牵手拜腾亦充满诸多变数。

首先，造车不能没有钱。据报道，在本次合作中，富士康将注资 2 亿美元，用来主导拜腾汽车未来的发展。显然，对于债务缠身的拜腾而言，这一数字如果没有更多追加，则意味着拜腾基本没有翻身的可能。造车可是一个超级烧钱的行业，用蔚来汽车董事长李斌的话来说，“200 亿元只是一个门槛”。

比如，特斯拉从创立到盈利，历经 16 年，其间几度濒临破产，而蔚来、小鹏分别烧了几百亿元，到现在都还没盈利，这就很说明问题。根据最初规划，拜腾首款量产车 M-Byte 本应于 2019 年 10 月正式量产，但就是因为“囊中羞涩”，无力推进，计划一再延期，才被按下暂停键。

还要看到，投资整车，富士康手上有三个选择，拜腾只是其中之一。在宣布与拜腾携手之前，富士康的合作名单上早已有菲亚特克莱斯勒集团（FCA）和裕隆汽车集团。由此可见，此次合作能不能顺利落地，现在还没法定论。富士康和拜腾股东们的博弈，也许才刚刚开始。而结合苹果近期动作，不少业内人士甚至猜测，身为苹果“万年代工厂”富士康的真正的想法，可能是在为苹果汽车量产前积累经验，而不是真心救拜腾。

更重要的是，市场不等人。随着特斯拉等外资品牌抢占份额，国内造车新势力头部效应初显，以及比亚迪、广汽等传统车企的加速跟进，新能源汽车市场竞争更加激烈，资源和资本正逐渐向优势企业倾斜。作为弱势的后来者，本来就“只有一次开枪机会”，产品交付时间越晚，机会自然就越少。在一个全球新能源汽车研发和迭代最快的市场，一款新能源汽车从产品定义算起，如果三四年都难以量产，很有可能产品还未上市，就已被市场淘汰，这绝不是危言耸听。

（刊发于 2021 年 1 月 15 日企业版）

广汽埃安营销“翻车”尴尬了谁

针对愈演愈烈的“电动汽车续航1000公里”争议，日前广汽集团不得不发布技术说明公告，称之前的“快速充”和“长续航”属于两个电池项目，分别解决新能源汽车的两个痛点。这一公告引发了不少吃瓜群众吐槽。

事件的直接起因是，广汽埃安1月15日在官微上发布了一张“全新动力电池科技”海报：石墨烯基超级快充电池，8分钟内实现充电80%；硅负极电池NEDC续航里程1000公里，集“超级快充+超长续航+超级安全”于一身。

一“报”掀起千层浪，该内容迅速成为业内热议话题。赶巧的是，第二天，中国科学院院士、清华大学教授欧阳明高在中国电动汽车百人会年度论坛上直言：“如果某一位说，它既能跑1000公里，又能几分钟充完电，还特别的安全，而且成本还非常低，大家不用相信，因为这在目前是不可能的。”欧阳明高并未明指是哪家企业，但经媒体报道和解读后，公众很自然地将两者联系起来，很多人认为这是在专门打脸广汽埃安。

果真如此吗？非也！要知道，欧阳明高在讲这句话前，还说了句：“大家知道近期有很多的发布会，都谈到电池的创新，但商业运作，不能过度，过度就变成炒作了。”如果我们联系上下文细品，就会发现欧阳明高这番话，并不是针对某个具体企业，而是指一种现象。

其实，在广汽埃安之前，蔚来汽车与上汽智己就已分别发布最新产品规划及相关技术路线，最大亮点都是“NEDC 续航里程 1000 公里”。宁德时代董事长曾毓群也反复称，其“开发的 BEV 电池包可以实现超过 1000 公里续航”。在企业密集且频繁的宣告后，外界对此本身就有诸多疑虑。当然，无论是从逻辑上讲，还是从现实条件来看，只要多加装电池，续航里程达到 1000 公里是可以实现的，大家也就没太较真。

问题在于，相比蔚来、智己和宁德时代，广汽埃安的海报存在误导之嫌。其模糊的文字内容与版式，很容易让人以为“长续航、超级快充”等技术体现在同一款产品上。更何况，在电池材料没有革命性突破的前提下，8 分钟内实现千公里续航里程电池 80% 的充电，当前商业化确实有一定难度。因此，引发公众强烈质疑，也就不奇怪了。

有人说，也许广汽埃安当初策划这个文案时，就是想借此来吸引眼球。但笔者想强调的是，对于新技术的传播，作为一个负责任的企业，不仅需要好的创意，也要基于实际进展，把握好度，更不能吹大牛。否则，极易被吐口水，效果适得其反。

随着中国车市从增量竞争进入到存量博弈，竞争更趋激烈，营销也愈发重要。然而，现在有一个不好的现象，就是一些企业为了“上量”“出镜”，常常制造一些噱头，生怕事不够大，舆论不够关注。这些营销活动看起来热闹，但有的事后证明名不符实，有的甚至出事故。此次广汽埃安营销翻车，就是摆在我们眼前的一个鲜活案例。

同时，媒体也要保持客观公正立场，坚守真实底线，否则也易被打脸。此次报道中，有个别媒体在欧阳明高院士的一句发言里，刻意添加“骗子”二字，故意制造矛盾，吸引流量。这既是对专家的不尊重，对企业也不公平。

需要指出的是，尽管此次广汽埃安在新技术的传播上有打擦边球的意味，但其在电池研发上的创新精神，是值得鼓励的。只有通过科技创新，才能推动产业进步，实现高质量发展。而且，这与当年南阳“水氢车”骗局属不同性质，不能相提并论。

公众也要提升科学知识与媒介素养。与过去的机械产品相比，新能源汽车已成为一个新的智能移动终端。在产品与技术创新过程中，不可避免地会涉及一些新材料、新工艺及专业词汇。比如，“石墨烯基”“硅负极”等。如果没有一定科学知识作基础，就很难理解其性能与作用，更难评估其效果，很容易被一些不严谨的自媒体带偏。

（刊发于 2021 年 1 月 22 日企业版）

北汽新能源还能翻身吗

从巅峰到低谷，需要多长时间？北汽新能源的答案是一年。日前，北汽蓝谷发布最新数据显示，北汽新能源 2020 年累计销量为 2.59 万辆，相比 2019 年的 15.06 万辆下降 82.79%，不仅跌下了昔日的电动车销量冠军宝座，而且也引发了业界对北汽新能源发展的担忧。

冰冻三尺，非一日之寒。反思北汽新能源的急速坠落，产品力不足是首因。北汽新能源的产品，大多定位低端市场，比如 EC、EX 系列，售价多为 10 万元以下。早些年，市场缺乏优质产品，消费者选择余地不大，在新能源赛道上“抢跑”的北汽自然能赢得先机。然而，一招“先”并不能吃遍天。随着近年来新能源汽车产品供给的丰富，北汽新能源的产品不论是在续航、设计、配置、性能，还是在价格上，并没有跟上市场需求变化。与同级别产品相比，明显缺乏竞争力。

同时，产品和服务质量问题也成为拖累北汽新能源销量的重要原因。只要稍加搜索，在一些第三方的汽车质量投诉网站上，总会发现北汽新能源“霸榜”。据报道，不少车主反映，北汽新能源旗下部分车型存在着动力电池故障、转向异响等方面的问题，自燃也时有发生。更让消费者不满的是，其售后服务流程不完善、态度差。

产品和服务满意程度是企业口碑的源头，会对潜在消费者的购买决策产生重大影响。尤其是随着“90后”“00后”等成为消费主力，他们更加注重消费体验。由用户体验不佳而导致北汽新能源销量的下滑，也就不奇怪了。

有人会问，既然如此，为何北汽新能源还能连续多年获得电动车销量冠军？这里其实还有个产品销售结构问题。在很长一段时间内，北汽新能源的销量大部分都是仰赖租车市场、网约车公司等企业，以及政府的“大客户”采购，也就是我们常说的B端市场，而非C端的私家车市场。前两年，正好国内迎来网约车蓬勃发展，很多网约车公司、平台都采购了北汽新能源的电动车，使得其销量看起来很光鲜。

问题是，新能源车企依赖“大客户”，既有优势也有劣势。优势就是能够迅速获得大批订单以及新能源补贴，而劣势是企业的整个命运都交在这几个“大客户”手中，市场并不稳定。一旦政策或者“大客户”有风吹草动，就会陷企业于被动。而且，“大客户”市场份额毕竟有限，随着众多新能源车企进入市场，“大客户”也有了更多的选择，北汽新能源“大客户”市场被抢食也在意料之中。

北汽新能源并不是没看到这些问题，为此，专门打造了高端品牌极狐ARCFOX。然而，理想很丰满，现实很骨感。极狐品牌的首款产品ARCFOX αT于去年10月上市，当月销量仅为336辆，11月销量只有94辆。上市3个月，累计销量都未能突破千辆，遑论爆款。

更让人担忧的是，与上汽、广汽等集团拥有燃油车和新能源两大赛道的自主产品和品牌不同，北汽新能源是集团自主品牌唯一代表，肩负着“独家”振兴集团自主品牌的重任。由于众所周知的原因，北汽通过引进萨博平台，打造自主品牌并不成功。在不得已放弃燃油车品牌之后，毕其功于“新能源”一役。然而，在新能源汽车市场销量实现两位数增长的2020年，北汽却陷入低端产品销量断崖式下滑、高端产品上行困难的困境，这恐怕是当初的决策者完全没有想到的。

虽然销量不是衡量企业发展的唯一指标，但如此巨大的降幅，还是让人忍不住问一句：北汽新能源还能翻身吗？毕竟，决定一个企业未来的不在于过去销量有多高，而在于陷入低谷，是否还有更强的反弹力。

（刊发于2021年1月29日企业版）

长安汽车“V”型反转有啥了不起

这两天，有一家车企在朋友圈刷屏。

2月2日，长安汽车发布数据显示，今年1月份，集团销量突破25.2万辆，同比增长87.3%。其中，自主品牌突破20万辆，同比增长93.2%。面对如此高的增幅，有人调侃，“莫非长安汽车隐藏了去年的销量”。

此前，长安汽车发布公告称，2020年长安汽车累计销量为200.37万辆，同比增长13.98%；预计归属上市公司股东净利润28亿元至40亿元，同比增长205.79%至251.13%。在去年受新冠肺炎疫情影响、车市下滑的背景下，长安汽车销量和利润双双实现“V”型反转，同样备受舆论关注。

虽然销量不是最高，利润看起来也不是很多，但笔者以为，长安汽车画下的这个“V”型，颇具含金量。这是因为与一汽、上汽等几大国有汽车集团销量主要依靠旗下合资公司支撑不同，长安汽车销售的大多数是自主品牌。

要看到，去年长安汽车自主品牌销量为150.4万辆，占比高达75%，远超其旗下合资公司长安福特与长安马自达之和。更直白地讲，目前长安汽车已成为国内销量排名前六汽车集团中，唯一一家不靠合资品牌就能实现盈利的车企。无疑，这才是真的了不起。

在最能体现创新水准的乘用车领域，几大国有汽车集团留给外界的印象大都是“合资强、自主弱”。由于主要依赖外资品牌撑门面，长期以来饱受国人诟病。近些年，在国家自主创新战略引领下，乘用车自主品牌虽有所起色，但并不尽如人意。问题在于，这些自主品牌大多位于产业链和价值链中低端，仍靠合资公司利润输血，与公众预期还存在较大差距。此次长安汽车的“V”型反转证明，不靠合资公司，国有汽车集团是完全能干好自主品牌的，焉能不让人心情激荡。

长安汽车之所以“V”型反转，首先在于企业有科技自立自强的坚定信念，对技术研发始终“高看一眼”。也许是从一开始就明白旗下合资公司并不强，长安汽车更重视自主品牌发展。与其他汽车集团相比，长安汽车不仅较早建立了“六国九地”的全球研发体系，而且在关键核心技术上实现了一系列突破。以蓝鲸 NE 动力平台为例，该技术就填补了中国品牌汽车模块化动力平台化开发领域的空白。

汽车是一个资金密集、技术含量很高的产业。如果没有核心技术上的突破和掌控，很难开发出令人眼前一亮的畅销产品。不少人问，去年长安汽车“蓝鲸家族”车型，累计销量为何高达 90 万辆？其中一个重要原因就是，其搭载了蓝鲸系列先进发动机。这也从侧面说明，一个企业的产品竞争力离不开硬核技术支撑。

对产业智能化的前瞻性理解与把握，也是长安汽车“V”型反转的重要变量。随着新一轮科技革命和产业变革蓬勃发展，电动化与智能化变革浪潮澎湃。不过，电动化只是这场汽车革命的序幕。按照专家预计，目前人们所担忧的充电难、续航里程短等问题，再过 5 年或者 8 年就会成为过去。而汽车造福社会、深度改变人们出行体验的将是智能化，这也是未来企业竞争的制高点。

基于这样的精准研判，长安汽车在创新中更强调智能化。以产品智能化为例，长安汽车先后发布会进化的智能架构——方舟架构，率先在国内推出能实现 L3 级自动驾驶功能的量产测试、车载微信等。这些智能化元素的注入，在为用户带来全新产品体验的同时，也为企业产品销量和价值提升增强了新的动能。

还要指出的是，当前越来越多的用户已不再满足车辆本身的机械功能，而开始追求物理产品之外的消费体验。长安汽车深入洞悉这一客户需求变化，紧紧围绕“从服务客户向经营客户转型”的战略路径，以直达用户、直击痛点为基础，以客户愉悦为价值核心，启动了“客户服务一号工程”，注重提升用户服务体验，不仅实现了从产品驱动到用户驱动经营理念的重大转变，而且为传统车企的品牌加分和高质量发展蹚出了新路。可以说，这也是其“V”型反转带给我们的深刻启示。

（刊发于 2021 年 2 月 5 日企业版）

比增量更重要的是提质

吉利汽车15.6万辆，长安汽车15.5万辆，蔚来汽车7225辆……今年1月份，无论是传统车企，还是造车新势力，交付量同比都实现大幅增长。中国汽车工业协会最新数据显示，刚刚过去的1月份，我国汽车产销量分别达到238.8万辆和250.3万辆，同比分别增长34.6%和29.5%，车市喜迎开门红。

当月产销同比之所以均呈现大幅增长，一方面是经济正在恢复，消费信心持续上升，另一方面是去年春节假期在1月，加之去年年初新冠肺炎疫情影响，基数不高。按照中汽协预计，在宏观经济持续稳定恢复、疫情防控持续向好等因素影响下，今年我国汽车销量有望超过2600万辆，实现正增长基本没有悬念。

不过，也有不少舆论指出，虽然近年来我国汽车年产销已占据全球三分之一的数量规模，不仅远高于欧盟，而且高出美国约1000万辆，但值得反思的是，产业大而不强的问题也很突出。无论是合资车企，还是自主车企，更多还是停留在过去的思维中，“以销量论英雄”。比如，为争年度乘用车销量冠军，一汽－大众和上汽大众总要争个“脸红脖子粗”。

尽管受环境污染、能源短缺、交通拥堵等因素制约，我国汽车千人保有量不可能像欧美国家那么高，但现在近200辆的数字，刚达到世界平均水平，意味着年销量3000万辆迟早会到来。在我国经济由高增长转向高质量发展的当下，汽车产业比增量更重要的是提质，是如何增强产业竞争力，推动产业尽快实现由大变强。

品牌市场占有率是衡量企业及产品竞争力最直接、最核心的指标。尽管纵向上看，大多数自主品牌乘用车的产品、技术已有不小进步，但市场竞争力的关键应体现在横向比较中。10年前，自主品牌乘用车的国内市场占有率曾一度达到46.5%，而今年1月份，这个比例则降至42.4%。这说明，虽然吉利、长安、长城表现突出，但自主品牌汽车整体竞争力并未同步提升。

问题还在于，目前大部分自主品牌仍处于价值链的中低端，缺乏溢价能力。比如，同样配置的一款车，自主品牌价格就要比外资品牌低一大截。更让人担忧的是，时至今日，包括一汽、上汽等几大国有汽车集团，自主品牌根本没有营利能力，仍靠外资品牌输血。指望合资企业就能躺赢，自然谈不上什么真本事，遑论走向世界。

品牌的背后，是技术创新能力。应该说，在新发展理念引领下，近些年我国汽车产业在发动机、变速器、动力电池和智能化等方面取得了一定突破。然而，从组成这些核心部件的内部关键技术和材料来看，仍有不少依赖于跨国公司。以发动机为例，像涡轮增压器、电控喷油系统等技术，目前主要靠进口。再如，去年底出现的车用芯片供应紧张问题，至今也未能缓解，主要原因就在于，我国芯片制造技术能力不足，产业链供应链过于依赖海外。

技术创新能力是衡量产业发展质量水平的重要标志，也是一国产业链供应链自主安全可控的重要保证。过去我国汽车产业链供应体系主要围绕合资企业建立，多从经济角度布局，此次新冠肺炎疫情则暴露了短板。事实一再证明，在产业链供应链的关键技术和环节上，不自主就容易被“卡脖子”。因此，在新发展格局下，要确保产业链供应链的稳定，企业就需要尽快摆脱“依赖症”，实现科技自立自强，这也是汽车产业高质量发展的应有之义。

此外，政府相关主管部门也要深化“放管服”改革，加快建立企业的市场进入与退出机制，促进资源优化配置，提高全要素生产率。要看到，当前我国汽车生产企业产能利用率还比较低，一些僵尸企业大量占据着资源，造成整个行业运行效率低下。有数据表明，目前我国汽车行业产能利用率低于20%的企业占到30%至40%。显然，这不是一个小数目。如果这些企业清理不完，新的企业就很难有进入空间。毕竟，汽车产业不能在一个“垃圾堆”上搞创新。

（刊发于2021年2月19日企业版）

新能源汽车赛道挤点也无妨

小米也能翻起大浪。日前，有报道称，“小米已确定造车，并视其为战略级决策”，引发舆论震动。尽管随后小米集团公告回应，“还没有到正式立项阶段”，但文中类似“集团一直关注电动汽车生态的发展，并就相关行业态势进行持续评估及研究”的表述，不仅没能打消外界疑虑，反而给人一种“坐实”的感觉。

小米造车并不意外。早在 2013 年，小米创始人雷军曾专门拜访特斯拉掌门人马斯克，就造车取经。随后小米申请了大量与汽车相关的专利，雷军还通过顺为资本投资了蔚来和小鹏，希望控股蔚来。这些点滴，无不折射出小米造车的野心。

从产业发展前景来说，也值得小米一“搏”。如果说，早些年大家对新能源汽车发展还有些看不清，如今对于汽车产业电动化和智能化变革已达成共识。特别是近年来，以特斯拉、蔚来等为代表的造车新势力，在销售上一路走高，不仅改变了人们对造车新势力的看法，而且极大提升了自身在资本市场的估值。反观小米，去年推出了上百种产品，营收 1754 亿元，其市值不仅远不及特斯拉，甚至低于蔚来。小米对此“心有不甘”，也可以理解。

不过，随着小米跻身新能源赛道，也引发了另一种议论。此前苹果、百度、富士康已加入造车大军，腾讯、美团、阿里也分别投资蔚来、理想和上汽智己。尤其是百度，在参股威马的同时，还亲自下场参战。而恒大、宝能等地产大鳄，也在跨界追逐这一风口。以至于有人担忧，如此多的巨头卷入造车大战，会不会导致赛道拥挤，甚至产能过剩？

要回答这个问题，说难也难，说易也易。国际经济发展经验表明，一个产业要想有活力，就必须充分竞争。而充分竞争的前提是企业能自由进入。虽然眼下新能源汽车产业还不成熟，但初期各路人马试错是个必经过程。这不是靠政府认定哪几家企业就能成功的，因为谁也不知道自己能否胜出。只有让更多企业参与竞争，在大浪淘沙中，才能优胜劣汰。

反思在传统汽车领域，之所以没能培育出强大的自主品牌，其中一个重要原因，就在于早些年限制了民营企业的进入，竞争不充分。一方面，在轿车生产上，只支持“三大、三小”，获得“定向”资质的企业相当于受到政策垄断保护；另一方面，民营企业被人为设置的准入门槛阻隔在行业大门之外。其背后逻辑在于，汽车是一个讲究规模效应的行业，小规模的生产项目将加剧无序竞争、带来重复投资，无助于产业竞争力提升。这样的结论固然没什么毛病，但问题在于，规模效应是充分竞争后的结果，而非靠保护实现。因此，新能源汽车赛道挤点并不要紧。要紧的是，选手须踏实造车，不浮躁，更不能只为了“圈地”或“圈钱”。

至于产能过剩之忧，也要坚持辩证的思维和发展的观点。只要稍加分析，就会发现当前我国汽车产能过剩是结构性的。过剩的主要是传统汽车产能，特别是低端产能，而新能源汽车优质产能反而稀缺。表面上看，现在生产新能源汽车的企业不少，但绝大部分都是燃油车和纯电动车同一平台并线生产。这些以能量密度低、续航里程短的低速电动车为代表的边缘淘汰产能和油改电、空有电动车之名却无智能化之实的落后产能，恰恰是造成结构性产能过剩的根源所在。从这个角度而言，我国“原则上不再核准新建传统燃油汽车生产企业”，就是一个重要导向。

发展新能源汽车，是我国由汽车大国迈向汽车强国的必由之路。按照预计，2030 年我国新车年销量将达到 3000 万辆，如果 40% 的新能源汽车，每辆车均价按 15 万元计算，就是超过 1.8 万亿元的大市场。这还不包含后市场的分期付款、保险、修保、储能等业务，更不包括大数据接通后，其作为智能移动空间带来的增值。如此超大规模的市场，远非智能手机产业所能比拟，岂有各路英雄豪杰不拼抢之理。

（刊发于 2021 年 2 月 27 日企业版）

长安福特问题不只是变速箱

近日，长安福特的新闻刷屏了。原因是旗下部分翼搏、福克斯车型，变速箱进水导致生锈，被央视“3·15”晚会曝光。

据报道，生锈并非用户涉水，或使用不当所致，而是存在设计缺陷。具体来讲，就是车上集雨板有个洞，洗车或雨天时，水会往下漏。而这个地方刚好是发动机和变速箱结合处。水由此渗入，时间一长，就会使变速箱生锈。

汽车是一种拥有复杂机械和电子元件的产品，涉及成千上万的零部件。受配件质量差异、制造工艺水平、试验环境和实际使用环境差异等因素影响，企业很难保证产品毫无瑕疵。有些设计缺陷甚至要在消费者经过一段时间的使用后，才会呈现出来。因此，针对这些设计缺陷，国际通行做法就是厂家主动召回，解决安全隐患，维护消费者权益。

令人困惑的是，长安福特早就发现这个缺陷，并找到了有效解决方案，却不主动召回。而是将这一方案通过内部通告方式，悄悄告知全国经销商，对车主则三缄其口。如此神秘操作的后果就是，经销商千方百计将变速箱生锈责任推卸给车主。本来可以用一个密封垫和一个防水头就能解决的缺陷，硬是要消费者掏近万元来更换变速箱。有网友调侃，长安福特如此欺瞒消费者，“不仅伤害性极大，而且侮辱性极强”，实在有损福特这一国际品牌形象。

尽管面对舆论的曝光，此次长安福特已公开致歉，但不少人认为，长安福特反思并不深刻，只不过是“例行公事”罢了。至于其能否洗心革面、真正改变，并不乐观。毕竟，类似的场景多次发生在长安福特身上。早在2013年，就有消费者投诉，其购买的福特翼虎车型发生断轴，然而长安福特根本不予理会。直到当年的广州车展上，车主冲上展台，高调维权，引发舆论风暴，长安福特才被迫承认“前转向节”生产材料不符合福特在全球执行的材料强度标准，召回了部分翼虎。不过，紧接着销售的翼搏、蒙迪欧车型又出现断轴事件。时至今日，这些产品的质量问题都没有得到妥善解决。此次，再曝“生锈门”，可谓旧账未了，又添新愁。

其实，企业产品有缺陷并不可怕，怕的是企业明知产品有问题，而且已经不是个案了，却仍然不端正态度，甚至选择用逃避、掩盖事实的方式来消极对待。因为消极态度的背后，体现的是企业经营理念的落后和用户思维的缺失。如果说，早些年长安福特凭借外方产品和技术，在一个卖方市场，不尊重消费者，产品还可以大卖。但在今天的中国市场，这样的傲慢做派恐怕已行不通了。

随着全球科技革命和产业变革加速推进，自主品牌崛起，市场更加开放，消费者对汽车产品和服务的要求与体验越来越高，中国汽车市场竞争格局已发生深刻变化。合资车企再也不能像过去那样，随便复制个产品过来，甚至是落后产品，就能在中国市场“躺赚”。可以说，中国汽车市场已不再完全是合资品牌说了算的时代。从巨亏的神龙，到挣扎的北京现代，目前一些弱势合资车企，有的已沦为中方母公司的包袱，就很能说明问题。因此，不管是自主品牌还是合资品牌，不管是造车新势力还是百年老店，没有好的产品和服务，不尊重消费者的需求和体验，就会被市场无情抛弃。从长远看，没有企业会成为例外。

数字也许是枯燥的，但很能说明问题。2020 年长安福特在华销量为 21.37 万辆，这一数字不及其 2016 年 95.7 万辆销量的四分之一。难怪有人说，“这哪里只是腰斩，完全是被竞争对手按在地上摩了又擦，还被踹了一脚”。长安福特近几年在中国市场的糟糕表现，原因固然比较复杂，但谁又能说这与其不断爆发的产品质量问题无关呢？谁又能说其不重视消费者的态度不是其罪魁祸首呢？作为在长安福特经营中起主导作用的母公司福特，难道不该深刻反思吗？要知道，如果没有中国市场和中国消费者的支撑，百年福特被丰田、大众抛下，沦为全球二流车企也是迟早的事。这绝不是危言耸听！

还要指出的是，与长安福特的跌落相比，目前长安汽车的自主品牌正在强势崛起，其对集团合资板块的布局也在作出深刻调整。此前，由于产品不能适应中国市场变化，铃木已被长安果断放弃，不得不退出中国市场。同时，长安亦将长安标致雪铁龙的 50% 股权转让给宝能，不再寄希望于标致雪铁龙。如果此次长安福特还不能认识到问题的严重性，在经营理念和产品及服务上做出彻底改变，恐怕也难以逃脱被市场和合作伙伴抛弃的命运。

（刊发于 2021 年 3 月 26 日企业版）

小米造车 胜算几何

屡次辟谣后，小米集团终于公开承认造车。3 月 30 日，小米集团发布公告，拟成立一家全资子公司，正式进军智能电动汽车行业。在当晚的发布会上，小米集团创始人、董事长兼 CEO 雷军称，这是其人生中“最后一次重大创业项目”，并愿意押上所有积累的荣誉和战绩，“为小米汽车而战”。

小米造车，并不意外。从产业发展前景来看，尽管去年小米智能手机业务实现收入 1522 亿元，同比增长 24.6%，但全球智能手机市场已接近饱和。作为移动互联网时代绝对流量入口的智能手机，未来想象空间有限。如果想要继续抓住互联网流量红利，小米就得寻找一个更大的“风口”。

与之相比，智能电动汽车作为最大移动数字终端展现出了“风口”的引力和潜力。中汽协数据显示，去年我国新能源汽车销量 136.7 万辆，同比增长 10.9%；预计今年增幅将超过 30%，销量达到 180 万辆。2035 年，我国新车年销量有望突破 3000 万辆，如果一半是新能源汽车，每辆车均价按 15 万元计算，就是超过 2.25 万亿元的大市场。这还不包括后市场的分期付款、保险、修保、储能等收入，更不包括大数据接通后，其作为智能移动空间带来的增值收入。如此超大规模市场，足以吸引小米参战。

从资本市场估值来看，也值得小米一搏。如果说早些年人们对于新能源汽车的发展还有些看不清，充满争议，但眼下大家对于汽车产业电动化和智能化变革则已达成共识。随着近年来以特斯拉、蔚来等为代表的造车新势力，在销售上一路走高，既改变了人们对造车新势力的看法，又极大提升了自身在资本市场的估值。

数据显示，去年特斯拉美股市值涨幅近 7 倍，成为全球市值最高的车企。雷军早期参与投资的蔚来涨幅最高达 14 倍，市值一度超过小米；同样在美股上市的小鹏和理想，市值与 IPO 时相比最高翻了 3 倍；而比亚迪因为新能源概念，同期涨幅也近 4 倍。如果小米造车，其市值无疑将会得到更大提升，这当然也是小米所乐见的。

不过，虽然产业前景和资本市场估值诱人，但智能电动汽车赛道玩家也是众多。除了奔驰、宝马、大众等传统汽车大佬和已经抢跑的蔚来、小鹏、理想和威马造车新势力“四小龙”，前不久苹果、百度等科技巨头都已加入造车大军，而恒大、宝能等地产大鳄也在追逐这一“风口”。面对这些实力对手，小米要想在造车战中最后胜出，既要保持战略清醒，更要脚踏实地。

要看到，汽车是一个资金、技术和人才密集的重资产、长周期、高壁垒行业。一款车从产品定义到量产，最少也要 3 年至 5 年，而要真正盈利，更是遥遥无期。期间，“烧钱”是任何玩家都难以回避的现实。蔚来汽车创始人李斌曾说，“没有 200 亿不要造汽车”，但后来蔚来汽车“烧钱”的速度，还是远超出人们预期。2016 年以来，蔚来累计净亏损约 337 亿元，至今未能盈利。恒大汽车称，自进入新能源汽车领域以来，累计投入已经达到 437 亿元，但至今一辆车未交付。难怪有人感叹，“造车就是一个‘烧钱’的无底洞”。

当然，相比于那些“啥都没有，靠 PPT 拿钱”的公司，小米要强不少。按照雷军的说法，“亏得起”。不过，此次小米宣称的首期投资100亿元人民币，未来10年的100亿美元，对于汽车行业来说，其实也不算多。要知道，比其“富有”的韩国三星也曾造车，但最终知难而退；而像戴森那样的科技公司，砸了上百亿元，就举手认输的故事并不鲜见。

问题关键还在于，小米还有天生的短板，这就是品牌力不足。要知道，小米是以走性价比路线起家的。在小米产品的发布会中，常有这样一个环节：对比竞品。熟悉的人都知道，小米一定会做到“同样的价格，配置更高”，或者“同样的配置，价格更低”，这也是小米之所以深得米粉信赖的重要原因。然而，性价比在不少消费者心中又常常是低端产品的标签，小米智能产品的品牌溢价能力并不高。

不可否认，目前小米智能产品销量已跃居行业前列，但其在品牌价值上似乎还难以比肩苹果，甚至三星、华为等。而汽车是一个不仅极度看重规模，更注重品牌的产业。没有强大的品牌溢价能力，就很难像特斯拉一样提供向下俯冲、覆盖更为广阔市场的强大势能，也就谈不上真正的市场竞争力。因此，小米造车还将是一场提升品牌力的攻坚战和持久战。

（刊发于2021年4月1日企业版）

破解车用芯片短缺需双轮驱动

全球芯片短缺持续冲击着汽车制造业。继蔚来汽车宣布在合肥的江淮工厂连续停产 5 天后，福特汽车也宣布延长美国多家工厂停工时间。其中，密歇根州迪尔伯恩的卡车工厂停产两周，密苏里州堪萨斯城组装厂卡车条线停产一周。相关机构统计数据显示，目前芯片断供已导致全球汽车企业累计减产 115.7 万辆，预计今年减产超过 200 万辆。

车用芯片的断供，也引发业内大讨论和大反思。梳理其原因，倒也不难厘清。从需求侧来看，在 5G、人工智能等带动下，新一代信息技术产品应用加速落地，推动芯片需求快速增长；从供给侧看，近些年全球半导体产能增长缓慢，叠加疫情和火灾影响，又造成芯片供给不足；供应链方面，产业链上下游企业为防范断供风险都在增加库存，无形中进一步加剧了芯片的“抢购”。

通常来说，车用芯片供应链分为三级。最下游的是整车厂，需要从博世和大陆等一级供应商采购 ECU 和 ESP 等集成模块，而博世和大陆等企业则要从更上游的意法半导体和恩智浦等企业采购相关芯片。一旦最上游芯片制造厂出现短缺，就会导致整个供应链“中断”。

有人说，缺芯不是中国的事，现在全球都缺，待疫情缓解，下半年供需平衡就会恢复。还有人说，缺芯也不只是汽车产业的事，通信行业也缺，是共性问题，汽车行业没必要过于焦虑。这些说法，当然也不无道理，但不深刻，或曰缺乏战略眼光。问题的关键在于，当前我国如何才能有效破解芯片断供难题，确保产业链供应链安全可控。

当前我国汽车产销规模已占全球三分之一，但国内汽车芯片产业规模仅占全球5%，关键车用芯片长期依赖进口，产业链供应链安全缺乏根本保障。随着汽车智能化程度越来越高，车用芯片的装机量将倍增，其重要性也日益凸显。前不久，有媒体报道称，美国正在拉拢日韩，推动脱离中国半导体供应链。这表明，在中美博弈的背景下，强化芯片产业链供应链自主安全可控，更具紧迫感和战略意义。

一方面，要着眼当前供应紧张问题，充分挖掘存量芯片和现有产能资源潜力，确保产业不大幅度波动。特别是要搭建车用芯片产业协同对接平台，促进芯片和汽车行业信息沟通和相互了解。在一定程度上，车用芯片供应紧张，是汽车与芯片两大产业信息不对称、沟通不充分造成的。长期以来，汽车行业要求车规级，认为一般用于消费电子的芯片，达不到汽车所需要的质量和成本要求；而芯片行业认为，汽车行业技术不高但要求高，汽车芯片技术等级在20至40纳米之间，不是什么高新技术，但对于质量和成本的要求又特别高。因此，打破行业壁垒，促进两者跨界融合，有利于推动车用芯片的创新与应用。

另一方面，要加紧长远战略布局，强化核心技术攻关，完善技术标准规范，提升测试验证能力，构建自主安全可控的产业发展生态。比如，设立汽车产业核心芯片及生产设备国产化重大专项，支持主机厂与国内车用芯片商开展定制化研发，探索试行国产汽车芯片“首台套”政策。同时，还要加强标准制定，设立准入门槛，确保车用芯片质量，让整车和零部件企业“愿意用、敢于用、主动用”国产化芯片。

市场是技术迭代创新的重要依托。2020 年我国芯片进口金额超过 3500 亿美元，包括高通、英特尔等跨国公司的壮大，都离不开中国市场的培育。虽然美国对我国企业实施断供，但是我们的市场需求是客观存在的，这就给国内芯片企业提供了难得发展机遇。只要企业能充分利用好超大规模市场优势，向自主创新要动力，定能攻下“卡脖子”的关键核心技术。

（刊发于 2021 年 4 月 9 日企业版）

“五菱神车”意味着什么

打破特斯拉销冠神话的，不是闪耀在聚光灯下的“蔚小理”，而是个头不大的五菱宏光 MINI EV。中汽协最新数据显示，今年 3 月份五菱宏光 MINI EV 销量达到 3.98 万辆，连续 7 个月超越特斯拉。自去年上市以来，五菱宏光 MINI EV 销量已突破 20 万辆，成为全球小型新能源汽车销量纪录创造者，被网友喻为“五菱神车”。

五菱宏光 MINI EV 如此破圈，多少令人有些意外。要知道，五菱宏光 MINI EV 设计简约，车型小巧，续航里程不超过 170 公里，价格仅为三四万元。这款小车，无论是从外观还是性能上，很难与市场上追求“高科技、高续航、全智能”的新能源汽车相提并论。以至于不少人将其误以为低速电动车、“老头乐”而已。

然而，五菱宏光 MINI EV 的破圈，又似乎在情理之中。不可否认，随着技术进步和消费升级，当前人们对汽车产品的需求也越来越多元化与个性化。但对于大多数消费者而言，最根本需求还是在安全和低成本条件下，解决代步问题。调查显示，90%的车主每天出行半径在 30 公里内，85%的车主单次行驶时间不超过半小时。当前，城市街道和城乡接合部随处可见的“老头乐”，实际上就是此类需求的真实反映。

五菱宏光 MINI EV 的上市，显然比“老头乐”更能满足人们这种代步需求。从安全角度看，五菱宏光 MINI EV 经过整车级碰撞测试验证，比产品标准模糊的“老头乐”可靠。从性价比角度看，虽然五菱宏光 MINI EV 只有 100 多公里续航里程，但基本可满足居民买菜、接送小孩、上下班等使用场景。其不大而略显“萌”的造型，相对合理的电池搭载，直接使用普通家庭电源的充电方式，使得消费者不仅能有效降低使用成本，而且也方便停车和充电。有人曾对该车用电成本计算，发现每公里电耗成本仅 5 分钱，其经济性不言而喻。因此，消费者将其定义为“人民代步车”，倒也蛮形象的。

汽车是一个依靠创新驱动的产业。但决定创新的基本力量，不仅包括科技进步带来的机会，还包括市场需求条件。反思新能源汽车之所以推广难，其中一个主要问题就是车价偏高，抑制了购买需求。同样级别的新能源汽车，市场价格比燃油车高 50% 以上。即使算上财政补贴，也难言性价比。真正有竞争力的新能源汽车，一定是通过市场，而不是依靠补贴来与燃油车竞争的。上汽通用五菱通过打造现象级产品，开辟出一条不依赖补贴就能发展的新能源汽车之路，这难道不香吗？

有人也许会说，五菱宏光 MINI EV 与特斯拉 Model 3 没有可比性。毕竟，一款三四万元低价车，不足以代表中国汽车产业整体水平，也不能代表新能源市场绝对力量。这样的说法，当然也有道理，但不能因此否定五菱宏光 MINI EV“破圈”带来的产业意义和社会价值。

要看到，不是所有自主品牌都必须或都适合走高端化路线。像欧美车企，也并不是每家都有高端品牌。长期以来，人们对高端化的认识存在误区，以为产业升级或者消费升级后，市场就不需要中低档或者入门车型了。实际并非如此，因为消费需求也是分层的。

诚然，产品和品牌高端化是一个国家汽车产业提升价值链，由大变强的重要途径，但高端化不意味着把原本有市场需求的小型车全部去掉。况且，上汽通用五菱现在还有“向上”的自主品牌新宝骏。

退一步讲，小型车也并不等于低品质。在国际上，一些小型车同样充满技术含量，具有较高质量水准。比如，日本“小车之王”铃木的不少产品就是精品。在汽车消费成熟的市场，出于环保、经济等多方面考虑，人们也愿意购买小型精品车。每年欧洲和日本小型车在新车销量中高达四成的占比，就很能说明问题。所以，产品和品牌不完全在于高端还是中低端，关键是要适应市场需求，把产品做优做精，把品牌打造出竞争力。

还要看到，目前中国摩托车保有量高达 7000 多万辆，电动自行车保有量超过 3 亿辆，低速电动车保有量也有 600 多万辆。随着这些家庭收入的增长，他们也有着改善出行条件的需求。如果五菱宏光 MINI EV 能转化为“人民代步车”引导其中一部分需求，那么无疑这些需求将汇聚成推动我国新能源车普及，由政策驱动真正转向市场驱动的磅礴力量，改变“潮水方向”。

更重要的是，小型车也符合发展新能源汽车本义。在我国奋力达成碳中和目标的征程中，无论是在节能减排抑或是交通治堵、解决“停车难”等方面，小型电动车都有独特优势。这也就不难理解，日本媒体为何强烈呼吁引进五菱宏光 MINI EV，以及上汽通用五菱正在全力打造全球小型电动车（GSEV）平台的深意了。

（刊发于 2021 年 4 月 16 日企业版）

也谈特斯拉现象

尽管“不妥协”的特斯拉已经“认怂”，但舆论似乎不依不饶。从维权女车主登上车顶开始，到企业深夜再次致歉，特斯拉不仅快速把自己送上了热搜，成功抢占了各大媒体平台头条，而且正在成为一种现象，被人们热议。

梳理这一现象的起因，并不复杂。就是面对一起突发交通事故，在是否刹车失灵和超速行驶上，需要找第三方权威检测机构，来检测和界定车主与厂家责任。结果“公说公有理，婆说婆有理”，久拖不决。以至于女车主在上海车展极端维权，燃爆舆论。而特斯拉的硬核表态，又导致其在舆论场再次“翻车”。

女车主要维权的车辆究竟存不存在刹车失灵问题，是解开此次事件真相的关键。随着监管部门的介入，相信经权威机构检测认定后，终会真相大白。但反思此次事件，我们不能止步于真相，理应有更多、更深入的思考，这也是我们从汽车大国迈向汽车强国，构建良好汽车消费生态和文明进程中的一次赶考。

加强第三方检测机构建设与公信力提升无疑是必要的。此次有一个争议细节，就是消费者不信任特斯拉推荐的第三方——中国质量认证中心，而又没有或者无法推荐双方共同认可的第三方检测机构。这从某种程度上暴露出，我们在汽车维权第三方检测认证机构建设中存在明显短板。作为全球汽车年销量和保有量第一大国，多少有点打脸。对于汽车如此复杂的产品，如果没有权威机构鉴定，消费者凭肉眼是很难举证或取证的，也是难以让公众信服的。特别是随着智能电动汽车的快速发展，“软件定义汽车”时代的到来，必然更需要可信的第三方检测机构来为公众提供高质量服务。

同时，厂家对待消费者的态度有时比产品质量本身还重要。不得不说，在此次事故处理中，特斯拉对待消费者是颇让人不舒服的。作为一家头顶明星光环的高科技公司，特斯拉固然有颠覆性的产品，但这不是特斯拉可以怠慢消费者的资本。要知道，科技的伟大不在于超级，而在于普及。再好的产品，如果没有消费者购买，不能给消费者带来愉悦的体验，又有什么价值和意义？更何况，中国市场如此之大，在全球车企中的地位如此之重要，特斯拉理应更加重视中国消费者才是，除非不想在智能电动汽车赛道继续领跑。

事实上，在现实生产生活中，不管是传统燃油车还是新能源汽车，从来就没有一款是完美无缺的。作为民用领域最复杂的产品之一，由于在设计或生产时，受制于当时科技水平或认知所限，虽然都符合法律或行业相关规定，很多汽车也会存在这样或者那样的缺陷。这些“先天”缺陷，有的甚至是产品进入流通领域经过消费者使用后，才有可能进一步暴露或被发现。因此，产品有问题缺陷，并不可怕。可怕的是厂家处理问题的态度不友好，进而被人贴上“傲慢”的标签。此次特斯拉女车主引爆的维权风波，教训不可谓不深刻。

此外，企业与媒体关系也要再认识和重塑。有人说，此次特斯拉之所以遭到媒体群殴，就在于其不投媒体广告，特别是“不在自媒体上投”。这样的说法，显然并不全面。相信大多数媒体口诛笔伐特斯拉，是在报道消费者维权过程中，看不惯特斯拉的“傲慢”态度与派头。

当前舆论生态、媒体格局、传播方式正在发生深刻变化，企业与媒体关系也在重塑。特斯拉之所以如此反感某些自媒体，恐怕也不是没有缘由的。近几年，自媒体如雨后春笋般兴起，由于缺乏像对机构媒体那样的严格监管，确有一些自媒体以“黑企业”为能事，借“揭批”之名，行敲诈之实，特别是在汽车圈、信息通信技术以及房地产等领域，这种风气尤甚。企业敢怒不敢言，为了息事宁人，只好舍财消灾。问题是，羊毛出在羊身上，这些成本最终都是消费者埋单。而特斯拉只是勇敢地说出“皇帝没穿衣服”的那个孩子而已，这一现象同样应引起监管部门重视。

（刊发于2021年4月23日企业版）

再谈特斯拉现象

上海车展已落下帷幕，但“车顶维权”引发的风波还在发酵。随着特斯拉无条件上交数据，舆论从此前的一边倒，开始分化。一部分人认为，维权女车主很多话，经不起推敲，前后矛盾，有车闹之嫌；另一部分人则怀疑，特斯拉可能篡改数据，车辆仍存在“刹车失灵”。而更多企业和人员的“被卷入”，使得整个事件扑朔迷离。

要平息当前舆论，还公众真相，关键是要拿出对事故车辆令人信服的检测和鉴定结果。按照目前进展来看，可能还需要时间。这既取决于厂商和消费者是否能更有效沟通，尽快确认有资质的第三方权威机构进行检测，也与双方及交管部门能否提供更详尽的证据紧密相连。

应该说，对于传统燃油车，我国第三方检测机构的检测能力已相当成熟。但对于智能汽车，检测机构的能力，并没有跟上产业发展速度。特别是在国内外智能汽车检测标准和规范都没有出台的背景下，如果消费者能提供此次行车记录仪，无疑有助于降低检测研判难度，提升鉴定结果准确性。

如何加强数据监管和畅通消费者维权通道，是我们从汽车大国迈向汽车强国，构建良好汽车消费生态和文明进程中必须作答的考题。

每一次冲突升级，都暴露出现有法规对智能汽车的监管难题。随着“软件定义汽车”时代的到来，车辆产生的大量数据究竟该由谁来保管？如何使用、管理和监管这些数据？尤其是发生事故后，该如何对数据进行公开，以及公开到什么程度？显然，要回应好公众的这些追问，就必须加快构建适应智能汽车产业发展，确保数据安全，满足政府有效监管的数据管理体系。

与真相如何、数据是否真实相比，此次“车顶维权”最令人担忧的是，它在某种程度上又强化了“越闹才会越被重视”的维权错误认知。这其实也是我们最不愿意看到的。毕竟，消费者不能以触及法律底线的极端方式，靠“闹”来获利，这也有悖于我们倡导的汽车社会文明。

不得不说，像汽车这样的产品，本身设计和制造就比较复杂。再加上使用场景的不确定性，出了事故，单靠消费者的知识结构，有时还真难以和厂家诉清。这就需要借助专业的组织和力量，比如地方消协甚至监管部门更主动地作为。倘若能用科学的数据、清晰的事实，及时厘清责任归属，也许“车顶维权”风波就不会发生。

此次车主“车顶维权”，赚足了眼球，也消耗了大量社会公众资源。事实上，无论是对特斯拉还是车主而言，双方都在这场风波中付出不小代价。可以说，维权车主踩的不仅是特斯拉一辆车，而是汽车产业快速发展和消费维权中的多个痛点，全社会都在为此交学费。如果我们只是满足于看热闹，不能从更深层次上反省特斯拉现象，从而进行系统改进，就很难确保下次不重演类似过激维权事件。这个学费交得就很不值！

当前，我国新车年产销量已连续 12 年全球第一，汽车保有量也已超过美国，处于汽车大国迈向汽车强国关键期。汽车强国不仅在于技术硬实力的支撑，还有文化软实力的涵养。而市场秩序和消费生态作为其中重要组成部分，离不开企业、消费者、第三方机构和监管部门共同维护。

（刊发于 2021 年 4 月 30 日企业版）

上海车展彰显中国企业“创变”自信

“这是最热闹的一届车展，也是最好看的一届车展。”虽然特斯拉车主车顶维权，意外抢走不少风头，但仍旧掩盖不住今年上海车展的光芒。10 天展期、81 万人次、128 辆全球首发车……一系列亮眼数字，不仅见证了本届上海车展的“火爆”，更因企业主动“拥抱变化”，前所未有地展示了产业变革的雄心与气势而备受全球瞩目。

作为新冠肺炎疫情以来全球首个如期举办的 A 级车展，无论是规模还是含金量，均已超越其他西方国家车展。不少人认为，这标志着以汽车发明和领导为中心的西方汽车历史开始落下帷幕，而以智能电动为代表的新能源汽车为中心的东方汽车开始崛起。

这样的评价令人振奋。在全球经历新冠肺炎疫情冲击，产业遭受重创，芯片供应链持续紧张的背景下，上海车展之所以能够如期举办，首先得益于中国对疫情的有效管控，这也是中国车市全面复苏的先决条件。当然，上海车展如此精彩的表现，更得益于国家在新能源汽车产业的战略布局和众多企业的合力奋进，以及超大市场规模优势的赋能。

全球首发车型的数量多少，衡量着车展在业内的地位和影响力。本届上海车展全球首发车共 128 辆，虽然这一数字不是历届车展中最高的，但超过半数的智能电动车占比，无疑预示着一个汽车新时代的到来。特别是在大部分国家还在疫情之中苦苦挣扎，全球车市复苏依旧艰难的背景下，这样的数字和占比犹如黎明前的一道光，温暖而充满希望。

按照惯例，跨国车企发布全球车型，一般会从本土发布开始，到中国发布结束。此次上海车展，则成为很多跨国车企新车的全球首发“福地”。包括奔驰、宝马、日产等跨国巨头，都将其作为年度重磅车型的全球首发平台。更值得重视的是，在车展期间的梅赛德斯-EQ之夜上，曾经的“汽车发明者”奔驰首次没有出现燃油车的身影，4款亮相车型全部为电动车。这在奔驰百年历史上也是首次，可谓意义深远。

车展背后有车市。今年前3个月，我国汽车产销635.2万辆和648.4万辆，同比增长81.7%和75.6%。中国汽车工业协会预计，今年我国汽车销量预计将达到2630万辆，同比增长4%左右。这意味着，中国不仅将继续成为跨国车企的战略高地，也将成为引领全球车市复苏的强劲引擎。

市场在哪里，汽车产业的重心就转向哪里，这早已成为产业界共识。自2009年中国新车年产销量超过美国之后，中国汽车市场地位就更加凸显。随着各大跨国车企加快在华新品投放和自主品牌的奋力崛起，中国不再是过去人们认为的、只要有产品就能够卖的“新大陆”。挑剔的消费者和最激烈的竞争，在推动着各大车企重新认识中国汽车市场的同时，也推动着中国汽车市场呈现出超越发达国家的“创变”活力。

车展里面更有变局。本届上海车展上，无论是中国传统车企的高端品牌，还是造车新势力，甚至是国际传统豪华车企，推出的新能源车型已达到了全部新车的一半以上。这表明，中国新能源汽车的市场化已经成为世界的焦点，正在改变潮水的方向。从一汽解放的艰难诞生，到北京吉普的合资破土，再到以吉利为代表的民营自主车企崛起，中国汽车产业在传统燃油车的轨道上，始终是追赶者角色。而此次车展中国品牌在新能源汽车赛道的先发优势尽显，引领着越来越多的国际巨头开始拥抱新能源汽车产业变革浪潮，展现出从未有过的自信，怎能不令人热血澎湃。

更要看到，此次车展上不仅蔚来、小鹏等造车新势力开始跃居主流，更有包括华为、百度等科技巨头联合车企下场造车。汽车正经历着从燃油车向新能源汽车、从机械化向智能化、从出行工具向数字生活空间的“重新定义”。而在“智能化和电动化”产业变革浪潮下，蔚来即将装车的激光雷达、华为的域控制器、地平线的芯片，以及各种整车智能技术解决方案的涌现，又显示出中国品牌整车、零部件企业技术创新发展速度明显快于外国品牌，特别是快于那些国际传统造车大公司的勃勃生机。以至于有人感慨，“以本次上海车展为转折点，今后车展中国品牌展台会比外国品牌展台更好看”。这，难道不香吗！

（刊发于 2021 年 5 月 7 日企业版）

福特能否迷途知返

福特在华高层震荡仍在继续。继福特中国宣布调整全国销售服务机构总裁之后，日前有媒体称，福特中国电动车事业部首席运营官、Mustang Mach-E 电动车项目负责人朱江已离职，或加盟小米汽车。

此前，福特中国宣布成立福特品牌乘用车事业部和中国商用车事业部，并做出一系列人事任命。具体来说，现任福特汽车南美及国际市场总裁 Lyle Watters 将出任乘用车事业部总经理，江铃汽车总裁王文涛出任中国商用车事业部总经理，两人均向福特中国总裁兼首席执行官陈安宁汇报。

一系列眼花缭乱的人事调整背后，是福特中国“悬崖之上”的自我救赎。尽管一周前，福特公布的财务数据显示，今年第一季度公司整体营收达到 362 亿美元，实现净利润 33 亿美元，创下自 2011 年以来最佳第一季度业绩。然而，明眼人一看便知，其营收和利润主要来自北美市场支撑。在福特已取得的 48 亿美元息税前利润中，仅有 4.54 亿美元为北美地区以外汽车业务。而与北美地区并列为福特全球“两大核心”的中国市场，仅是接近盈亏平衡，这与大众、丰田在华表现天壤之别。

有人也许会问，今年第一季度，福特在华销量和增幅不是挺亮眼吗？以其旗下合资公司长安福特为例，新车销售 49325 辆，同比增幅高达 46.3%。不过，这其实只是表象。由于去年第一季度，我国车市受新冠肺炎疫情影响较为严重，长安福特的这个同比高增幅，主要是由于销量基数较低所致。真正具有可比性的数据是 4 月份，但长安福特当月销量仅为 15363 辆，同比下滑 24.93%。显然，这并不是一个令人乐观的销量走势。

福特曾发布“福特中国 2.0”战略，提出“更福特、更中国”和“长安福特要用 3 年时间恢复到主流合资企业”的目标。有人直言不讳，按目前态势，甭说长安福特重返主流，就是福特在华也很难入流。

反思福特在华的不理想表现，产品不给力是主要原因。一方面，福特在华产品更新换代太慢。有统计表明，长安福特车型平均更新时间为 5.4 年，全球车型车龄 3 年以上的占比 68%，乘用车车型平台基本是 2013 年以前投放的。以长安福特嘉年华为例，这款车于 2009 年 3 月在华上市，直到 2013 年 3 月进行中期改款，2019 年 11 月才正式换代。显然，如此步伐，很难跟上市场节奏。

要知道，今天的中国汽车市场已发生翻天覆地变化，不再是合资品牌占据绝对优势，拿一款老产品就可以糊弄消费者的时代。随着市场从增量转向存量博弈，以及自主的崛起，新势力的跃升，竞争加剧使得中国消费者愈发“喜新厌旧”。即使强如大众旗下的帕萨特、迈腾，也是一年一小改，两年一大改。如果福特不思进取，其被中国市场抛弃是不难预料的。

事实上，在技术与市场的双重推动下，维持产品与企业竞争力的最好方式就是不断推陈出新，保持产品对市场的吸引力。此前，韩系车企之所以能够在中国实现较快增长，很大程度就在于，韩系车在其他合资品牌车型还在中期改款时，就已开始提前换代。因此，缩短产品周期就成了车企演绎“时间就是生命”的最佳注解。特别是在“电动化和智能化”变革浪潮下，加快产品迭代，更是时不我待，福特不应该看不到这一变化。

另外，福特在华也缺乏明星产品。对比在华主流车企，不管是占据国内大半市场的德系“南北大众”，还是稳扎稳打的日系“两田一产”，以及奋力崛起的自主品牌，旗下都会有不止一款月销量持续过万辆的产品。然而，梳理近年来福特在华车型，无论是锐际，还是探险者，大多销量平平。没有明星车型带动和造势，企业要想产品上量，难度不言而喻。

问题还在于，近年来福特产品深陷质量危机。因为福特旗下部分车型变速箱进水，导致生锈，今年被央视“3·15”晚会曝光。虽然长安福特早就发现这个缺陷，并且有了解决方案，却并没有主动召回。有网友吐槽，长安福特如此做法，“不仅伤害性极大，而且侮辱性极强”。失去了消费者信任的品牌，其销量岂有不下滑之理？

产品营销翻车也成为福特中国之痛。今年春节期间，福特中国发布海报称“2021 中国·马年”，引发社会质疑。虽然事后福特中国解释，是为了推广野马电动车，但公众对“指牛为马”行为并不买账。从传播学上讲，福特中国是抖了一个机灵，试图达到出圈营销的目的，却忽略了营销的基础是文化认同。试想，一个对中国春节传统文化都没有理解和尊重的企业，又怎能在华做好本土化运营呢？

100 多年前，福特第一个发明流水线大批量生产汽车，使得汽车成为一种大众产品，走进千家万户。它不仅改变了工业生产方式，而且对现代社会和文化产生了巨大影响，从而奠定了福特汽车在历史上的独特地位。然而，今天的福特已远远落后其竞争对手大众、丰田，不知“悬崖之上”的福特何时能迷途知返。

（刊发于 2021 年 5 月 14 日企业版）

凭啥说美的只是造了个“寂寞”

美的造车，并没有等来实锤！5月18日，美的集团旗下威灵汽车部件公司发布三大产品线，包括驱动系统、热管理系统、辅助自动驾驶系统。与百度、小米、360等互联网科技公司不同，美的强调“不造车”，专注为车企提供汽车零部件。由于不是人们期待的进入整车制造领域，当天美的集团股价下跌0.71%，资本市场反应并不积极。

此前，美的集团在其官方公众号发文，预告将发布新能源车相关新品，并配有一张若隐若现的汽车海报。模糊的言辞，加之家电造车已有先例，一时间外界纷纷猜测，“猪都能飞”的风口下，美的也要跨界造车？尘埃落定之后，朋友圈不少人感言：原以为美的会造车，没想到只是造了个“寂寞”。

要知道，目前美的手握1300亿元现金，比小米还多。不过，笔者以为，此次美的没有被造车大潮裹挟，而只是坚定做汽车零部件供应商，未必就不是明智选择。就连华为这样的科技巨头，现在不也是坚称“不造车”，只是为汽车企业提供智能解决方案吗？想必，美的一定有自身的战略考量。

汽车是一个资金、技术和人才密集的高壁垒、长周期行业。造车没钱不行，但光有钱也不一定行。尤其是整车生产涉及成千上万零部件，对产业链供应链管理要求极高。现在跨界造车如此之热，固然有产业变革浪潮的助推，但这也不意味着每一家企业都适合。事实上，当前新造车势力中，有真心实意追逐梦想者，也有不少追逐利益投机的。可以预见的是，随着更多新势力挤入赛道，汽车产业竞争将更加激烈，胜出并不容易。

更何况，美的此前经历过造车“不愉快”体验。早在 2003 年，美的通过收购云南客车厂、云南航天神州汽车，以及湖南省三湘客车集团等企业，从客车领域进军汽车业。随后又在昆明和长沙新建了两大客车生产基地，一度具备万辆客车整车和专用底盘制造能力。彼时美的扬言要在“3 至 5 年内成为国内领先的客车生产企业”。然而，理想很丰满，现实却骨感。由于经营不善，美的几年后不得不暂停造车项目，并将旗下美的三湘客车厂折价转手比亚迪。教训，不可谓不深刻。

有人指出，此次美的成为汽车零部件供应商，或许比成为汽车制造商更靠谱。为什么非要“一窝蜂”抢整车赛道呢？如果能做成零部件老大，岂不也挺好！这样的讨论值得重视。长期以来，在很多人眼中，整车都比零部件技术含量高，也更挣钱。其实，这里存在一个误区。事实上，汽车工业的核心技术，更多是在关键零部件中，那里才体现着高附加值。比如，德国博世就凭借产品和技术优势，2020 年在中国的营收超越德国本土，达到创纪录的 1137 亿元。这一数字比吉利、长城和比亚迪都高，其中的利润也让许多整车企业难以望其项背。

反思我国汽车工业之所以大而不强，很多人会指责一汽、上汽等国有整车企业不争气，这当然是重要原因。但从更深层次看，还在于我们的零部件工业不强，缺乏世界级的零部件巨头及其技术。

德国有博世、大陆，日本有电装、爱信，美国有德尔福、霍尼韦尔。可以说，每一个汽车强国的背后，都站立着一批汽车零部件巨头。

“零部件强，则汽车工业强；零部件弱，则汽车工业弱”，这早已成为汽车业的共识。从国际上看，当前全球零部件企业的研发能力已领先于整车企业。一辆新车的开发，70% 的知识产权属于零部件企业。由于历史的原因，在传统燃油车轨道上，短期内我国还难以培育出像博世那样的汽车零部件巨头。然而，在“智能化和电动化”变革浪潮下，无疑我国最具备产生新的零部件巨头的机遇。

从产业链看，汽车零部件巨头不仅有着更强大的创新和研发能力，为整车企业提供各种解决方案，而且也有利于国内供应链安全和稳定，彰显着产业的国际竞争力。就汽车行业而言，博世的产业链地位曾被华为所羡慕，并曾被其公开表白，希望自己能够成为“中国的博世”。倘若美的能立足自身优势，深耕相关零部件领域，有朝一日成长为“中国的博世”，岂不也是我们所乐见的。

（刊发于 2021 年 5 月 21 日企业版）

不要浪费芯片断供危机

汽车芯片断供危机仍在蔓延。日前，有消息称一汽－大众今年第二季度将因芯片短缺而减产30%。而在全球范围内，福特、通用、本田等企业均因芯片断供不得不短期关闭旗下部分工厂。有关机构预计，今年全球因芯片短缺减产车辆将增至400万辆。

芯片断供危机不仅影响当前整车企业的生产，延长其产品交付周期，而且已开始冲击上游供应链。比如，瑞萨电子、恩智浦、意法半导体等芯片制造商近期纷纷发布产品价格上涨通知，这将使得整车制造商处境更加艰难，利润空间亦进一步承压。

虽然此次芯片断供危机是全球汽车共同面临的问题，但对各国影响程度不尽相同。从产业链供应链来看，我国汽车产销规模占全球市场30%以上，国内90%的汽车芯片依赖国外进口。这意味着，我国汽车芯片产业链供应链并不安全，随时面临被“卡脖子”风险。

更需要指出的是，随着汽车智能化和电动化程度越来越高，车用芯片的装机量将倍增。有数据显示，传统燃油车单车用芯片数量约700颗，而纯电动汽车单车用芯片数量将达到1100多颗。今后汽车最具有价值的将不再是传统的发动机和变速箱，而是操作系统和芯片。因此，引导和整合行业各方力量，加快推动车规级芯片产业发展，不仅有利于保障我国汽车产业链供应链自主安全可控，而且对推动汽车产业转型升级、高质量发展具有重要战略意义和经济价值。

事实上，缺“芯”之痛给全球汽车业带来打击的同时，也在一定程度上倒逼各国从战略上更加重视芯片产业发展。据报道，目前韩国已公布“实现综合半导体强国目标”战略规划。日本也在制定芯片产业投资规划，拟设总额2000亿日元（约合人民币118亿元）的投资基金，重点扶持日本国内尖端芯片研发生产。欧盟计划投资500亿欧元（约合人民币3918亿元）用于补助和支持芯片企业发展。

英国前首相丘吉尔曾说：“永远不要浪费一场危机。”此次芯片断供危机是一面镜子，也让我们看清了自身在产业链供应链上的短板。我们应该深刻反思，找出其中问题与原因，采取有效对策，及时“补链”“强链”。

颇为尴尬的是，目前全球范围内汽车芯片在半导体产业中的占比不足10%，但半导体行业对加大汽车芯片生产的积极性并不太高。有人认为，主要原因在于汽车芯片生产投入周期长、导入难度大、收益率较低。这样的解释固然有其道理，但凡事也要辩证看。与手机芯片相比，其实多数汽车芯片所需实为28纳米设计制造技术，这并不是特别难以达到的制程。如果我们的芯片研发和生产企业能强化科技攻关力量，在产品适温、耐压等可靠性方面加以提升，以中国汽车市场之大，将形成规模化应用，成本定会不断降低，效益亦会随之改善。

当前，吉利、东风、长安、上汽等有实力的整车企业，已开始独立或者联手合作伙伴投资芯片设计制造和软件设计企业，并将其视为从制造企业向科技企业转变的重大标志，这是一个鼓舞人心的信号。尽管从汽车芯片企业格局来看，目前全球前20大汽车芯片厂商中，美国、欧洲、日本等地区的芯片厂商仍旧占据垄断地位，国产芯片厂商仅有一席之地。不过，差距是压力，也是动力，更是潜力。我们的芯片企业理应保持战略清醒，没必要因为计较眼前蝇头微利，而错失在该领域做大做强的机遇。

科技创新的梦想是星辰大海，而不仅仅是社区团购和街头小贩。可以说，当前我国的互联网巨头比其他企业更有条件借助资本平台整合各方力量，通过加强芯片设计和制造上的布局，强化国家在芯片上的战略科技力量。退一步讲，芯片企业并不是不能赚大钱，只是对于投入不能急功近利，需要在长周期视野下赢得技术变革带来的更大收益。台积电之所以能在产业链上成长为“不可替代性”的巨头，赢得“甩别人几条街”的高利润率，是因为其在芯片制造赛道上的战略定力与技术积累，这很值得深思。

当然，不要浪费芯片断供危机带来的机遇，也不等于鼓励企业一哄而上。从行业层面来看，相关部门也要加强顶层设计和科学布局，既要引导相关企业对近期可能断供的芯片围绕重点产品、重点环节，开展重点攻关突破，也要着眼于长远布局，特别是要推动汽车产业与芯片产业紧密联合，引导企业共同攻克车规级芯片设计、工艺封装、评测认证、集成应用、标准制定等关键核心共性技术，打造自主安全可控、具有国际竞争力的芯片全产业链。

（刊发于2021年5月28日企业版）

广汽埃安"反向输出"了不起

日前，广汽埃安新能源汽车有限公司旗下全系车型导入集团各合资企业。其中，AION S 导入广汽丰田和广汽本田，AION LX 导入广汽菲克，AION V 则导入广汽三菱。这是中国车企首次向合资企业"反向输出"整车技术和产品，舆论纷纷点赞"了不起"。

很长时间以来，我国车企主要靠引进外方合资伙伴技术和产品来抢占市场，实现发展。虽然在合资企业中，彼此股比对等，但中方往往没有多少话语权。由于缺乏技术研发能力，主导产品开发和改进的实为外方。以至于日产汽车公司前总裁兼首席执行官戈恩竟然宣称，"中国汽车厂商在与外国汽车制造商合作时，贡献几乎为零"，引发业界巨大争议。

此次广汽埃安向合资企业"反向输出"技术和产品，可谓新气象。在国家创新战略引领下，近年来以吉利、长城、长安为代表的传统车企奋力向上，以蔚来、小鹏、理想为代表的造车新势力正在崛起。但一个颇为尴尬的现象是，销量规模排名靠前的几大汽车集团仍然依赖外资品牌撑门面。换句话说，合资车企主导中国汽车市场的格局并没有根本改变。舆论给予广汽埃安"反向输出"这一标志性产业事件更多关注，显然有其积极意义。

有人说，广汽集团旗下的合资企业从广汽埃安引入车型，主要是受中国汽车市场“双积分”政策倒逼影响。这样的解读貌似有理，却并不全面。事实上，为应对“双积分”考核，广汽本田也曾推出全新电动汽车品牌理念。然而，由于其产品只是“油改电”，并没有得到消费者认可，如今在市场上已难觅身影。反观广汽埃安系列产品，今年5月份销量就高达10395辆，遥遥领先“蔚小理”，更甭说甩合资品牌“几条街”了，这很值得深思。

影响产品市场表现的因素繁多，但关键在于技术和品质。此次广汽埃安纯电系列能获合资企业青睐，更多分析认为，主要是广汽埃安在科技创新上实现了新的突破。与很多车企“油改电”不同，广汽埃安不仅打造了GEP纯电专属平台，而且凭借“三电”和智能网联技术的领先实力，开发出了具有市场竞争力的系列产品，在消费者心中已树立起高端智能电动汽车品牌形象。

汽车是一个具有超长开发和产能释放周期的产业。决定今天产品市场表现的不是当下的努力，而是3年前甚至更早的布局。由于在技术路线上押宝氢燃料和混合动力，此前大多数日系车企对纯电产品并不“感冒”。当智能电动汽车大潮澎湃而至，日系车企在中国的合资企业要想跟上潮水节奏，引进同集团旗下的先进产品，倒也不难理解。从这一角度来说，此次广汽埃安的“反向输出”，不仅使得自己成为中国制造跃升中国创造的新样本，而且有望重新定义合资企业关系。

当然，此次广汽埃安“反向输出”更大意义还在于彰显了国家在新能源汽车发展上的战略眼光与定力，展现了中国汽车产业“换道超车”的雄心与自信。从一汽解放的艰难诞生，到北京吉普的合资破土，再到以吉利为代表的民营自主车企崛起，中国汽车产业在传统燃油车赛道上始终是追赶者角色，没能改变跟跑的命运。而新一轮科技革命和产业变革的突飞猛进，使得领跑的梦想终于有了实现的可能，怎不令人心生向往！

要看到，截至2020年底，在全球汽车公司市值前20名榜单中，中国车企已高达9家，这在以前是无法想象的。10年前，我国车企不仅上榜名单少得可怜，而且大多数都集中在后几名。如今，比亚迪、蔚来已双双跻身前五，超越了通用、戴姆勒等传统车企，广汽、吉利、长城则将老牌的雷诺、起亚彻底挤出榜单。我国头部汽车企业能与全球车企巨头排排坐，这在历史上还是首次。尽管这只是资本市场的表现，却是一个新的信号，令人心潮澎湃！

更重要的是，我们还围绕新能源汽车创新链和产业链，培育出了全球巨无霸的电池企业宁德时代，催生了新一轮的新能源造车大潮。放眼全球，没有哪一个国家的汽车产业像今天的中国这样充满创新活力。以至于美国总统拜登在密歇根州迪尔伯恩市福特工厂发表演讲时焦虑地表示，电动汽车是“汽车工业的未来”，而中国在这场竞赛中领先，呼吁美国加快行动。

汽车强国是无数国人心中的热望。习近平总书记在上海调研时曾强调，“发展新能源汽车是我国从汽车大国迈向汽车强国的必由之路”。这是基于全球汽车产业发展变局的战略思考，也是把握新发展阶段、贯彻新发展理念、构建新发展格局，着力推动汽车产业高质量发展的需要。只要我们在新能源汽车赛道上保持战略清醒，坚持创新驱动，更多广汽埃安的涌现必将助推中国更快跻身汽车强国。

（刊发于2021年6月4日企业版）

换电模式能否跃升市场主流

电动汽车能量补给采用充电模式还是换电模式已争论多年。虽然充电模式已成为当前市场主流，但换电模式并未退出市场。最近，工信部和国家能源局决定，从今年下半年开始将在全国范围内开展新能源汽车换电模式应用试点，将业界争论推向了高潮。

支持换电模式者认为，随着换电站的加快建设，未来换电模式有望跃升主流。理由在于换电模式补能时间短，和燃油车加油时间不相上下，比充电模式能量补给效率更高。同时，通过推广换电模式，还能增加更多的电池储备，平抑波峰波谷用电需求，实现电网更好运行，推动储能行业发展。

支持充电模式方则指出，尽管国家鼓励换电模式，但换电模式只能算应用在特定场景下的能量补充方式，难以成为主流模式。理由在于，充电设备安装便利且成本较低，在停车场、充电站均可以充电。同时，随着充电接口、充电站建设等标准相继发布，使得电动车充电标准较为统一，更适合大面积推广。

争论的背后，凸显的是两种技术路线的利弊考量。事实上，换电模式并不是新兴的商业模式，10 多年前国家相关部门就对此有过规划。为何其发展远不如充电模式？有人说，主要原因是换电站建设成本高，盈利模式不如充电站清晰。不过，笔者以为更深层原因还在于各种车型电池没有统一标准，难以通用。

不可否认，当前换电站建设成本要比充电站高。然而，成本从来都是相对的。换电站要想盈利，关键得形成规模，才会有效应。目前各汽车厂家采用的锂电池种类并不一样，规格也不相同，难以互换使用。如果电池不能在不同车型上互换使用，就需要换电站运营商储备不同规格电池包来方便用户。这样换电站运营成本就难以摊薄，运营效率也难以得到提升，盈利岂有不难之理。

反观充电桩，则共享更容易。虽然国内不少企业建有自己独立的充电桩网络和接口，但随着技术迭代和标准统一，目前国内销售的大部分新能源汽车可共用充电桩充电。显然，这有利于提高充电桩使用效率，降低运营成本，提升充电站投资方对盈利的预期。

况且，与充电模式相比，消费者对换电模式本身也存在一些安全隐患和心理上的顾虑。比如，电池包的频繁拆卸，会不会加剧接口的磨损？一旦出现电池事故，责任究竟是整车厂的，还是换电站的？如果去换电站换到旧电池，会不会感觉自己"吃亏了"？显然，这些担忧都影响着用户对换电模式的接纳，需要在换电试点中给予消解。

毋庸置疑，此次换电试点工作的展开，有望推动各方面整合资源，解决地方和企业在换电模式发展上面临的一些问题。但换电模式要想跃升主流，归根结底还在于能否通过推动统一电池标准，提升电池通用性，从而形成大家共用的规模效应，找到合理的商业模式，走通换电模式的市场化发展之路。当然，最终给出这个问题答案的还在于市场本身。

（刊发于 2021 年 6 月 11 日企业版）

把先发优势化成领跑实力

“我国汽车产业发展取得了积极成效，企业研发能力明显增强，产品质量水平明显提高，新能源汽车产销量连续六年位居世界第一。其中，今年5月份市场渗透率超过10%，L2级智能驾驶装载率超过15%，在全球范围内形成了一定的‘先发优势’。”在6月13日2021中国汽车重庆论坛上，工信部装备工业一司司长罗俊杰的发言引发听众共鸣。

得益于国家在新能源汽车产业的超前眼光和战略布局，经过20多年的精心培育，我国新能源汽车市场体量初具规模，具备了一定产业比较优势。中汽协发布的最新数据也显示，今年5月份，在汽车总产销量同环比均出现回落的背景下，我国新能源汽车产销量双双突破20万辆，同比增长1.5倍。以至于有机构将此前预计的全年200万辆销量调高至240万辆，显示出其对我国新能源汽车产业发展的强大信心。

值得关注的是，作为新能源汽车核心零部件生产企业，“电池一哥”宁德时代市值也在近期突破万亿元，成为创业板首个万亿市值公司。万亿俱乐部是各个市场里的明灯，指引着经济发展的方向。在港股和美股市场中，这个俱乐部成员主要是科技、互联网公司，在A股更多是白酒和金融类企业，而宁德时代作为科技型新万亿元公司的独苗，同样折射出资本市场对我国新能源汽车产业发展的巨大期待。

在看到产业变化的同时也要清醒看到，我国新能源汽车产业竞争优势并不明显。虽然智能电动汽车不再需要发动机和变速箱，但换个角度来理解，门槛的降低意味着企业要做出差异化的产品更难了。事实上，从传统内燃机汽车到智能电动汽车，降低的只是动力系统门槛，而车身、底盘、电子电气等系统，以及制动、转向等基本功能的要求一点都没有降低。如果我们自身产业基础不牢，核心技术掌控不够，同样存在着从先发到被人赶超，甚至落后的危险。

更何况，从整车企业来看，无论是造车新势力还是传统车企，当前我国还没有一家能全面抗衡特斯拉的企业，撼动其一家独大的局面。尽管遭遇“车顶维权”，但 5 月份特斯拉销量高达 3.34 万多辆，重返销量第一，实力不容小觑。尤其是在产品结构上，除了蔚来汽车和广汽埃安等个别车企，本土车企产品大部分仍以中低端为主，很多是赔钱赚吆喝。这表明，我们的品牌缺乏溢价能力。没有溢价能力，就难以占据价值链高端，引领市场走向。

如果从产业链供应链来看，那么挑战同样严峻。目前，虽然我国已培育出像宁德时代这样的动力电池巨头，但在新能源汽车及智能网联汽车部分核心部件上，自主研发能力依然不足，存在被“卡脖子”风险。比如，车规级芯片、中高端车用传感器等高附加值、高技术含量产品被一些国外企业垄断；车载操作系统、车辆专用设计与模拟仿真软件等软件平台基本被外企掌控。显然，这不仅需要引起我们高度警惕，而且必须下大气力突破。

造车不是百米冲刺，而是漫长的马拉松。一时的抢跑，并不等于在后面的赛程中就能持续领先。要看到，随着新一轮科技革命和产业变革突飞猛进，汽车“智能化和电动化”浪潮汹涌。目前，大众、通用等国际汽车巨头也在纷纷加速电动化转型，就连一直对纯电动汽车不屑的丰田也将发展重点转向电动汽车。去年，欧洲反超中国，成为最大的新能源汽车市场。因此，面对全球汽车产业百年未有之大变革和国外汽车巨头的后续发力，我们唯有保持强大的战略耐心和政策毅力，通过创新驱动，拓宽和加深自己的“护城河”，把“先发优势”夯实成核心竞争力，才能真正领跑未来。

（刊发于 2021 年 6 月 18 日企业版）

“上汽车享”停摆意味着什么

上汽集团日前发布公告称，“鉴于上汽电商平台车享网项目”平台开发投入模式发生变化，基于公司战略发展和成本效益等因素考虑，经审慎评估，公司拟终止上述项目。该项目的停摆，意味着曾经风靡一时的汽车电商“车享模式”以失败告终。

资料显示，车享网于2014年3月28日正式上线，注册资金2亿元，系上汽集团投资打造的中国汽车市场首个电商平台。按照创办初衷，车享网主要是依托上汽集团旗下的各大品牌及数千家经销商，切入整车电商交易，在消费者完成网上购车后，将其吸引到养车、行车等售后服务上，从而围绕着整个用车的生命周期，打造出电商平台或者用车生态圈。

与汽车之家、易车网、天猫和京东等汽车电商项目不同，车享网一上线就有快速获批的车源、丰富的线下经销商渠道，以及集团层面的各种资源支持，其风头远盖前者。特别是在经过几轮融资后，人气更是飙升，在业界享有汽车电商“一哥”的美誉。

然而，这个承载了“上汽独立电商平台梦”的新物种，最终却没能活下来。有人说，这与我国汽车流通市场“授权销售”机制有关，即车企与授权4S店已形成绑定垄断关系，就算号称能打破行业垄断的互联网也难以有所作为。还有人说，这与上汽集团近年来经营状况不太好有关。不断下滑的销量和利润，倒逼上汽集团不得不“壮士断腕”。

这样的解释，乍一看似乎有道理，但禁不住推敲。问题的关键在于，经过多年探索，车享网并没有找到创新的商业模式，盈利遥遥无期。从前期的新车销售，到后期的汽车后市场服务，车享网从一个烧钱的赛道，转向另一个烧钱的赛道。看似光鲜的数据背后，隐藏的是集团对其巨大亏损的补贴。如果一种商业模式，不能让企业看到盈利前景，而只是在烧钱赚人气，注定是走不下去的。

由于市场竞争的激烈，卖新车并不怎么挣钱，这早已成为业界公开的秘密。事实上，在汽车电商切入整车销售这条赛道之前，已很少有 4S 店是按厂家指导价卖新车的，大多是折价卖或赔本卖，少赚或赔的钱则用新车贷款、保险、装饰等业务盈利来填补。如果这些业务还补不了，4S 店就再用售后服务赚的钱来补。在这种模式下，车价基本上已无水分可挤。汽车电商要与 4S 店竞争，就得烧钱。无疑，这样的商业生态加剧了汽车电商的经营难度。

更重要的是，目前汽车电商线下服务网络无法匹配线上呈现的内容。对于汽车这一高价值、多功能的产品，用户的体验尤为重要。买一辆车，不可能在网上看到几张图片、一个视频就断然出手。特别是当下汽车体验式营销十分流行，网上根本无法体验。此外，汽车电商还不具备交付能力，消费者仍要通过线下店提车。事实上，汽车 4S 店从来都不只是单纯卖车的，它为顾客提供选车、买车、上牌、保养、维修、二手车置换、过户等一系列服务，而这一系列服务，是无法在网络上实现的。

既然如此，汽车电商是不是完全没有机会呢？倒也不尽然，关键在于汽车电商能否实现线上和线下的高度融合，为消费者创造新的价值，提升用户体验。要看到，随着新零售时代到来，消费者通过电商平台下单，然后到4S店或者线下体验中心试车，再由线下的4S店或其他服务商提供交车、维修全方位服务。这样一种全新销售模式，比拼的将不再仅仅是价格，而是“以消费者为中心”的体系服务能力。如果经营得法，其对以4S店为主的传统营销服务模式进行再造或颠覆，也不是没有可能。毕竟，现在4S店也是问题一大堆。

（刊发于2021年6月25日企业版）

自主品牌如何打破“新尴尬”

“中国人看不起自主品牌这个老毛病要改一改。我们并不反对老百姓买合资品牌，但是在买之前，希望可以到店里看看，去开开，对比一下。”最近，比亚迪董事长王传福的这段“吐槽”引发不小争议。

有人说，王传福的言论实为爱国情怀绑架。也有人表示，不选择自主品牌的原因，实际上还是被某些国产车坑怕了，只要质量好不愁老百姓不买。还有人认为，这实际上是自主品牌技术、质量与品牌进步不同步导致的“新尴尬”。

在国家自主创新战略引领下，近年来自主品牌汽车的进步是肉眼可见的。无论是吉利、长城、长安等自主品牌头部车企，还是“蔚小理”等造车新势力，其产品力和营销力都实现了较大幅度提升。中汽协数据显示，今年前5个月，自主品牌乘用车市场占有率从去年的37.1%上升至41.6%，同比上升4.5个百分点，这就很能说明问题。业内人士认为，“十四五”期间，自主品牌乘用车市场占有率过半，没有悬念。

问题是，尽管自主品牌进步明显，市场份额也在不断扩大，但大部分自主品牌的品牌力没能得到同步提升。主要表现为，与合资品牌相比，在消费者心中，自主品牌形象不够靓，美誉度不够高，甚至“廉价、低端”的负价值品牌现象还比较突出。比如，同样级别和配置的产品，自主品牌汽车的价格就比合资品牌的差了一大截。这一现象需要引起我们足够重视，因为汽车是一个以品牌著称的产业，没有品牌赋能，产品就没有溢价能力，就谈不上高质量发展，更甭说要在全球形成竞争力。

品牌建设是一个必须经历的过程，谁也跨越不过去。如果说，自主品牌的成长大致经历了三个阶段，先是做出产品，之后是做出好产品，那么现在就到了把好产品做成品牌的阶段。不过，需要指出的是，做品牌比做产品和做出好产品更复杂、更艰难，尤其是在全世界强势汽车品牌齐聚中国市场并占据优势地位的背景下，自主品牌要想打破这一“新尴尬”，既慢不起，又急不得，须在多方面下足功夫。

首先，要强化关键核心技术创新。品牌的背后是关键核心技术。只有掌控产业关键核心技术的品牌，其产品在市场上才会有竞争力，才能获得更好的持久发展。这在汽车行业有很多例子，比如当年日本丰田就是通过对发动机电喷系统、自动变速器、混合动力等关键核心技术的研发与掌控，打造出了领先竞争对手的产品，进而在走向国际舞台的过程中逐渐改变了自身低端的产品形象。

其次，要提升产品质量和服务质量。品牌的基础是产品质量。汽车不仅设计和生产环节复杂，使用环境多变，而且与人的生命安全息息相关，可以说怎么强调也不为过。而作为产品售后维保体验和价值提升部分，服务质量亦至关重要。记得汽车界有一句名言：“第一辆车是销售人员卖出去的，第二、三辆车是售后服务人员卖出去的。”不难想见，消费者对汽车这一大宗商品售后服务质量是何等的在乎。

此外，还要打造独特魅力的品牌文化。品牌的形成和提升离不开文化要素的注入、文化力量的滋养。品牌的文化含量越高，其档次和附加值就越高。从某种意义上说，品牌本身就是一种文化，是社会文化的构成部分，又推动着社会文化的发展。因此，在当前自主汽车品牌打造中，我们要高度重视文化的作用，以文化自信引领和提升品牌力。

（刊发于 2021 年 7 月 3 日企业版）

上汽挨怼究竟冤不冤

这几天，上汽集团意外接了特斯拉的棒，成为舆论拷问的对象。

据报道，在上汽集团股东大会上，有投资者问董事长陈虹，是否会考虑在自动驾驶方面与华为等第三方公司合作。陈虹回应称，与华为这样的第三方公司合作自动驾驶，上汽是不能接受的，“这好比一家公司为我们提供整体解决方案，如此一来，它成了灵魂，而上汽成了躯体”。

一石激起千层浪。陈虹的“灵魂论”，随即引发争议。有网友硬怼：一个主要靠合资方撑腰的企业，实在没啥资格拒绝华为的潜在橄榄枝；不过，也有人解释，陈虹的回应，并非完全拒绝与华为的合作，而只是不接受整体解决方案。还有声音认为，和谁合作，是企业自己的事，没必要用华为来搞道德绑架。任正非就说过：不能因为用华为，就称之为爱国；也不能因为不用华为，就是不爱国。

这些争论，夹杂着情绪和激动，各种说法都有。梳理这些观点，不仅需要保持一定耐心，更需要多些理性。客观地讲，陈虹的这个发言，无论从立场站位，还是表达逻辑上看，并没有什么错。毕竟，面对未来汽车产业大变革，任何一家车企都希望把灵魂，也就是技术主导权牢牢握在自己手中，而不是成为躯壳，沦为别人的代工厂。

问题在于，上汽的灵魂还在飘荡中，很想有，但现实却没有。

汽车是一个靠技术创新驱动的产业。不管是传统燃油车，还是智能电动车，没有自主核心技术的研发和掌控，企业就很难有领先的产品，也难以在市场上拥有核心竞争力，更甭说引领产业变革与高质量发展。因此，自主核心技术常常被喻为企业之魂。

然而，作为国内年销量最大的汽车集团，上汽自主创新能力似乎并不强，也没有多少拿得出手的硬核技术。长期以来，支撑集团主要销量和业绩的，仍然是上汽大众和上汽通用等合资公司。虽然此前上汽也曾收购过荣威和名爵等国外品牌，以期做强自主，但效果并不尽如人意。

没有自己的核心技术和品牌，造多少车都是别人的辉煌，这已成为业界的共识。如果说一个企业，主要靠的是合资外方提供技术和产品，就算挣再多钱，在人们眼中顶多也就是一个代工厂，不可能有多高地位，受到真正的尊重。也正因此，有人说，若是讲此番话的是吉利、长城的董事长，不仅不会被怼，还会被点赞，这是符合逻辑的。现在来看，上汽集团在资本市场的估值，之所以远低于比亚迪和长城汽车，甚至不如造车新势力蔚来汽车，自主品牌表现不佳，尤其是旗下自主品牌新能源汽车不给力，或许是一个更重要原因。

要看到，过度依赖合资的弊端，事实上已开始在上汽集团身上显现。近年来，受上汽大众和上汽通用销量下滑拖累，上汽集团经营每况愈下。数据显示，2020 年上汽整车销量 560 万辆，同比下降 10.2%；实现营业总收入 7421.32 亿元，同比下降 12.00%；实现归属于上市公司股东的净利润 204.31 亿元，同比下降 20.20%。倘若上汽集团还没睡醒，其营收被超越，也许不需要太久，毕竟后面追兵同年营收已达到 6960 亿元，上汽没理由不警觉起来。

应该说，此次上汽想有自己灵魂的发展态度还是值得点赞的，这也是今天上汽的进步之处。然而，想有不等于已有。由于长期以来“重合资，轻自主”的行为，包括上汽在内的诸多车企饱受社会质疑。

人无精神不立，企无灵魂难兴。眼下，上汽要做的就是沉下心来，咬紧牙关，在新一轮科技革命和汽车产业变革中，振雄风于委顿，发抖擞于颓唐，拼力翻越技术路上的“雪山”与“草地”，奋力攻克品牌路上的“娄山关”和“腊子口”，把灵魂真正掌握在自己手中，这也是全球成功企业的领跑姿势。

（刊发于 2021 年 7 月 9 日企业版）

拜腾再也经不起折腾

淡出公众视野半年之久的拜腾汽车再回聚光灯下。近日，拜腾汽车关联公司南京知行被上海华讯申请破产。拜腾汽车对此回应称，法院还没有正式受理破产申请，公司正在积极应对并寻求和解。与此同时，公司也一直在积极开展融资和债务重组工作，并推进量产相关事宜。

这已不是南京知行的第一次“被破产”。今年6月，苏州仁义机械工具有限公司就曾申请对南京知行破产重整，但法院裁定驳回申请。其给出的理由是，“知行公司作为江苏省、南京市重大项目建设企业，拥有1000余亩的厂区，一期建设已经完成，投资数额巨大，现因缺乏资金而未开始批量生产，这只是暂时的现象”。法院还进一步解释，“在庞大的经济体量面前，大家应给予知行公司一定的时间允许其自我救助，且知行公司正在和相关合作单位沟通合作，相信知行公司在一定时间内对其债务能给债权人一个较为满意的解决方式”。

当然，法院的这个理由和解释也讲得通。毕竟，今年年初，拜腾汽车与富士康、南京经开区签署了战略合作协议，目前正合力加速推进拜腾首款车型M-Byte明年量产。作为曾经的四大造车新势力之一，拜腾从诞生到停摆、重回赛道、再“被破产”，可谓命运多舛。其踩过的“坑”，遭受的“罪”，一方面折射出造车新势力之艰难，市场竞争之激烈，另一方面也暴露出其股权结构之复杂，股东之间更需要形成合力的重要性。

汽车是一个资金、技术和人才密集的高壁垒、长周期行业。造车不仅需要“烧”钱，更需要股东们目标一致，彼此信任，从而推进企业战略的高效执行。据报道，此次危机爆发导火索是作为大股东之一的一汽重获拜腾管理控制权，并强势派人出任公司董事长。这么一折腾，让在研发、供应链、制造等领域“干活”的富士康心生不平，萌生退意，从而加剧了股权结构本就复杂的拜腾股东之间的博弈。不少人担忧，随着此次一汽按下拜腾“重组”键，拜腾很有可能陷入几大股东“内斗”的尴尬境地。显然，这对拜腾加速推进首款车量产并不是一个好的信号。

记得小学课本上曾有一个天鹅、大虾和梭鱼拉车的寓言故事。意思是说，有一次，天鹅、大虾和梭鱼想把一辆大车拖着跑。他们都给自己上了套，拼命地拉呀拉呀，可车子就是不动。问题出在哪里呢？原来天鹅伸着脖子要往云里钻，大虾弓着腰儿使劲往后靠，梭鱼一心想往水里跳。如此拉车，不把车拉翻就不错了。之所以讲这个故事，实际上是说造车和拉车一样，都需要大家心往一处想，劲往一处使。再有实力的企业，如果股东之间不能齐心协力，共同奋进，而是相互扯皮，彼此掣肘，结局恐怕难言乐观。更何况，在竞争如此激烈的赛道，稍有耽搁或者失误，就会被对手甩出几条街。“不怕神对手，就怕猪队友”，大家经常调侃的这个段子，并不是没有道理的。

随着新一轮科技革命和产业变革加速推进，造车大战风起云涌。小米进场、小鹏提速、岚图下线、蔚来已来，不管是传统车企，还是造车新势力，都在这条赛道上奋力狂奔。尽管拜腾的首款车型呼之欲出，研发和生产平台皆已齐备，但也要看到，市场留给其量产的窗口期也在收窄。有人说，如果股东之间继续内讧，起个大早的拜腾恐怕连一个晚集也难以赶上，这绝不是危言耸听。

危是旧坑，也是新机，关键在于如何应对。从目前拜腾情况来看，破解困局不仅需要各方股东凝聚共识、形成合力，更需要明确有实力、有魄力并值得各方信赖的一方作为主体，强力主导项目的高效推进。当然，无论谁是拜腾的主导者，都要明白权利即责任，毕竟世上从来没有只享受权利，不承担责任的“轻松活”。这就需要其知重负重，拿出破釜沉舟的雄心，投入足以战胜竞争对手的资源。唯其如此，拜腾方有机会在本已拥挤的智能电动汽车赛道上迎头赶上，跑出自信。

（刊发于2021年7月18日企业版）

退役动力电池回收还得跟上

伴随着新能源汽车的“爆发式增长”，退役动力电池回收问题日益成为社会关注焦点。据报道，2020 年我国动力电池累计退役总量约为 20 万吨，虽然有部分经正规渠道得以有效回收利用，但仍有大量电池流入小商户、小作坊等“黑市”，引发人们担忧。

退役动力电池潜藏环境污染隐患。1 块 20 克质量的手机电池，能污染 1 平方公里土地长达 50 年。更大更重的汽车动力电池，不仅含有镍、钴、锰等多种重金属，而且电解液中的六氟磷酸锂在空气环境中容易水解产生五氟化磷、氟化氢等有害物质，对环境具有更大危害。

同时，退役动力电池还存在安全之忧。如果在回收过程中经由不具备专业设备和技术的企业操作处理，极易酿成事故。今年 1 月份，湖南宁乡某企业就曾因废旧电池处理发生爆炸起火，导致一死多伤，可谓教训惨痛。还有一些退役电池流入小作坊后，或被制成小型充电宝，或简单加工后被包装成新电池再流回市场，后患无穷，值得警惕。

事实上，为保障动力电池有效回收，工信部、科技部等部委 3 年前就发布了《新能源汽车动力蓄电池回收利用管理暂行办法》，明确新能源汽车生产企业承担动力蓄电池回收的主体责任。今年

《政府工作报告》首次提出，加快建设动力电池回收利用体系。然而，由于动力电池回收利用链条长、环节多、范围广，涉及管理制度、政策衔接及市场机制等诸多方面，仍存在多重难题需要破解。

要看到，尽管当前我国参与电池回收的主体比较多，包括电池厂、主机厂、回收企业以及小作坊等，但真正合规企业并不多。由于合规企业环保投入大，运营成本高，在市场竞争中并不占优势。相反，一些无资质、环保成本低的小厂，可以用更高的价格“抢购”电池，从而导致“劣币驱逐良币”。这也是部分动力电池没能进入正规渠道，而流入了小作坊的重要原因。无疑，这些回收乱象，为退役动力电池的后续安全处理埋下了隐患。

如何避免新能源汽车“爆发式增长”带来“爆发式污染”？提高电池回收企业的准入门槛是当务之急。废旧电池尤其是动力电池，设计和结构复杂，在拆解作业时，具有较高装备和技术要求以及操作规范，不是随便拉出来一个企业就能干的。同时，相关部门也要鼓励引导新能源车企、锂电池生产企业与有处置废锂电池资质能力的企业开展合作，严厉打击把退役动力电池出售给没有处置能力的无资质企业或二手经销商。

其次，在强化生产者责任延伸制的基础上，要进一步细化完善相关政策支撑。比如，或可参考家电领域的回收基金管理制度，用“行政处罚 + 基金管理”的手段，让生产者从正规回收渠道获得应有收益，而对不承担责任者给予相应处罚。这不仅是从源头上遏制退役动力电池非法回收的有效途径，也有利于从政策上支持企业探索可持续发展的商业模式。

此外，考虑到动力电池处理不当对环境和安全带来的巨大隐患，其回收利用工作不能完全指望市场机制，还可以借鉴欧盟的做法，通过强制立法，将动力电池从工业电池中分离出来，作为单独一类进行更加严格和精细的管控。

（刊发于 2021 年 7 月 23 日企业版）

说说比亚迪汉碰撞起火之争

日前，今日头条旗下的懂车帝做了比亚迪汉 EV 与极狐阿尔法 S 的碰撞测试。试验视频显示，双车碰撞受损严重，在静置 48 小时后，比亚迪汉 EV 突然自燃，引发争议。

比亚迪随即发表官方声明称，视频中汉 EV 使用的冷却液为红色，是行业普遍使用的，具有导电性，而量产车使用的冷却液为紫色，是比亚迪独有的，不会导电，碰撞车辆被更换了导电的冷却液，在碰撞后冷却液渗漏，造成线路短路，并引起燃烧。同时，懂车帝的碰撞测试标准和方法均为非主流、非权威的，也不是国家及行业标准。还表示将对对事情进行过度解读和恶意延展的，保留追究法律责任的权利。

面对自家热销车型被撞出“大问题”，比亚迪为自己辩护，无可厚非。毕竟，比亚迪汉是其月销过万辆的主力，在某种程度上代表着比亚迪的“脸面”。问题是，有网友公开向比亚迪喊话：“为什么我家的汉，冷却液是红色？”如此一来，舆论场上对此事的讨论愈发热烈。

也有人质疑：此次碰撞测试为何选一款月销量仅过百辆的极狐，而不是人气度更高的特斯拉？这里面有没有与相关车企的商业合作？测试程序和标准是否规范？尽管懂车帝在之后的声明中表示，其每一期节目均保有从购车到测试完成的完整视频录像，并有权威机构提供技术支持，相关材料可以提交公证，但实事求是讲，这也很难自证清白。更何况，翻看视频，也不难感受到解说员言语中的倾向性。

就目前情况来看，比亚迪、懂车帝和吃瓜群众“公说公有理，婆说婆有理”。要想得出个明确结论，恐怕短时间也没有什么可能。不过，这并不妨碍我们对此次事件的思考。

汽车碰撞测试是一件非常严肃的事情，它不仅需要专业设施，还需要科学流程，以及公正的第三方监督机构。如果操作不规范，结果不公正，就会对企业形成伤害，也有损自身的公信力。因此，并不是随便一家单位，或者一伙人，买几辆车就能做的，而且也不能完全定性为市场行为。此次碰撞测试所引发的争议，提醒相关部门，有必要加强对此类测评的监管。

作为企业，在对自身产品宣传和营销中，也要科学和严谨。长期以来，比亚迪对自己的刀片电池，可以说是“蜜汁自信”。其实，刀片电池并不是电池材料或者技术的革命性突破，只不过是结构创新罢了。无论是磷酸铁锂电池，还是三元锂电池，安全都是相对的，这世界上从来就没有绝对安全。如果牛吹过了，一旦被打脸，容易对自身品牌形象造成反噬，得不偿失。

此外，吃瓜群众在面对公众事件真相不明时，也要少些情绪，多些理性。避免盲目“站队”，避免沦为所谓的“键盘侠”，提升吃瓜水平也应成为自觉。

（刊发于 2021 年 7 月 30 日企业版）

一汽－大众为何遭遇销量“滑铁卢”

全国乘联会刚刚发布的数据显示，今年7月份，一汽－大众零售新车11.2万辆，同比下降36.6%。这数字，不仅远大于当月车市11.9%的整体降幅，而且在销量排名前十厂商中也居“首位”，引发舆论热议。

一汽－大众7月份销量下滑本在预料之中，但下滑幅度如此之大，实在预料之外。不少分析认为，一汽－大众之所以遭遇销量“滑铁卢”，主要是受缺芯影响，企业为实现自身利润最大化，将通用性的芯片优先供应给奥迪，产能减少所致。

这样的解释虽有一定的道理，但是并不全面。有人质疑，同样是缺芯，上汽大众下滑幅度为什么就没这么大？要知道，近年来一汽－大众可是车市“销量王”。即使在新冠肺炎疫情暴发的2020年、车市遭遇下滑，一汽－大众的销量也突破了200万辆，被一些媒体称为车市“不倒翁”。

“不倒翁”为啥遭遇“滑铁卢”？进一步分析不难发现，更深层原因还在于，伴随着销量快速上升，一汽－大众的产品和服务质量没有同步跟上，还出现了信任危机。

搜索各大平台汽车投诉榜单，一汽－大众屡屡现身，且以“绝对优势”霸榜。根据第三方汽车品质评价平台车质网投诉数据统计，最近一年，一汽－大众旗下探岳以 2194 例，迈腾以 1117 例，速腾以 1078 例，分别包揽前三名，而被投诉的问题包括排气故障、油耗高、发动机启停系统故障等。

以颗粒捕捉器堵塞故障为例，不少探岳车主反映，因长期在市区通行，低速行驶导致汽油燃烧不充分，无法满足“颗粒捕捉器的再生”的条件，车辆出现动力下降、油耗急剧增加的情况。按理说，对于这样的问题，每家企业都会引起高度重视。

然而，时至今日一汽－大众官方都未把这当回事，当然也就拿不出合理的解决方案了。更令人哭笑不得的是，其 4S 店却给出了一个出奇一致的建议：多跑高速。有网友调侃，这个建议宛如“多喝热水”一样，并不能从根本上解决问题。

汽车是所有工业制成品中最为复杂的品类，一辆车看上去简简单单，但涉及的零部件成千上万。由于使用环境和驾驶习惯的不同，出现问题并不可怕。可怕的是，厂家认识不到问题，或者逃避问题。显然，现在一汽－大众所遭遇的“滑铁卢”，除了共有的芯片危机外，还有自身产品质量以及如何对待用户的态度问题。

当前，汽车消费已进入用户体验时代，产品质量和厂家对待消费者态度的重要性愈发凸显。再多的产品，如果不能给消费者带来更愉悦的体验，创造更好的价值，又怎么会有消费者来购买呢？记得在去年底的品牌经销商合作大会上，一汽－大众对外公布大众品牌 2021 年的销量目标是 145 万辆，但在缺芯和产品及服务质量饱受诟病的多重压力下，要达成这一目标，一汽－大众看来还需要及时做出更多改变。

（刊发于 2021 年 8 月 13 日企业版）

自动驾驶，真没你想得那么香

一起交通事故，将蔚来汽车推上舆论的风口浪尖。8 月 12 日，一位年仅 31 岁的企业家驾驶蔚来 ES8 在沈海高速涵江段撞上前方货车，意外身亡。从公开信息显示，事故发生时该车辆正处于“NOP 状态”，即开启了领航辅助系统，引发社会各界对自动驾驶是否安全的担忧。

尽管蔚来汽车方面紧急回应，“NOP 领航辅助并非自动驾驶”，但仍有不少网友不依不饶，指责厂家在自动辅助驾驶营销上存在过度或误导之嫌。而蔚来 500 名车主则联合发出公开声明称，“蔚来对 NOP 的介绍未对我们构成混淆和误导”，“口水战”颇有升级之势。

此次事故发生的具体原因是什么？究竟谁该承担主要责任？恐怕还需要耐心等待警方的调查结论。不过，此次民间争议所折射的情绪和问题，有必要引起高度重视。

辅助驾驶不等于自动驾驶。按照业内划分，自动驾驶分为从 L0 至 L5 几个不同的等级。L1 和 L2 等级属于辅助驾驶；L4 和 L5 等级才算真正意义上的自动驾驶。但一个颇为尴尬的现实是，其分级说明自动驾驶不仅存在明显的模糊空间，而且这些行业术语难以被普通用户精准认知。如果厂家在产品营销中再玩点文字技巧，让消费者容易产生“自动辅助驾驶”就是“自动驾驶”的错觉，进而盲目认为只要开启“自动辅助驾驶”功能，就可以“解放双手双脚”，从而引发事故。

要解决这一问题，当前就必须统一自动驾驶等级中文名词标准。比如，将L1定义为初级辅助驾驶，L2定义为辅助驾驶，L3定义为高级辅助驾驶，L4定义为自动驾驶，L5定义为无人驾驶，避免“自动”和“辅助”出现在同一等级状态中。与此相对应，辅助驾驶更强调人的责任，自动驾驶则更多强调车的责任。如此严格区分“辅助驾驶”与“自动驾驶”，不仅有利于保护人的生命和财产安全，更好地厘清彼此责任，而且也能警惕自动驾驶这一新兴技术发展出现失序、失范的倾向。

自动驾驶起初之所以得到发展，其原因是机器能避免人的情绪化及疲劳感，从而提高车辆安全性。有报道称，美国公路上发生4万起致命交通事故，其中90%都是人类的错误操作引起的，而无人驾驶汽车可将事故率降低。不过，自从Uber在美国亚利桑那州发生了全球首起无人车撞行人致死事件后，越来越多的声音也开始质疑自动驾驶是否真正安全。

更要看到，目前自动驾驶还面临着技术和政策法规以及道德等多方面的挑战。由于人工智能并不具备独立自主思考能力，很难对道路上的突发场景及时做出有效反应。而对于L3至L5级别的自动驾驶，即使当前有些公司宣称可以实现，但消费者也不要轻易被带了“节奏”。这些所谓的车辆或许只是个概念车，或许只能适应特定场景使用，比如，封闭道路或园区、停车场自动泊车等。自动驾驶要想实现全场景覆盖，真正量产落地，依然相当遥远。

（刊发于2021年8月20日企业版）

动态看待电池扩产热潮

新能源汽车的热销，带动了动力电池行业扩产潮。据不完全统计，今年以来，包括宁德时代、亿纬锂能等在内的国内电池企业，新增规划产能已达 1100GWh，可供 2200 万辆车使用。以至于有不少人担忧，如此“大干快上”，会不会造成严重的产能过剩。

如此担忧，并不意外。严重的产能过剩会导致市场恶性竞争、企业经济效益下滑等一系列问题，不仅阻碍产业持续、健康发展，对宏观经济发展也会造成很大伤害。这样的教训，在浮法玻璃、钢铁、光伏等行业，我们都曾经历过，不可谓不深刻。

问题在于，判断一个产业是否产能过剩，是一件很复杂的事。国际上常以产能利用率或设备利用率作为产能是否过剩的评价指标，如果设备开工率超过 90% 则被认为是产能不足，而低于 79% 则被认为存在产能过剩。但对于一个快速成长的新兴产业，这样的评价指标可能并不适用。更何况，规划产能不等于实际产能。在现实生产活动中，企业常常会根据市场的变化调控产能落地的规模和速度。对此，我们要用发展的观点进行动态分析，切莫刻舟求剑。

产业竞争理论表明，适度产能过剩不仅有助于企业的充分竞争，而且有利于行业效率的提升和结构优化。事实上，这些规划产能基本上都是头部企业投资的高端产能。长期以来，国内动力电池产业链存在低端产能相对过剩、高端产能严重不足的问题。很多家庭“标配”二轮、三轮的微型电动车，其电池还停留在“低端产能”层面，安全性和能量密度存在着不足。如果在此轮扩产潮能通过高端产能的落地，淘汰一批落后产能，岂不是产业高质量发展应有之义？

不得不说的是，目前动力电池主要有两大应用领域，不仅构成新能源汽车的“心脏”，而且也是储能市场的重要载体。作为构建以新能源为主体的新型电力系统的关键，在实现“双碳”目标下，储能项目的加速上马，无疑对动力电池产能规模形成了强大支撑。因此，判断动力电池产能是否过剩，不仅需要考虑汽车市场的需求，还要考虑储能市场的增长空间。

当前我国在动力电池发展上已与日韩处在全球第一梯队，头部企业的竞争日趋激烈。今年上半年，虽然宁德时代产能规模暂时位居全球第一，但与韩国 LG 相比领先优势并不明显。而动力电池又是一个自带降价属性的品类，产能规模越大、成本越容易降低。现在全球头部电池企业都在拼命扩产，以拉大与竞争对手的差距，奠定自身在行业难以撼动的“王者地位”。从这一角度来看，对我国头部动力电池企业“加速奔跑”带来的扩产潮，更要有战略上的清醒认识。

随着全球新一轮科技革命和产业变革蓬勃发展，汽车与能源、交通、信息通信等领域加速融合，汽车产品、供应链格局，以及产业和市场生态也在全面重塑。由于技术和产品力的不足，在传统燃油车市场，我国每年生产的整车出口很少，大部分只能在国内销售。而在新能源汽车市场，由于我国已具备“全球比较优势”，当前整车出口比重越来越大，想象空间正在逐步打开。因此，衡量动力电池产能是否过剩，不仅需要考虑国内需求，更要有全球视野。

（刊发于 2021 年 8 月 27 日企业版）

成都车展为何遇冷

第二十四届成都国际车展本周举办。与往年相比，今年成都车展面积虽然有所扩大，但包括广汽本田、上汽通用五菱和特斯拉等近 20 家重要车企以及不少主流媒体的缺席，使得本届车展少了一些看点，多了一份冷清。

成都车展遇冷，并不意外。受国内疫情影响，今年成都车展是在多种猜测中延期举行的。厂家出于控风险的考虑，调整了新品亮相或上市节奏。尽管如全新一代奔驰 C、新宝马 X3、新帕萨特、第四代帝豪及长安汽车第二代 CS55 PLUS 等关注度颇高的新车都在成都车展亮相，但这些新车无一例外都选择了提前或者延后上市。甚至如全新一代领克 09、长安 UNI-V、丰田赛那等重点车型，也是选择提前亮相或者首发，而不是留给成都车展。这无疑在某种程度上弱化了本届车展的影响力。

车展背后有车市。要看到，与“北上广”车展企业更注重品牌形象和技术展示不同，长期以来，成都车展都是各大车企售车的重要平台，被业内称为“西南汽车市场风向标”。特别是在车市从增量市场转为存量竞争后，车企为了尽可能多地抢占西南市场份额，都会更加重视成都车展。比如，在车展期间发布重磅新车，或者举办各种营销活动，以期在接下来的“金九银十”中带来更多销量。

然而，由于今年各大车企都受制于芯片短缺，供给不足，即使新车上市，也无法正常销售，这使得其参展热情大打折扣。公开数据显示，全球因芯片短缺已导致汽车减产585万辆。大众、丰田、福特、通用等多家车企接连宣布在全球不同地区减少汽车产量。其中，丰田计划9月将其全球产量削减40%，全球减产规模约36万辆。车企减产，对终端消费者最直接的影响就是无车可提。

一个略显极端的例子是，最近武汉恒信奥龙奥迪4S店一位已订车的客户，因为所订A6L被店方临时要求加价2.5万元，双方在退订金方面发生争执，结果遭遇销售顾问们群殴，引发舆论愤慨。表面上看，纠纷起因于4S店临时加价的不诚信行为，但不能忽视的是，加价的背后凸显出芯片供应不足，一汽奥迪产品跟不上市场需求的尴尬。

此外，成都车展遇冷还与西南汽车市场的销售结构有关。与供给不足相对应的是，西南地区从来都不是新能源汽车的主战场。据报道，今年上半年，成都市的新能源乘用车销量为30006辆，同比增长117.7%，在全国所有城市中排名第6，仅次于“北上广深杭”这5个限牌城市。不过，除成都之外，四川省乃至西南市场的新能源汽车销量都不太乐观。然而，近年来的“北上广”车展，新能源汽车在其中扮演着越来越重要的角色。反观今年成都车展，车企在新能源汽车上似乎没有太多的热情。

不得不说，尽管当前我国汽车市场产销整体出现下滑，但新能源汽车市场却异常火爆。中国汽车工业协会数据显示，7月份我国汽车产销分别完成186.3万辆和186.4万辆，同比分别下降15.5%和11.9%，新能源汽车产销却继续刷新历史纪录，分别达到28.4万辆和27.1万辆，市场渗透率已达14.5%，再创新高。当一个新兴产业的市场渗透率超过10%时，意味着其发展迎来向上加速拐点，这值得深思。

车展背后更有变局。面对新一轮科技革命和产业变革带来的产品和消费方式变化，大型车展这一传统模式固然有其为消费者提供体验和感受的优势，但也要与时俱进。虽然今年成都车展的遇冷可能只是特殊背景下各种因素交织引发的偶然情况，但这或许为主办方提供了一个检视自我，寻找新的特色与定位，提高办展理念和水平的新契机。

（刊发于2021年9月3日企业版）

广汽埃安混改能否“破圈”

日前，广汽集团发布公告称，拟推进全资子公司广汽埃安新能源汽车有限公司的混合所有制改革，对其增资扩股并引入战略投资者。同时表示，未来广汽埃安将充分利用资本市场，积极寻求于适当时机上市。相关公告发布后，不仅引发舆论广泛关注，也受到资本市场热烈追捧，广汽集团股价创下历史新高。

广汽埃安混改之所以如此受关注和追捧，主要原因在于其是当前我国新能源汽车市场绕不过的“存在”。作为一个成立仅 4 年的国有企业，广汽埃安通过创新驱动，在研发、智造、产业链、营销服务、组织文化等方面大胆探索，不仅月销量连续 4 个月破万，领先造车新势力“蔚小理”，而且先后发布了弹匣电池系统安全技术、超倍速电池技术、A480 超充桩等行业引领性科技成果，其产品已“反向输出”同集团广汽丰田和广汽本田等合资企业，被业内称为“埃安现象”。

有人提出，既然广汽埃安干得不赖，为何还要混改呢？不得不说的是，虽然广汽埃安很“拼”，但在很多时候，给人的感觉似乎又不够“新”。毕竟，造车是一场马拉松，现在广汽埃安只是取得了阶段性成功，但能否持续领跑市场，还是要打一个问号的。要看到，除了命名，广汽埃安和北汽新能源、长安新能源等传统造车企业的区别并不大。与民营企业和造车新势力相比，还存在着体制机制不活，融资渠道不畅，对人才吸引力也不够强等“弱项”。

而随着新一轮科技革命和产业变革加速，汽车从产品到生态都在全面重塑，特斯拉和“蔚小理”等造车新势力，凭借互联网思维、灵活的体制机制和资本市场的赋能，给产业带来了很多新气象，正在改变和引领汽车产业的“潮水”方向。作为国企代表，如果埃安不能通过混改突破圈层束缚，就很难获得更多资金和资源支持，在赛道上保持领先优势，实现高质量发展。

问题关键在于，国有车企混改知易行难。此前，上汽、江淮、奇瑞、江铃等都曾经历不同形式的混改，却收效甚微。2019 年 12 月，奇瑞通过增资扩股宣布混改落地。仅仅一年时间，就屡屡传出混改“搁浅”，投资方退出的消息。直至今年 7 月，面对媒体反复追问，奇瑞汽车董事长尹同跃才回应“混改资金已全部到位”。然而，由于投资方青岛五道口基金的国资背景，以及奇瑞的摇摆，使得企业市场化经营依然困难重重，被吐槽“混而不改”“混而难改”，着实令人深思。

“前车之鉴，后事之师”。广汽埃安混改要想“破圈”，就必须充分汲取这些教训，明确混改不是目的，而只是手段。混改的真正目标是通过全方位创新，增强企业活力动力，提高效率效益，打造高端智能电动汽车品牌，实现从广汽集团全资子公司向具有全球竞争力的研产销一体的科技公司的精进。至于改革的具体路径，笔者所能想到的至少有三点：首先是选好战略投资者；其次是开展核心管理层和员工持股，激发体制机制活力，吸引更多人才；最后是独立上市，全面打通资本渠道，获得更多的资金和资源支持，从而助推企业高质量发展。

当然，这里还需要强调的是，上市也绝不是企业混改的目的，上市也不是为了圈钱，而是完善公司治理，转换经营机制，推动企业创新发展，提升品牌影响力的新起点。要看到，当前我国新能源汽车之所以能在如此短时间成长为具有“全球比较优势”的产业，这其中既有国家政策的大力引导与支持，也离不开技术的创新与进步，更有资本的驱动与赋能。比如，特斯拉和“蔚小理”等造车新势力的快速崛起，就离不开海内外资本市场的支撑。正是在资本的强力驱动和赋能下，人们通过这些造车新势力，更加看清了未来产业的发展方向，感受到了品牌的活力和创业精神的可贵，并激励着更多年轻人为梦想而奋斗。显然，这样的“上市”才更有价值；这样的“混改”才更值得期待。

（刊发于 2021 年 9 月 10 日企业版）

马自达自救还有戏吗

“世上鲜花会盛开，壮丽不朽的事物会接踵而来。”这是一汽马自达在其官方微信视频号上留下的最后文字。同时，一篇标题为“没错，这是我们最后一篇推送了”的微信长图，正式宣告了一汽马自达在中国市场的黯然退场。

根据马自达、长安汽车、中国一汽日前发布的联合声明，中国一汽将以其持有的一汽马自达60%股权评估作价，参股长安马自达。审批程序完成后，长安马自达将变更为三方共同出资的合资企业，出资比例分别为马自达47.5%、长安汽车47.5%、中国一汽5%。换言之，多年来南北马自达并立局面就此终结，马自达在华业务将走向统一。不少舆论认为，这意味着马自达在中国市场正式开启“自救”模式。

在此次“自救”中，一汽马自达被整合到长安马自达旗下并不意外。作为全球最大新车销售市场，中国历来是跨国车企比拼的重要赛场。与很多外资车企一样，此前马自达在中国也有两家合资公司。其中，一汽马自达成立于2005年1月，由中国一汽和马自达共同出资成立，持股比例分别是60%和40%；长安马自达成立于2012年11月，由长安汽车和马自达各自持股50%。不可否认的是，后者比前者经营得要好。

凭借“人马合一”的运动操控性、“魂动设计”的高颜值、“创驰蓝天”的独门绝技以及特色产品，马自达在全球曾吸粉无数。尤其是一代经典马自达6，为一汽马自达带来了颇高的声誉。不过，在接连停产CX-7、马自达8、马自达6和睿翼后，一汽马自达在产品导入方面明显“失速”。目前仅有阿特兹和CX-4两款在售车型。特别是自CX-4上市后，一汽马自达在长达5年时间里竟然再没有新产品，令消费者百思不得其解。

反思其“失速”原因，不难发现，一汽马自达从诞生起，就存在先天“缺陷”。与很多合资车企相比，一汽马自达仅为销售公司，并不具备整车生产资质，旗下车型实际上是由一汽轿车代工生产。虽然一汽马自达于2020年6月独立为马自达事业部，在一汽集团内部，与一汽大众、一汽丰田并列，但并没有增加整车生产功能。因此，马自达也不太愿意将技术、车型全部交给一汽轿车。

虽然近年来马自达欲成立全面合资公司，打破一汽轿车代工尴尬局面，但由于中国一汽掌控着话语权，彼此谈判并没有取得成功。没有后续产品，一汽马自达的日子自然难以为继。数据显示，今年前8个月，一汽马自达累计销量仅为4万辆，同比下降远超车市整体降幅。如此销量，甚至不如竞争对手一款车型的单月销量，其惨况令人唏嘘。

事实上，无论是在中国，还是在全球，马自达并不算一个强势品牌。外界对马自达的印象似乎一直停留在技术研发上。2020年，马自达全球销量仅为124万辆，同比下滑17%。相比丰田、大众集团一年上千万辆的销量，马自达的存在感也不强，更偏向小众。

要知道，汽车是一个讲究规模效应的产业，没有一定规模，就很难摊薄研发和营销成本，有效提升企业市场竞争力。作为一个在华年销量仅有 20 万辆的品牌，马自达的体量是根本无法撑起两大销售渠道共同运营的。此次合并，与其说是马自达的“无奈”之举，不如看成是“降本自救”，至于效果有多大，还需要观察。

问题还在于，随着新一轮科技革命和产业变革加速，中国已成为全球汽车产业智能化和电动化创新高地，但马自达对这一产业变革并不上心。尽管前不久马自达也“被迫”对外发布了新技术和新产品的未来规划，将依次引入搭载“创驰蓝天电动化专用可扩展架构”的车型，但何时能落地，产品有没有竞争力，仍要打上一个大大的问号。如果在新的赛道不能迎头赶上，马自达在华的“自救”恐难言乐观。

（刊发于 2021 年 9 月 17 日企业版）

法拉第未来还有未来吗

“下周回国”的肥皂剧又有了续集。日前，贾跃亭创办的法拉第未来（Faraday Future Intelligent Electric Inc.“以下简称 FF”）在北京举办“919 未来主义者共创节”。这是 FF 今年 7 月在纳斯达克借壳 SPAC（特殊目的收购公司），获得约 10 亿美金“救命钱”之后在中美两地与外界的首次互动。

此次活动中，法拉第未来不仅中国高管团队集体亮相，而且宣布了 FF 91 的量产交付最新进展和与吉利的合作情况，并表示中国首批旗舰店选址“北上广深”。不过，活动当天一些语焉不详的表达，并没有打消舆论对其疑虑。而诸如“单挑全球超豪华塔尖汽车产品”“达成全球塔尖市场行业第一的占位”等“口号式”宣传，在被媒体报道后引来公众嘲讽，认为贾跃亭忽悠乃全球一绝。

没有对比，就没有伤害。作为造车新势力的一大旗手，总部位于美国洛杉矶的 FF 创立于 2014 年，比“蔚小理”成立的时间都早。然而，受乐视债务危机影响，虽然其首款车型 FF 91 在 2017 年 1 月就已发布，却始终没能够量产落地。其间，全球汽车产业“智能化与电动化”浪潮澎湃，特斯拉已经成长为市值超过 7500 亿美元的巨无霸，“蔚小理”也愈发自信，大众、通用等传统巨头则在加速电动化转型。而起了大早的 FF，甭说赶上晚集，就是能否赶上集，都是一个大大的问号。

不得不说的是，在通往贾跃亭造车梦的路上，法拉第未来需要跨越的路障实在太多。首先，FF 91 在屡屡跳票后，目前究竟还具有多少“领先性”仍不得而知。按照法拉第未来的说法，“FF 91 在‘性能、奢华和科技’三大领域中单挑奔驰 S 迈巴赫、劳斯莱斯库里南和兰博基尼野牛，结果 FF 91 完胜”，但这样的自说自话，又有几人能信。尽管贾跃亭发微博解释，“结果不是凭空而来的，而是由参加 919 未来主义者共创节的现场预订用户、投资者、豪华车品牌车主等人投票评比的结果，是纯粹的第三方评选行为”，但需要追问的是，这样评选的标准是什么？其究竟有多大公信力也经不起推敲。

退一步讲，就算 FF 91 有其产品和技术的领先性，但也要看到，当前智能电动汽车技术迭代很快。一台最大马力为 1050 匹（783 千瓦）的电机驱动，峰值扭矩超过 1800 牛·米，搭载 130 千瓦时容量的电池组，NEDC 工况下最大续航里程 700 公里，0—97 公里 / 小时的加速时间为 2.39 秒，这样的参数在 5 年前可能比较出色，但要拖到现在量产，其领先性恐怕也得大打折扣。

其次，法拉第未来产品定位也让人费解。根据 FF 的规划，三个乘用车系列中的每一款都将有两种不同配置。如 FF 91 的高端版本为 FF 91 Futurist，其最低售价为 18 万美元，常规版本的起售价格为 10 万美元。如此高的价格，影响的只是一个小众市场。此前，与之定位于豪华市场类似的华人运通高合 HiPhi 率先上市，但市场反响平平，目前几无存在感。显然，这为法拉第未来敲响了警钟。

还要看到，汽车是一个资金、技术和人才密集型的长周期行业，造车烧钱早已成为业内共识。按照蔚来汽车创始人李斌的说法，“200 亿只是门槛”。虽然法拉第未来现在手握约 10 亿美金，但并不经烧。以 FF 目前的财力，维持量产都不够用，而要建立全球化的销售网络、用户运营及生态体系，可谓杯水车薪。有人指出，这也就是法拉第未来现在急于通过在中国总部的选址，绑定“渴望发展汽车产业”的地方政府的“秘密”。问题是，合肥的 70 亿元资金救活了蔚来，这样的奇迹不一定能复制。

（刊发于 2021 年 9 月 24 日企业版）

电动车全体系“出海”模式值得期待

9月30日，蔚来ES8正式在挪威上市，同时位于奥斯陆首家蔚来中心开业。作为造车新势力旗手，蔚来汽车由此迈出了从本土走向世界的第一步，朋友圈纷纷点赞。

此前，蔚来汽车已获得欧盟车型认证（EWVTA）。这意味着，出口到欧洲的ES8可以在欧盟境内所有国家正式注册、销售和行驶。欧美是全球汽车消费最成熟，法律法规和准入机制最严格的市场。如果一个汽车企业能进入欧美市场，说明其产品品质经过了世界最严苛标准的筛选和认可，也是其全球扩张的有力背书和强大催化剂。以日本的丰田、本田为例，就是在进入欧美市场后，通过激烈的竞争不断提升品质，并逐步崛起为国际品牌的。

欧洲新能源汽车市场这几年的快速发展，无疑给中国新能源汽车“出海”打开了新的机遇窗口。今年以来，小鹏、长城欧拉等本土品牌，陆续进入欧洲市场，并取得不俗表现。最新数据显示，今年前8个月我国新能源汽车出口量达到17.3万辆，同比增长4.5倍。虽然整体规模还不够大，但增速远高于传统燃油车出口，增长势头强劲。不过，相比较而言，此次舆论给予了蔚来“出海”更多的热情与期待。不少业内人士认为，这是“中国汽车高端品牌的世界崛起”，是中国从汽车大国迈向汽车强国的“关键一跃”。

这样的评价并不显得突兀。要看到，汽车是一个以品牌著称的行业，而衡量品牌竞争力的重要指标就是价格。作为首个打入欧洲汽车市场的中国新能源高端品牌，目前蔚来车型平均售价在 40 万元以上，不仅比奥迪和宝马的平均售价高，甚至比特斯拉在中国的平均售价也高出 10 多万元。这充分说明，蔚来汽车已积累起较高的品牌溢价能力，展示出中国汽车产业的进步与自信。

不得不说的是，由于早些年自主品牌汽车是以低端产品和较低价格切入市场的，虽然迅速获得了市场规模，但也给人留下了“档次不高”的印象。尽管今天自主品牌汽车品质已不输外资品牌，同样级别同样配置的产品，自主品牌价格却差了对方一大截。问题关键就在于，品牌溢价能力不足。而新一轮科技革命和产业变革引发的“智能化和电动化”浪潮，增强了新创汽车品牌跃升的动能和势能，缩短了中国汽车品牌超越外资品牌的时间与距离，机遇可谓千载难逢。

还要看到，与中国汽车品牌在海外通过经销商代理经营不同，此次蔚来是全体系“出海”。其在产品定价方式、销售和维保服务等方面都有新的开创。作为进入中国境外市场的首站，蔚来汽车在挪威不仅建立了直销和包括换电站在内的服务网络，而且还有被人津津乐道的“社区”体验。反思过去传统燃油车出口难，除了产品竞争力不够外，还有一个重要原因就是售后服务跟不上，结果导致海外品牌形象和口碑不佳。由于汽车产品价值高，使用场景复杂，生命周期长，其出口与一般商品不同，在强调性能、价格、质量的同时，还必须有完善的售后服务体系保障。显然，这种以蔚来为代表的电动车全体系“出海”模式值得期待。

汽车强国是无数国人心中的热望，而海外市场份额和经营能力的提升是绕不过去的一环。按照业内公认的三个标志性条件，汽车强国不仅要掌握核心技术和新技术的发展趋势，支撑和引领世界汽车产品的技术进步，同时要有全球竞争能力的世界知名企业和品牌，还要会利用两种资源，开拓两个市场，并在国际市场占有一定的份额。德国、日本之所以成为汽车强国，不仅在于其拥有产业技术和品牌的先进性，更体现在此基础上其对海外市场的开拓上。目前，其海外市场销售占比已超过本土市场，就很能说明问题。

习近平总书记在上汽集团调研时曾强调，“发展新能源汽车是我国从汽车大国迈向汽车强国的必由之路”，这是基于全球汽车产业变局的战略思考，也是对我国汽车企业的殷切期望。经过 20 多年的培育，目前我国新能源汽车产业已初步具有“全球比较优势”。只要我们在新能源汽车这条赛道上保持战略定力，坚持创新驱动，更多蔚来们的全体系“出海”必将加速推动我国早日跻身世界汽车强国。

（刊发于 2021 年 10 月 1 日企业版）

吉利跨界造手机有何深意

就在以小米为代表的手机企业跨界进军汽车领域时，吉利控股集团董事长李书福则反向跨界进军手机业。日前，由李书福创办的湖北星纪时代科技与武汉经济技术开发区签署战略合作协议，正式宣布进入手机领域，共同打造全球高端手机。该消息发布后，引发关注。

有人说，李书福反其道而行之的做法让人看不懂。要知道，当前全球手机市场趋于饱和，格局已相对固化。比如，中国市场96%以上的份额由苹果、小米、华为、OV等企业占据。即便强如三星，也早已沦为“其他”。此前，格力、360等企业进军手机领域，似乎并不成功。因此，作为后来者，吉利也难以玩出新花样。

也有人反问，既然吉利能造汽车，为什么不能造手机？毕竟，造手机门槛要比造汽车低得多。比如，开发一款车需要几十亿元，而开发一款手机几亿元就能搞定。更何况，手机的开发和制造难度，也比汽车要小。以至于不少人调侃：只需做个方案整合商，让富士康来代工就可以了。

随着新一轮科技革命和产业变革加速推进，万物互联已是大势所趋，而智能手机作为连接万物的媒介和钥匙，与智能汽车正在产生密切联系。如果能够通过造手机与智能汽车形成自己的生态链，实现数据共享，无疑有助于车企为用户提供更好的产品和服务，提升用户体验与黏性，强化企业创新动能和竞争力。

还要看到，手机是随身移动终端，其特点是技术迭代快，是电子产品市场验证和软件创新的应用载体。由于手机不涉及交通安全，因此在汽车上不能尝试的技术，可以先在手机上应用。这样既可实现手机用户尽快分享创新成果，又能把其中安全可靠的成果尽早应用到智能汽车开发中，从而实现车机和手机软件技术的高效互动。

问题在于，眼下无论是手机企业，还是汽车企业，并不愿意“互通往来”。即使彼此合作，也不愿共享彼此的信息数据。前不久，上汽集团董事长陈虹在股东大会上强调，不会考虑华为在自动驾驶方面的整体解决方案，一方面折射出了车企对数据和技术主导权旁落的顾虑，另一方面也反衬出手机企业在与车企合作中也是有自身数据和技术优势的。显然，双方在合作中都不会轻易“交权”。

那么，在“软件定义汽车，数据决定体验”的新造车时代，如何才能破解这一矛盾呢？或许，吉利造手机的逻辑和出发点就在这里。通过造手机，打通与汽车在数据互通上的堵点，从而开发出新的产品和消费场景，做强生态圈，为用户提供更便捷、更智能化、万物互联的多屏互动生活体验。更何况，目前车机工程师和软件工程师，绝大多数来自手机领域，手机和汽车之间完全是互融的。至于市场开拓，其实像吉利这样在国内外拥有数千万用户的企业，不必依靠第三方，就能形成“用户基盘”。虽说“买房送车”“买车送房”的商业模式不太靠谱，但“买车送手机”的商业模式还是不难成立的。

耐人寻味的是，就在吉利官宣造手机的同时，有传言特斯拉也要造手机。据报道，这款手机暂被命名为 Model π，不仅后盖能变色，还能与 Space X 的星链高速卫星互联网连接，具有脑机连接功能，用来代替人脑损伤所失去的一些功能，甚至还能进行 Mars

Coin“挖矿”。如果马斯克也来凑热闹，李书福的手机是否会有更大想象空间呢。

（刊发于 2021 年 10 月 8 日企业版）

特斯拉进军车险意味着什么

头顶明星光环的特斯拉不缺新闻。在美国得克萨斯州超级工厂举行的2021年股东大会上，特斯拉首席执行官马斯克吐槽，“保险的监管‘迷宫’简直疯狂，就像设计的目的就是困难”，并宣布“本月下周公司将在得州推出新型车险产品”。此消息一出，立马引发业内热议，股价顺势突破800美元关口，创出历史新高。

特斯拉的新型车险产品之所以受关注，就在于其创新性。传统车险的价格是保险公司根据车型的定价、车主的年龄等信息计算得来，不能识别车主差异。而特斯拉此次推出的UBI（usage-based-insurance）车险，是根据车辆的使用时间、里程、驾驶者实时驾驶行为设计的，可谓“千人千面”。

由于该保险是为不同用户“量身定做”，保险范围、价格也都大不相同。据报道，虽然车主都是一样的车，但按照新的计算方法，特斯拉的车险定价可以比目前车险低30%至40%，而该车险业务也将为特斯拉获得30%至40%的收益。不少业内人士认为，特斯拉进军保险业务，意味着保险行业即将发生重大变革，未来保险业费率计算即将开启“千人千价”模式，马斯克或又将改变一个行业。

当前，汽车产业正经历“百年未有之大变局”，“智能化和电动化”浪潮澎湃，正在催生出海量数据。越来越多车企已设立专门的软件部门乃至软件公司，希望通过“拥抱”大数据，使企业运作更加高效，为消费者提供以数据为中心的新的增值服务。而此次特斯拉推出新型车险产品，则预示着一个基于大数据的汽车服务新时代正在到来。

长期以来，传统燃油车企业经营模式是制造、服务相分离，将制造和售后分为两个阶段。整车企业管制造，售后服务则委托经销商或社会化管理。随着特斯拉、蔚来等造车新势力的崛起，这种制造、服务分离的模式正在被颠覆，“车卖出去，不再是整车企业工作的结束，而是服务业务的开始”。

“软件定义汽车，数据决定体验”。有人据此提出，在汽车服务新时代，大数据、人工智能、互联网对汽车使用、维护模式的改变，将丝毫不亚于对汽车产品技术的改变，甚至会先于汽车产品技术的改变。应该说，这样的判断是有眼光的。如果我们的整车企业能够基于国内领先的互联网应用技术和丰富的使用场景，利用大数据对汽车的使用、维护进行精细管理，创建新的业务模式，不仅有助于提升用户体验，提升整车企业竞争力，而且能够推动中国汽车产业形成“全球比较优势”，加快从汽车大国迈向汽车强国。

随着全球新一轮科技革命和产业变革加速，软件和数据已成为驱动汽车发展的重要价值点。与其他企业相比，在利用大数据、人工智能和互联网技术对汽车产品使用、维护进行革命性变革的赛道里，汽车制造企业无疑具有先天优势。比如，汽车厂商可以利用庞大客户数据，服务于产品开发、售后服务或者营销。同时，通过大数据，汽车厂商还能了解消费者使用习惯及偏好，以改进产品，更好地提供服务。因此，作为国内整车企业，应像特斯拉一样，更具战略眼光，不仅理解这一优势，更要用好这一优势，这也是产业变革带来的新机遇。

（刊发于 2021 年 10 月 15 日企业版）

珍惜品牌形象和用户口碑

日前，某大牌车企官方微博发布了一条网红夫妇等人试驾的营销视频。该视频发布后，引发质疑和批评，被网友骂上热搜。翻看其中评论，网友将矛头纷纷指向网红，认为其拉低了客群档次和格调，并指责该车企在找代言人前没有做好背景调查。其中，知名车主王思聪直言：以后不会买了。

作为具有百年历史的英国超豪华汽车品牌，这个车企一直以来都是以高端奢华且低调的形象示人，而人们之所以选择购买，除了高端的配置之外，还有这个品牌自带的身份和社会地位象征，或者一般汽车品牌难以企及的优越感。此次为何要请网红做营销推广？很多人对此百思不得其解。

有人说，这体现了车企“年轻化”的营销传播思路。要看到，当前中国已成为该品牌全球第一大市场，而车企的中国用户在不断趋于年轻化。显然，要想稳住全球销量，该品牌就得依靠中国市场，而赢得中国市场的关键则在于年轻人。如此说来，车企请网红做营销推广，倒也并没有什么错。

问题在于，这对网红曾陷入多起负面舆论事件，请其代言难免会对品牌形象和用户口碑形成伤害。

事实上，明星或网红代言品牌效果一直存在争议。诚然，与流量明星或网红合作，能迅速提升企业或产品品牌知名度，但不一定就能带来销量。有调查显示，消费者关注代言人信息与激起购买欲望这两种心理过程差异甚远，60% 的消费者不会因为明星代言选择一款车，代言人对于车企的作用仍然仅限于塑造一个短期品牌形象。

比如，当年奇瑞新品牌瑞麒的代言人是足球巨星梅西，但车卖得并不好；长城 WEY 的代言人换成国际球星 C 罗后依然销量不佳。调性不一致的人和车错配在一起，被消费者吐槽也就不奇怪了。更何况，请明星或网红代言品牌也是一把双刃剑。如果代言人有污点或出丑闻，就更得不偿失了。因此，品牌在选取合作对象的时候，必须进行必要的风险预判和评估，不能把对方的背景、争议等问题置之度外。

还要看到，随着信息技术的快速发展和以特斯拉、蔚来等造车新势力的崛起，汽车信息传播方式和销售模式正在发生变化。得益于智能手机移动终端的普及，使得去掉中间环节的直销模式应运而生。现在不少车企可以直接联系到消费者，解决许多过去需要通过经销商才能办理的问题，同时还可以与汽车和消费者保持全天候沟通。车企与其花费大把真金白银请形象代言人，倒不如潜下心来研究用户需求与审美，让产品本身能够赢得消费者喜爱，从而拉升品牌形象。

（刊发于 2021 年 10 月 22 日企业版）

全球新能源汽车产业提速

最近，全球汽车行业发生了三件事，颇受关注。

第一件事：特斯拉市值破万亿美元。25 日，特斯拉股价盘中创出 1045.02 美元的新高，收盘总市值达到 1.03 万亿美元，超过包括大众、通用、福特、本田等在内 11 家传统汽车巨头市值总和。这也是美股首家市值破万亿美元的汽车企业，以至于特斯拉 CEO 马斯克发推特惊呼："疯狂的万亿时刻！"

第二件事：宁德时代和比亚迪市值同一天创新高。宁德时代是靠做消费电子产品电池起家，后来进军动力电池领域，短短几年动力电池装机量就跃居世界第一。其电池不仅搭载在国内主流汽车企业 3000 多款车型上，全球主要跨国汽车公司也将其视为长期合作伙伴。目前宁德时代市值已达 1.43 万亿元。而比亚迪作为集新能源整车、电池和半导体研发与制造于一身的企业，市值也高达 9200 亿元，在向万亿元大关加速挺进。

第三件事：特斯拉 CEO 马斯克应大众汽车集团 CEO 迪斯的邀请，通过视频电话向约 200 名大众汽车高管"授课"。当时大众的高管们在奥地利阿尔卑巴赫举行一次高层会议，马斯克在视频中回答了大众高管们的提问，进行了业务交流。大众是 2020 年全球汽车销量冠军，迪斯希望通过此举，激励大众汽车高层，以加快公司向电动化方向转型。

虽然这三件事涉及四家不同企业，但细究其缘由，都有一个共同的背景，就是全球减碳行动下的汽车产业变革。如果说，早些年人们对新能源汽车，特别是以纯电为主的技术路线战略还有迟疑，那么现在则已达成共识。无论是造车新势力，还是传统燃油车巨头，都在这条坡长雪厚的新赛道上加速奔跑。

一个明显的变化就是，作为全球三大主赛场，中欧美新能源汽车销量快速攀升。今年前三季度，中国新能源汽车销量达到了 215.7 万辆，全年有望突破 300 万辆；欧洲新能源汽车销量达到了 158.9 万辆，全年将突破 200 万辆；美国新能源汽车销量达到 42.4 万辆，全年也有望超过 60 万辆。按照当前的运行态势，今年全球新能源汽车销量有望突破 600 万辆。

比销量更令人振奋的是，新能源汽车市场渗透率的大幅提高。数据显示，9 月份挪威新能源汽车渗透率突破 90%，瑞典超过 50%，法国突破 20%，德国接近 30%，中国为 17.3%，均创下各国渗透率新高。一项新技术或者一个新兴产业，在渗透率达到 10% 之前被称为导入期，发展相当缓慢；而一旦越过 10% 这一阈值，发展速度则加快，进入成长期。显然，目前中欧新能源汽车产业已经步入高速增长新阶段。

在不少人心中有一种错误观点，以为发展新能源汽车就是动力电动化，而以煤电为主的电力并不是什么新能源。事实上，此轮产业变革中，与动力电动化并行的，还有系统智能化和能源低碳化，也就是电动化革命、新能源革命和人工智能革命。很多人之所以看不懂特斯拉的高估值，主要是没有从更深层次和更宽视野参透其中的逻辑。

正如苹果颠覆了手机产业，特斯拉用创新理念，通过新的电子电气架构，用软件和智能重新定义了汽车，打造出了现象级的智能电动产品，不仅加速了整个汽车产业变革，而且给很多产业也带来了新气象。纵向看，从产品研发、整车制造到直销和售后服务，实现了垂直整合；横向看，从进军保险业、光伏到智能机器人，以汽车为支点，打开了汽车产业发展的新空间。因此，今天的特斯拉不只是汽车公司，而是一家不断创新和跨界，引领变革的科技公司。

随着全球新一轮科技革命和产业变革突飞猛进，智能电动车正成为当前创新科技的母生态。可以说，特斯拉、宁德时代、比亚迪就像小荷，在这个母生态下才露“尖尖角”。面对百年一遇的技术和产业变革，当前我国传统汽车企业都在加速向科技公司转型。转型是挑战，更是机遇；变革是压力，更是动力。要想在此轮转型和变革中赢得竞争新优势，迈向星辰大海，唯有加快创新。

（刊发于 2021 年 10 月 29 日企业版）

沃尔沃在“老家”上市能否书写新故事

几经波折，终圆上市梦。日前，沃尔沃汽车在瑞典斯德哥尔摩证券交易所“敲钟”，这是20年来瑞典历史上规模最大的一次企业上市，也是今年欧洲的第二大IPO，备受关注。不少人认为，沃尔沃汽车在其“老家”上市，是继吉利收购沃尔沃后的里程碑事件，其意义值得深思。

吉利与沃尔沃的故事，被喻为教科书级的“蛇吞象”。10多年前，吉利控股以18亿美元，从福特汽车手中正式收购了沃尔沃汽车100%股权。由于“门第悬殊”，且无成功的先例可循，当时吉利并购沃尔沃并不被外界看好。然而，就是这起“不被祝福”的跨国并购，经李书福之手硬是创造出了奇迹，成为迄今为止全球汽车产业并购最成功的案例，没有之一。

作为收购方，吉利依托中国市场规模优势和管理智慧，有力推动了沃尔沃汽车的复兴。彼时，沃尔沃汽车全年销量33.5万辆，营收957亿瑞典克朗，亏损高达51.9亿瑞典克朗；去年，沃尔沃汽车全球销量66.17万辆，营收2628亿瑞典克朗，营业利润达85亿瑞典克朗。在欧美市场销量全面增长的同时，中国成为沃尔沃汽车第二大本土市场，销量增长5倍，市场占有率大幅提升，沃尔沃汽车因此巩固了在全球的豪华品牌地位。

与此同时，沃尔沃汽车也凭借百年积累的技术优势和海外渠道，促进了吉利汽车的技术和品质提升，加快了吉利融入全球化的进程。吉利通过与沃尔沃汽车在研发、采购、动力总成、制造等领域的合作，共同创立了吉利控股集团欧洲研发中心，不仅合资打造了全球新高端品牌领克，开发出CMA架构，而且极大完善了自身的研发体系和海外市场布局。目前，随着吉利汽车品牌力持续提升，吉利汽车年销量已多年位居百万辆之上，成为中国品牌直面合资、走向全球的标杆。

不过，与所有传统车企一样，无论是沃尔沃汽车，还是吉利，都压力“山大”。这压力，来自当前正在进行的轰轰烈烈的汽车产业变革。随着新一轮科技革命和产业变革加速推进，“智能化与电动化”浪潮澎湃，以特斯拉和蔚来为代表的造车新势力风头正劲，传统车企正在被越来越多的消费者和投资者抛弃。尽管沃尔沃已宣布其转型战略，计划于2025年实现全面电气化，到2030年成为100%的纯电豪华车企，但从其与吉利联合打造的极星品牌市场表现，到吉利旗下几何品牌的艰难，再到极氪的新生，吉利与沃尔沃汽车在向新能源的转型道路上，显然还需要实现更大破局。

资本从来都是撬动创新的杠杆。从特斯拉到蔚来，从小鹏到理想，造车新势力深谙此道，不仅通过资本市场募集到企业创新发展的资金，也展示了创新活力。也许正是看清了其中的密码，在此次招股书中，沃尔沃汽车表示将把募集到资金中的70%用于电动化转型，包括在工厂中添置大型压铸机，以生产一体成型的车身，以及新增电驱动和内置电池的生产线等。从这层意义上说，沃尔沃汽车上市有望开启其“新四化”产业变革的新起点。“吉沃”双方能否书写新的精彩故事，无疑将再次考验吉利的创新能力。

（刊发于2021年11月5日企业版）

莫以短期销量论英雄

最近，造车新势力月销量又引发口水仗。刚刚发布的产销数据显示，10 月份蔚来汽车销量明显下滑，小鹏突破万辆，理想相对稳定，哪吒则大幅上升。有热点必蹭的部分自媒体趁势又给其排起了座次，将“蔚小理”改为“小理蔚”，还有人将“蔚小理”变为“小哪理”，被网民吐槽。

在汽车行业，无论是老车企还是新势力，每月初都要公布上个月销量数据，这已成为惯例。作为企业的重要经营指标，各大机构和媒体对这一数据进行解读，实属正常。然而，近年来出现一个不好的现象，就是一些自媒体出于自身利益的考虑，常常过度甚至曲解这些数据。在他们眼中，“卖得好，就是英雄；卖得不好，就是狗熊”。这种“以销量论英雄”的论调，貌似合理，实则容易绑架企业，误导公众。

影响企业产品市场表现的因素繁多，不仅与产品结构和品牌竞争力有关，还与厂家新品投放节奏、供应链管理、促销政策紧密相连。特别是在当前芯片供应紧张、疫情反复的背景下，企业的产销数据更呈现出复杂性，对此我们应有更为清醒的认识。以蔚来汽车为例，10 月份销量之所以不及公众预期，主要是因为江淮蔚来合肥先进制造基地生产线改造所致。如果看不清这一点，解读就很难客观公正。

造车是一场马拉松赛跑，不是百米冲刺，短期的销量提升并不意味着企业竞争力会必然增强，短期的销量下滑也并不意味着企业竞争力会必然减弱。和经济有周期一样，企业在自身的发展中也有高潮和低谷。不能因为企业短期销量不好，就否定企业的未来，甚至踹上一脚。因为有的企业可能正处于转型蓄力期，下蹲或许是为了更好地起跳。

长安汽车的故事就很能说明问题。2019 年 4 月，长安汽车自主品牌乘用车月销量不足 5 万辆，并罕见地跌出企业月度销量前 15 名榜单，被媒体称为“至暗时刻”。面对社会的各种误读，长安汽车顶住压力，坚持数字化转型，随着 UNI 系列新品的上市，终于迎来其自主品牌乘用车月销超 10 万辆并跻身前 5 名的“高光时刻”，这值得深思。

不畏浮云遮望眼。汽车是一个具有超长开发和产能释放周期的产业，决定今天产品市场表现的不是当下的努力，而是 3 年前，甚至更早之前的布局。因此，看一个企业的发展，不能只看当前的销售数据，更要看其有没有在战略上进行前瞻性布局，有没有在研发上“超重”投入，产业链是否自主可控，创新力和品牌力是否得到提升。显然，这才是企业高质量发展，赢得未来竞争力的关键。

（刊发于 2021 年 11 月 12 日企业版）

不要贩卖燃油车禁售的焦虑

第 26 届联合国气候变化大会上，比亚迪、奔驰等 6 家主要汽车制造商签署承诺：到 2040 年在全球范围内逐步停止燃油车的生产。消息发布后，有人在网上又开始贩卖焦虑，“以后你买不到燃油车了”；还有网友调侃，“你家的燃油车，要绝版了”；甚至还有人猜测，“我国是不是也会很快推出禁燃时间表”；等等。

这样的声音，很容易拨动公众的神经，引起情绪上的共鸣。毕竟，停止燃油车的生产和销售，发展新能源汽车，是应对全球气候变化、实现碳中和的重要途径，特别是在有些国家提出禁售燃油车时间表的背景下，很难不让人们产生联想。不过，需要指出的是，汽车是一个与能源、工业以及社会民生等其他领域息息相关的大产业，转型注定是一个长期而复杂的过程，思考这一问题不仅要有发展眼光，更要有系统思维。

从企业层面讲，向新能源汽车转型既需要政策和法规的引领与倒逼，也需要技术的创新与突破，还需要基础设施的配套与完善。事实上，此次大会上不仅宝马、现代、本田、日产和斯特兰蒂斯等主流车企没有签署这一协议，全球销量最大的两家车企大众和丰田也没有签字。其中，丰田给出的解释是，“全球大部分地区尚未做好零排放汽车的准备”。部分主流汽车制造商之所以对这一承诺持谨慎态度，主要原因还在于，一方面车企技术转型成本巨大；另一方面政府相关政策支持和社会配套体系建设也很难一步到位。

不过，拒签车企并非拒绝新能源转型。今年 6 月底，大众汽车就宣布在 2033 年至 2035 年之间退出欧洲的内燃机汽车业务，最迟将在 2050 年实现碳中和。到 2030 年，大众旗下的纯电动汽车能占到该公司在欧洲总销量的 70%。可以说，大众是当前全球传统燃油车汽车企业向新能源转型最激进的企业。然而，考虑到其传统业务体量之大，目前不签字，倒也在意料之中。

虽然近年来“禁燃”声音不绝于耳，但迄今为止，只有英国（含苏格兰）和法国政府正式宣布了燃油车禁售计划，其他国家部分政党或是部分州郡提出了相关议案，更多的只是一种愿景与倡议，并未上升到法律层面，在立法侧和执行侧都尚无进展。截至目前，还没有哪个国家以法律形式明令禁止燃油车的销售。

对于汽车生产和消费大国，制定禁燃时间表需要经过经济、能源、减排、市场等多因素的考虑，并非仅排放一个维度。应该说，随着技术进步和政策法规的倒逼，新能源汽车对燃油车的替代会逐步增加，但更多还是要靠市场力量。汽车取代马车，智能手机取代传统手机，数码相机取代胶卷相机，都不是因为任何政府鼓励前者或者反对后者，而是因为前者比后者能更好地满足消费者的需求。考虑到技术进步的渐进性、资源的不平衡性和地域气候的复杂性，新能源汽车和燃油车在很长一段时间内都将“并驾齐驱”。因此，大国传统燃油车的禁售与退出不可能“一刀切”，而是“分地区、分车型、分阶段”逐步推行。

（刊发于 2021 年 11 月 19 日企业版）

东风起亚能否“一别两宽”

日前，东风汽车集团有限公司在上海联合产权交易所正式挂牌出售旗下三方合资公司——东风悦达起亚汽车有限公司25%股权，转让价格为2.97亿元。有舆论推测，该股权很有可能由现代起亚接盘。交易一旦达成，东风公司将成为首家主动放弃合资公司股比的中方车企，其背后深意值得关注。

东风主动退出合资公司并不意外。作为中国入世后首个中外汽车合资项目，东风悦达起亚汽车有限公司有过高光时刻，2016年一度创下65万辆的年销量纪录。虽说与“南北大众”难以相比，但日子也还过得富足。不过，近年来经营每况愈下。2020年，东风悦达起亚销量仅24.93万辆，实现营业收入219.40亿元，净利润亏损47.50亿元；2021年前10个月，累计销量跌至12.81万辆，实现营业收入124.77亿元，净利润亏损26.12亿元。显然，目前东风悦达起亚早已沦为股东的负资产，东风没必要受其所累。

有人说，东风悦达起亚的急速滑落，问题出在股比上。与很多合资车企只有两个股东且双方股比对等不同，东风悦达起亚由东风公司、江苏悦达投资股份有限公司、韩国起亚自动车株式会社共同组建，三方股权分别为25%、25%和50%。这样的“三元”股权结构，沟通起来要比只有两个股东更为困难。虽然东风对市场变化更加敏感，但苦于在合资公司股权占比偏低，话语权不大，对于改变当前合资公司经营状况亦力不从心。

这样的分析貌似有理，但经不起推敲。以北京现代为例，北汽与现代各占 50% 的股份，为何现在也是困难重重，步履维艰？问题恐怕还是出在韩系车的定位上。要看到，在入华初期，韩系车销量一路攀升，主要走的是“性价比”路线。随着中国汽车市场产品供给日益丰富，消费不断升级，“性价比”路线已难完全走通，特别是在快速崛起的自主品牌面前，起亚的“性价比”就不再有多大优势。因此，如果还死抱“性价比”这张牌，包括起亚在内的韩系车在中国市场的衰落就无法避免。

对于东风而言，旗下并不缺合资企业。无论是东风日产还是东风本田，其产品和品牌实力，都要比起亚强很多。当起亚热销时，分一杯羹即可；当起亚折戟时，“撤退”也许更符合自身利益。毕竟，在新一轮科技革命和产业变革中，东风的战略重点已转向如何抓住“电动化和智能化”机遇，集中优势资源，做强自主品牌。事实上，去年东风发布了全新高端品牌岚图，并在法国雷诺品牌退出中国市场之际，将东风雷诺工厂改造成了岚图生产基地。如今岚图在市场上渐有名气。无疑，这才是东风“向上”奔跑的正确姿势。

也要看到，虽然东风悦达起亚这几年经营状况并不尽如人意，但起亚在全球的经营状况还是可圈可点的。面对中国这一全球最大新车市场，起亚肯定不会轻言放弃。如果能通过增加股比，投入更多资源，使未来起亚品牌在华发展决策更加正确，使其全球资源的导入更加高效，或许起亚在华命运能够得到改变。从这一角度讲，东风的主动退出，又何尝不是起亚一次难得的自救机遇？当然，关键还在于起亚如何做，能否适应中国市场变化。

“东风悦达起亚”将成为历史，但无论对于东风还是起亚，或许都将是“双赢”的好事，正所谓“一别两宽，各生欢喜”。不得不说的是，此前人们还在担忧，一旦合资车企股比放开，会不会有中方企业活不下去，现在看来是有些多虑了。在我国乘用车合资股比放开前夜，东风从合资公司的主动退出告诉我们，随着产业变革加速，中方车企自身战略的调整和实力的提升，使其对合资公司的技术依赖已不再像此前那么强烈，中国汽车市场“后合资”时代或许就此开启。

（刊发于 2021 年 11 月 26 日企业版）

造车新势力月销逾万预示着什么

造车新势力频传销量捷报。刚刚发布的 11 月份销量数据显示，以“蔚小理”为代表的头部造车新势力交付量集体破万，引发朋友圈一片关注。而位居二线的哪吒汽车，意外跻身“万辆俱乐部”，也引来了不少目光。

具体来看，当月蔚来汽车交付 1.09 万辆，同比增长 105.6%；小鹏汽车交付 1.56 万辆，同比增长 270%；理想汽车交付 1.35 万辆，同比增长 190.2%；哪吒汽车交付 1 万辆，同比增长 372%。在疫情反复、芯片短缺的背景下，这样的销售数据，令人眼前一亮。

对于造车新势力而言，月销破万辆是一道非常重要的槛。如果能够稳定在这道槛附近，就意味着年销量就能突破 10 万辆，而这一规模常常被称为企业的“生死线”。要看到，汽车是一个规模效应尤为明显的行业。没有一定的规模，研发、制造和营销等成本就很难摊薄。按照“规模报酬递增”规律，企业只有在产品达到业内公认的这一销量规模后，才有可能实现盈利，在市场上站稳脚跟。此外，有了这样的产销规模，企业也可以获得“产业链话语权”，更合理地控制采购成本和节奏。

与不少车企通过推低端车型迅速扩大销售规模不同，此次头部造车新势力月销破万的亮点还在于，蔚来和理想所销车型均价超过

30万元。除了规模效应之外，汽车还是一个以品牌著称的行业，而产品价格无疑是企业品牌竞争力的重要体现。历经20多年的追赶，主流中国汽车品牌在产品质量、技术和服务水平方面与外资品牌早已不相上下，品牌溢价能力却提升缓慢。在传统燃油车领域，中国品牌汽车别说30万元，就是连20万元的天花板都难以捅破。而转换到智能电动汽车赛道后，蔚来和理想在如此短时间就实现了中国汽车品牌的向上突围，这不能不说是一个奇迹。

更重要的是，理想汽车凭借一款理想ONE就实现了1万多辆的销量，被业界称为现象级产品，值得深思。长期以来，不少自主品牌之所以发展不如预期，不是努力不够，而是在产品战略上没有实现聚焦，没有集中资源，把每款产品做精做优，甚至做到极致。如果说，在市场规模快速扩容期，企业凭借“多生孩子好打架”的思维和战术还能活得不错，那么随着我国车市从增量阶段转入存量博弈，这样的打法就必须改变。这也是企业提升资源利用效率，产业高质量发展的必然要求。

国际汽车产业发展经验表明，没有一家跨国巨头是靠拼产品数量取得成功的。反思丰田、本田等汽车工业的“后起之秀”，不难发现，处于快速上升阶段的新兴车企，往往能凭着某款明星车型实现重点突破。当年，丰田就是靠着一款卡罗拉迅速走红，其产能在5年后就达到100万辆。也正是通过明星车型的开发，丰田才跃升为全球汽车产业的引领者。而特斯拉的成功，也得益于明星车型Model 3的打造。从这个角度来说，像理想一样打造更多明星车型，或者说现象级产品，对于加快提升造车新势力的江湖地位，重要性不言而喻。

明星产品不会凭空产生，其背后是企业对消费趋势的精准把握和技术研发的超强投入。不少分析认为，理想汽车之所以热销，就在于其一直坚持为家庭用户造车，并通过产品创新重新定义智能电动时代家庭用车标准，同时全球首创的城市用电、长途发电的全新电动模式，有效解决了家庭用户里程焦虑问题。而“用户思维”下的蔚来提供的产品和服务，甚至已超出纯商业层面定义，在赋予汽车以情感的同时，也在给消费者带来全新生活变化。以至于大众汽车集团（中国）首席执行官冯思翰感慨，“每天都在感受到来自这些造车新势力的挑战，他们的产品往往拥有丰富多彩的造型，以及大量的创新性功能，虽然不少功能在眼下难以充分发挥其作用，然而这些产品正在颠覆中国用户对于未来中国汽车的认识”。显然，这样的分析和感慨有助于我们更好地思考汽车产业的未来。

没有竞争，就没有进步。尽管过去数年当中，绝大部分造车新势力已被市场无情淘汰，但活下来的这些车企羽翼渐丰，足以改变整个战局。特别是随着头部造车新势力月销破万，得到越来越多消费者认可，无疑将更好地引领中国智能电动汽车创新发展，加快实现换道超车，推动我国从汽车大国迈向汽车强国。

（刊发于 2021 年 12 月 3 日企业版）

动力电池储运难该如何破解

海外市场需求激增，让此前并不受重视的动力电池储运难浮出水面。日前有多家企业反映，锂离子动力电池储存运输难度加大，已经成为横在出口路上的“拦路虎”，吁请有关部门关注。

锂离子动力电池国际运输方式包括海运、公路、铁路和空运等。当前我国动力电池运输境内全部采用公路运输方式，出口有空运和海运两种，其中空运时效性最佳，但运力小，价格昂贵，适用于研发阶段用的样品运输。海运价格相对低廉，运力较大，但运输周期长，从中国运至欧洲需要约 50 天，且受台风等自然天气影响较大。尤其是近两年受疫情影响，海运价格大幅度上涨，企业难堪重负。

相比较而言，铁路运输时效性为海运的三倍以上，同时兼有运力大、成本适中的优势，是长距离、大宗出口锂电池的最佳运输方式。然而，由于国内现有的《铁路危险货物运输管理规则》（铁运〔2008〕174 号）对锂电池运输的具体规定仍然缺失，导致长期以来锂电池无法进行铁路运输。一个颇为尴尬的现实就是，目前中欧、中亚铁路均不接受锂电池产品运输。

与此同时，由于产品的特殊性，锂离子动力电池在生产包装、仓储物流环节也还存在着不少难题。比如，危包证办理繁琐、流程耗时长；专用存储仓库、危险品集装箱拖车、码头危险品堆位严重不足等。据报道，即使是在锂离子电池年出口额较高的广东深圳，以及整个出口贸易非常发达的珠三角地区，动力电池专用存储仓库数量都非常有限，难以适应快速增长的市场需求。

得益于国家战略布局，经过近些年奋力追赶，我国锂离子动力电池产品与技术已跻身世界第一阵营，不仅成为全球锂电池生产大国，而且成为出口大国。据中国电池联盟测算，2021 年前三季度，我国锂离子动力电池出口量约为 20GWh，超过去年全年水平。随着以欧洲为代表的海外新能源汽车市场加速崛起，再考虑到美国也已开始大力推动电动汽车产业发展，越来越多的中国电池企业有望进入国际主流车企供应链，无疑这对于我国企业提高国际竞争力，实现在全球汽车产业链中的价值攀升具有重要意义。问题在于，当前储运难又在一定程度上拖累我国锂离子动力电池的出口。而要驱逐这一“拦路虎”，相关部门就必须转变观念，通过管理创新，加强基础设施建设，提升公共服务能力与水平。

一方面，中欧、中亚铁路运输不接受锂离子动力电池运输的管理思路需要创新。虽说当前动力电池储存、运输环节的安全管理已有成熟的国际标准，我国也有相应的国家标准，并不需要创新，但也要看到，目前我国实行的铁路运输行业标准是基于数十年前的市场环境制定的，早已不能适应新的经济社会发展需要。需要指出的是，锂离子动力电池在欧美可广泛使用海陆空铁多式联运，其中铁路运输占比分别高达 45% 和 60%，海运入境的集装箱锂电池货物，到港后 100% 可接驳铁路进行下一段运输。因此，相关部门应加强与铁路部门研究协商，根据电动汽车的产品特性，对现有标准进行适应性修订，满足新能源汽车发展新阶段的市场需求，使电动汽车、锂离子动力电池能够依法合规，通过铁路进行高效、安全、经济的运输，助力实现中国新能源汽车产业的国内发展与全球主流市场开拓。

另一方面，基础设施建设和公共服务环节也要跟上经济社会发展步伐。我国新能源汽车销量的陡峭式增长，不仅带动了动力电池迅猛发展，而且由于电池成本下降较快，在其他领域的应用也在不断扩大。可以说，动力电池已从过去的小宗商品，发展为与国民经济各方面联系密切的大宗产品。特别是在全球减碳行动的背景下，动力电池已开始广泛应用于储能等领域，而且未来增长空间巨大。对于这一趋势，有关部门应在坚持安全底线思维的同时，尽早做出规划，同步扩大动力电池储存运输所需的仓库、码头、运输车辆，科学优化管理流程，以适应产业的新变化。

当前我国经济已从高速增长阶段转向高质量发展阶段。无论是贯彻新发展理念，还是构建新发展格局，创新都成为第一动力。不仅科研人员要注重创新，企业也要依靠创新，政府管理和服务部门也应该加强创新。如果还抱着旧地图，是找不到新世界的。

（刊发于 2021 年 12 月 10 日企业版）

汽车厂家应谨防“营销翻车”

因为货不对板，长城欧拉最近被送上热搜。据报道，家住上海市长宁区的一位消费者最近购买了一款“欧拉好猫”新能源车，结果发现车机芯片上搭载的是旧款英特尔 4 核芯片，与此前厂家宣称的高通八核芯片不符，引发消费者投诉。

虽然同为芯片，但两者不仅成本悬殊，而且性能也相差较大。欧拉在宣传中提到的高通 8155P 八核芯片，是 2021 年才开始实现量产的，而实车搭载的英特尔 A3940 四核芯片，是 5 年前发布的产品。前者价格是后者的两倍，算力是后者的 10 倍左右。更重要的是，搭载后者的车机系统并不兼容苹果公司开发的车载系统 CarPlay，因此实际使用体验也更差。

面对用户关注的芯片问题，欧拉作出了四次回应，被认为始终回避问题，致使矛盾一步步激化，最终导致“芯片门”事件发酵。

尽管随后长城汽车向消费者道歉，并拿出了一个解决方案，但是有消费者并不买账，称这个“画饼式”方案只是补了个“寂寞”。有分析认为，如果企业在销售中提供的车辆与消费者签署的购买合同不一致，隐瞒车辆的真实配置，就涉嫌虚假宣传。根据消费者权益保护法的相关规定，消费者有权主张“退一赔三”。数据显示，今年前 11 个月，欧拉好猫累计销售达到 4.02 万辆。一旦车主通过法律渠道在诉讼或调解中获胜，欧拉或将面临巨额赔款，同时也会对品牌形成巨大伤害。显然，这对欧拉来说，是“难以承受之重”。

需要指出的是，此次“芯片门”事件最终是否被定性为虚假宣传，尚待权威机构进一步认定。然而，它却给车企敲响了一个警钟。在平时的产品宣传营销中一定要实事求是，切莫抖机灵，切莫任性或心怀侥幸。特别是，汽车作为最为复杂的民用产品，在技术上具有较强专业性，消费者对一些新概念、新技术的认知有个过程，一时半会很难分得清，弄得明白。越是如此，厂家越要多些科学理性，谨防“营销翻车”。

随着中国车市从增量竞争进入存量博弈，竞争更激烈，宣传营销也愈发重要。现在有一个不好的现象，就是一些企业为了“走量”，常常在宣传营销中为产品贴上一些新的技术标签，搞些花式营销，生怕俘获不了消费者的心，生怕舆论不够关注。比如，此前就有不少企业将辅助驾驶技术宣称为自动驾驶，导致消费者误读，引发交通事故，教训惨痛。而此次“芯片门”事件，无疑又给企业上了深刻一课。

（刊发于 2021 年 12 月 17 日企业版）

为新能源汽车注入发展正能量

“完全想不明白，现在大家为什么还买油车，除了能闻点汽油味，别的还有什么好？听个响？”蔚来汽车创始人、董事长李斌没想到，他在蔚来日“NIO DAY 2021”的一句讲话，竟引发了争议。

有网友吐槽：李斌的言论中，无论是“不明白”“汽油味”，还是“听个响”，无不显露出其对传统燃油车的藐视，“拉电动车可以，但不必踩油车”，进而得出结论“李斌飘了”。也有网友力挺：“斌哥说得随性了些，但话糙理不糙，不少电动车在驾驶操控和智能体验上，确实已胜过油车”；更有人公开宣称，“开惯了电动车，就再也不想开油车了”。

如此针锋相对、自带情绪的隔空喊话，很难不刺激人们神经。对此，李斌解释：“我的本意是前几年充换电基础设施确实还不够方便，好的电动车也少，现在基础设施发展很快，可供选择的各个价格段的好产品很多。现在选择电动汽车是时候了，今年中国的电动汽车渗透率大幅上升也说明了这个趋势。”按理说，纷争也就到此平息，“吵”无再炒。然而，偏偏有人生怕事儿不大，总爱通过制造舆论对立，激化矛盾，带点节奏，蹭些流量。

若不考虑部分城市限购因素，究竟是买油车，还是买电动车，最终还是消费者说了算，毕竟银子在自己腰包里。反思此次纷争，不少人指出，与马斯克经常口出狂言相比，李斌的表现完全是“小巫见大巫”。这话要搁在几年前说，估计都没人搭理，毕竟电动车和油车没得比。现在之所以能掀起轩然大波，只能说明，大家越来越在乎电动车了。

这样的分析有没有道理，姑且不论，但为我们打开了一个观察和思考新能源汽车发展的新视角。不可否认的是，当前电动车正在加快驶入家庭。中汽协发布的数据显示，今年前 11 个月，我国新能源汽车产销分别完成 302.3 万辆和 299 万辆，同比均增长 1.7 倍，渗透率已达 12.7%。不仅中国新能源汽车迎来“陡峭式增长”，欧美国家的渗透率也在加快提升，特别是挪威电动车渗透率已接近 100%，全球汽车电动化可谓浪潮澎湃，势不可挡。

国际产业发展经验表明，当一个新兴产业市场渗透率超过 10% 时，意味着其发展迎来向上加速拐点。也正是看到这一趋势，就连此前“炮轰”电动车的丰田章男也不得不改口，誓言加快电动化转型步伐。按照丰田汽车最新规划，到 2030 年，旗下电动车型将增至 30 款，全球年销量达 350 万辆，为此公司将投入 4 万亿日元（约合人民币 2238.8 亿元），这很值得深思。

新能源汽车之所以驶入快车道，既离不开当前全球减碳大背景，也离不开各国政策的大力支持，同时也与各大企业创新驱动，产品供给日益丰富，以及充换电基础设施完善有关。要看到，经过 10 多年的精心培育和创新发展，我国新能源汽车在技术、性能、质量和消费认知等方面已发生重大变化。

从品牌力和产品性价比看，目前蔚来、理想的不少车型已经进入同价位宝马、奔驰的市场，凸显出较强的品牌溢价能力，这是过去自主品牌在传统燃油车领域很难做到的；而在 A0 级市场，尤其是 5 万元以下的电动汽车市场，其性价比已超过燃油车。放眼全球，特斯拉 Model 3 已超越同级别燃油车，成为欧洲最畅销车型。

与此同时，不断丰富的新能源汽车产品和类型，也在引领和创造着新的市场需求。以上个月为例，比亚迪新能源乘用车销量突破 9 万辆，五菱宏光 MINIEV 销量达 4.56 万辆，以蔚来、小鹏为代表的 4 家头部新势力销量则集体破万辆，特斯拉批销为 5.29 万辆，大众 ID. 家族销量也爬升至 1.42 万辆。可以说，不管是传统车企，还是造车新势力，都在用强劲的销量，证明着消费者和市场的认可度，抬升着新能源汽车的江湖地位。

发展新能源汽车不仅是我国从汽车大国迈向汽车强国的必由之路，而且是应对气候变化、推动绿色发展的战略举措。特别是在我国经济发展面临需求收缩、供给冲击、预期转弱三重压力背景下，促进新能源汽车消费的意义愈发凸显。因此，与其纠缠于这番略显夸张的言论，不如转变观念，适应产业变革新趋势，为加快推动我国新能源汽车高质量发展，引领全球注入更多正能量。

（刊发于 2021 年 12 月 24 日企业版）

汽车评奖谨防公信力缺失

又到年终岁末，各种各样的汽车评奖活动开始粉墨登场。有不少企业吐槽：原以为受疫情影响，今年的评奖活动会消停些，其实不然，现在大大小小的奖项几乎每天都在颁发，甚至一天好几场，“有的实在领不过来，只好叫快递送上门”。

很难统计清楚目前有多少这样的颁奖活动。梳理这些名目繁多的奖项，大致分为三类：一是车型类，根据产品性能和市场表现评价，给一年内上市的新车颁奖；二是企业类，结合车企销量，从技术研发、市场营销、售后服务和品牌影响力等方面设置奖项；三是人物类，此类奖项一般都是颁给车企领导或销售负责人。

通过评奖表彰的方式，盘点一年的优秀车型、企业和人物，奖励先进，激励后进，更好地促进新的一年汽车产业发展，有其积极意义。问题在于，如此泛滥的评奖，究竟有多少公信力？以汽车行业年度车型评奖为例，评价一款车型，不仅需要产品本身的市场表现，还需要通过科学的评价标准与流程，进行严格的道路测试，才能确保公平公正。

然而，现实中大多数车型评奖活动都没有进行任何道路测试，完全取决于评委的主观感受；少数评奖虽能对车辆进行道路测试，也只是象征性地在某地转个圈，作个秀。耐人寻味的是，主办方在奖项设置上又大方得很，少则几十个，多则上百个，一度被讥讽为“分猪肉”。

公众也并非不知道这些奖项的“含金量”。有人就曾质疑，今年推出的某款新车，车没卖多少，不到一年时间却得了十多个大奖。更奇葩的是，其获奖理由为该企业是这些网站的广告大户；而企业一位副总经理也成为诸多网站年度人物奖得主，获奖理由也是因为“他主管公司广告投放”。如此任性评奖，与买奖卖奖又有何异？

需要追问的是，既然大家对此心知肚明，为何企业和网站仍然乐此不疲呢？关键是彼此有利益诉求。拆解其套路，无非就是网站将评奖发奖作为牟利工具，通过批发奖项向获奖方收取一定费用，或者换取其广告投放资源；而愿意为此埋单的企业，则将所获奖项作为企业荣誉在品牌推广中加以灵活运用。难怪有人调侃，今日圈内盛行的评奖活动，早已沦为黑色幽默式的营销。

正因为有利可图，不只是商业网站，一些自媒体和第三方机构也热衷于搞这一套。由于自身影响力不够，担心知名企业不买账，它们还会抱团取暖，或挂上某某协会的名，或直接拉拢协会参与其中，美其名曰“共赢”。这些巧立名目的奖项和企业获奖理由，其实根本搬不上台面，被各种嘲讽也就不足为怪了；还有所谓的红点奖，这个源自德国的工业设计奖项，近年来之所以被清华大学教授公开质疑，也在于其背后商业利益的博弈，同样值得警惕。

评奖的商业化是市场发展的一种产物，其本身无可厚非，但无论是哪个奖项，不管是谁来主办，都离不开公信力的背书。如果没有科学的评奖机制，或只是与利益紧密挂钩，甚至无原则地异化为互相吹捧、自娱自乐的圈子活动，其危害也是显而易见的。任其泛滥，不仅会反噬自己，还会像雾霾一样遮住人们的双眼，加剧行业浮躁，误导社会对产业的认识，甚至带偏产业发展，这绝不是危言耸听。

（刊发于 2021 年 12 月 31 日企业版）

汽车产业稳中有进又一年

尽管我国2021年度汽车产销量数据还要等到下周才能正式发布，但综合各大车企公开的快销数据和中汽协初步分析，这一数字有望双超2600万辆，实现微增长。在疫情反复、“缺芯少电”、原材料价格上涨背景下，这样的稳中有进，实属不易。而比这一数字更令人振奋的是，产业结构正在发生重大变化。经过10多年战略性引导和精心培育，我国新能源汽车不仅迎来了爆发式增长，更为产业带来了新的活力，展现出新的气象。

年产销量突破300万辆，市场渗透率超过13%，私人消费占比近八成，新势力月销过万辆，盘点一个个数据，辨识一处处细节，无不预示着我国新能源汽车产业正在迎来从政策驱动向市场驱动的拐点。表面上看，这是产业技术进步、产品丰富和政策给力相互作用产生的共振，但从更深层次上来说，则是我国汽车产业创新活力的迸发。

与高铁、家电产业较快实现自主创新相比，中国汽车产业由于过度依赖合资而备受人们诟病。反思其原因，这里既有当年“市场换技术”政策在执行层面的动作变形，也有产业自身演进规律的掣肘挤压。随着百年汽车产业不断发展，包括动力总成、底盘、汽车电子在内的传统燃油车技术逐步成熟，技术创新对燃油车的驱动力减弱，世界汽车产业竞争格局趋于稳定。自主品牌要想短期内在燃油车赛道上实现对奔驰、宝马等品牌的超越，难度不言而喻。

不过，智能化和电动化变革为中国汽车产业换道超车孕育出新机遇。在国家创新战略驱动下，我们紧紧抓住这一机遇，坚持以纯电驱动为主，并包容燃料电池、插电式混合动力等发展的技术路线，妥善处理了技术路线纷争。同时，打破传统汽车产业政策与体制障碍，逐步建立了有利于技术进步和企业创新的产业政策体系。尤其是在电动化发展初期，允许“跨界造车”，将新旧势力的积极性都调动起来，开放性地引入了特斯拉，更进一步激发了行业活力，在全球汽车电动化进程中实现了引领性发展。

从企业具体表现来看，以“蔚小理”为代表的头部造车新势力异军突起，集体跨入月销万辆俱乐部；以东风、广汽、吉利等为代表的传统车企，踔厉奋发，先后打造出了岚图、埃安、极氪等新品牌。这些企业和品牌的不少产品市场竞争力已经接近，甚至超越合资品牌。在供应链上，宁德时代跃居全球动力电池企业首位，产业支撑力大幅增强。更重要的是，目前蔚来、理想不少车型已进入同价位宝马、奔驰的市场，凸显出较强的品牌溢价能力，这是自主品牌过去在传统燃油车时代想都不敢想的。

有经济学家指出，如果未来 10 年或者更长一段时间，燃油车大幅替换成新能源汽车，再加上下游产业带来的市场规模，新能源汽车产业将成为最有希望替代房地产、重化工等板块的领域。当然，这样的分析是有其道理的。作为国民经济的支柱和制造业典型代表，汽车产业链长、关联性强、体量大，对稳增长、保就业、促税收有着重要意义。特别是在新一轮科技革命和产业变革的背景下，新能源汽车已成为智能化最佳载体和创新集成平台。通过与信息通信、大数据、能源等产业深度融合，新能源汽车作为出行服务生态大系统中的互联节点、智能终端与核心枢纽，有望打通并重塑交通、城市、能源、环境乃至社会生活的方方面面，这将为其带来更大的想象空间和发展潜力。

还要看到，汽车自 1886 年诞生以来，世界汽车工业经过 130 多年发展，中间发生了 3 次重大变革，导致汽车产业中心在欧洲、美国和日本等不同国家或地区转移。随着新能源汽车在中国的勃兴，中国汽车产业从来没有像今天这样充盈创新活力，我们比以往任何时候都有条件建成世界汽车工业中心、引领全球汽车产业发展。因此，无论是从创新驱动角度，还是从扩大消费角度来说，对中国汽车产业的战略地位，都需要我们再认识和再提升。

（刊发于 2022 年 1 月 7 日企业版）

奥迪“失速”折射转型之困

德系豪华三强在华销量差距进一步拉大。1 月 12 日宝马发布 2021 年全球销量数据，其中在华交付量为 84.6 万辆，同比增长 8.9%。此前奔驰已公布在华交付量为 75.9 万辆，同比下滑 2%。而奥迪的交付量则为 70.1 万辆，同比下滑 3.6%。这意味着，奥迪在三强竞争中第三年“垫底”。

从保持了 30 多年在华豪车销量冠军，跌落到“垫底”，奥迪的“失速”不可避免地引发议论，各种版本满天飞。有人说，这是股比不合理造成的。作为一汽 - 大众奥迪项目三方股东，按照合资协议，奥迪、大众和一汽集团分别持有 10%、30% 和 60% 的股份。合资早期，由于产销量不大，三方对利润差距感受并不明显。然而，随着近年来中国豪华车市场的快速扩容，特别是在一汽 - 大众奥迪年销量迈上 50 万辆之后，利润的大幅增长让贡献最大的奥迪越来越觉得“吃亏”。结果就是奥迪“联姻”上汽大众，成立了股比对等的上汽奥迪。而与一汽集团的暗中角力，毫不意外地影响了奥迪在华的发展。

这样的分析有一定道理，但并不全面。奥迪在华被竞争对手先后超越，恐怕还与其品牌力和产品力相关。国际上有一种共识，奥迪品牌不如奔驰和宝马“高大上”。关于这一点，从每年全球豪华车销售数据中不难找到证明。事实上，每年全球豪华车销量冠亚军之争基本上是在奔驰和宝马之间展开，奥迪则连200万辆的销量门槛都难以达到。

有人也许会问，为何奥迪在华销量领先了30多年呢？原因在于先发优势。自1988年进入中国市场以来，奥迪是凭借“官车”形象和垄断地位，居于豪华车销量第一的，并不是品牌和产品有多强。随着“官车”红利消失，再加上本身产品力的下降，以及宝马和奔驰的加速国产化，今天奥迪在中国市场的先发优势已荡然无存。因此，奥迪也一直在寻求转型。

问题在于，转型并不是喊几句口号就能成功的。比如，奥迪从2013年就喊出“去官车化”口号，要实现年轻化的品牌定位和战略转变，但时至今日，其产品依旧难以摆脱根深蒂固的“官车”形象。在大部分消费者眼中，它还是一款行政商务车。以至于有网友调侃，“自己太年轻，如果开奥迪，恐怕会被认为是司机”。可以说，如何让品牌更年轻，奥迪至今并没找到清晰答案。

奥迪“失速”，还体现在产品更新换代慢。在技术与市场的双重推动下，维持产品与企业竞争力的最好方式就是不断推陈出新，保持产品对市场的吸引力。然而，奥迪的产品更新速度似乎总比竞争对手慢一拍。无论是A6L、A4L，还是Q5、Q3，都被业内认为是高档品牌阵营中更新速度最慢的。在一个“喜新厌旧”的汽车市场，换代慢的车型竞争力就会打折扣，不得不靠大幅降价求生。而“以价换量”同样是把双刃剑，反过来又会伤害到自身品牌形象。此外，奥迪去年在华高达43.3万辆的召回，又让消费者对其产品质量充满疑虑。要知道，这还不涉及此前饱受诟病的“奥迪Q5车内异味”问题。

面对新一轮科技革命和产业变革浪潮，奥迪也在向电动化转型，但效果远不如预期。继推出奥迪 e-tron、奥迪 Q2L e-tron 等多款纯电车型之后，去年奥迪还在中国发布了两款基于 MEB 平台（由大众开发的、用于制造电动汽车的模块化系统）打造的国产纯电动车型——奥迪 Q4 e-tron 和奥迪 Q5 e-tron。从市场表现来看，奥迪上市的电动车在消费者眼中几乎没有什么存在感。少到掰着手指头都能数得清的销量，甭说与特斯拉竞争，就是与造车新势力“蔚小理”相比，也显得捉襟见肘。试问这样的奥迪，怎能“突破科技，启迪未来”呢?

（刊发于 2022 年 1 月 14 日企业版）

宁德时代进军换电市场意味着什么

换电赛道迎来重量级选手。1月18日，宁德时代全资子公司时代电服发布换电服务品牌EVOGO（乐行换电）及组合换电整体解决方案。该组合换电解决方案由“换电块、快换站和APP”三大产品共同组成，首款合作车型是一汽奔腾NAT组合换电版，引发舆论热议。

电动汽车能量补给，主要有充电和换电两种模式。与充电模式相比，换电模式单次补能时间短，效率堪比燃油车加油，不仅能够提升车主的充电便利性，还具有降低购车成本、利用峰谷电价差降低充电成本等优点。然而，换电模式至今未能成为主流补能方式。中国电动汽车充电基础设施促进联盟（EVCIP）的数据显示，截至去年底，全国充电站TOP10省份充电站保有量共有7.47万座，而全国换电站TOP10省份换电站保有量仅有1298座。仅从数字上来看，换电模式就不如充电模式受待见。

作为一个早在多年前就已经开始探索的补能途径，换电之所以依然没能找到一个成功的商业模式，原因主要体现在两点：一方面是标准化难题。由于动力电池的供应商不同，不同纯电动汽车匹配的电池规格和标准也各不相同；即使是同一车企生产的电动车，因车型型号不同，电池的设计也有差别，车企之间的电池规格更是相差甚远。一座换电站很难兼容诸多不同的动力电池。问题在于，换电必须建立在电池标准化基础之上，否则换电就无从谈起，也没法推广，难以形成规模和效益。

与标准化相伴的另一大难题，就是重资产运营。建设一座换电站成本不低，至少是同等规模快充站的两倍，同时还得储备一定数量电池，势必会占压较大资金。蔚来汽车电源管理副总裁沈斐曾估算，按每度电 0.6 元、平均每单 50 度电计算，一天换电 50 单，一年可收入 50 万元至 60 万元。达到这个标准，才基本可以覆盖换电站的场地租金和设备折旧费用。按照每辆车每周换一次电计算，一座换电站大概要辐射 350 辆车，才足够支付成本，可谓压力不小。因此，目前在换电模式上企业很难盈利，大都是在赔钱给消费者补体验。

得益于政策支持、技术进步和产品供给日益丰富，去年我国新能源汽车实现了高速增长。截至目前，我国新能源汽车保有量已超过 784 万辆，但充电桩布局远远跟不上新能源汽车的增长。如果换电模式铺开，就能缓解用户补能焦虑，更好地促进新能源汽车发展。不过，驱逐横亘在换电路上的两大拦路虎，不仅需要整车企业敢于探路，更需要上下游产业链合力奋进。而此时宁德时代入局，无疑为换电模式破局带来新动力和希望。

要看到，无论是与此前主要服务北汽新能源等车企的奥动新能源换电，还是与蔚来等车企自建的换电相比，宁德时代更有实现电池标准化的底气。作为全球动力电池巨头，宁德时代几乎与所有车企在电池供应方面都有合作，更有条件快速推进电池换电标准的统一。如果换电业务能适配“全球 80% 已经上市以及未来 3 年要上市的纯电平台开发的车型”，并且“按需分块换电”，这无疑将是产业上的一个巨大进步。同时，时代电服在携手上下游筹建“电池银行”，打造平台化的换电服务企业上也更具有天然优势。因此，在宁德时代宣布入局换电市场当天，蔚来汽车就表示欢迎“更多领军者加入换电体系”。

当然，也有人对宁德时代是否真的能破解这两道难题持怀疑态度。但如果不尝试，怎能知道有没有可能呢？正如德鲁克所说，“对于未来，我们唯一知道的就是它会有所不同，而预测未来的最好方式就是去创造它”。

（刊发于 2022 年 1 月 21 日企业版）

不宜把缓换装与减配混为一谈

最近，有不少车主投诉某车企“减配”，引发争议。

受汽车芯片供应紧张影响，去年以来部分车企热销车型出现缺货。一些车企为满足客户急需用车，在不影响车辆安全功能且符合相关法规的前提下，通过“缓装”或“换装”部分非核心零部件的替代方案，以实现车辆交付。比如，去年小鹏 P5 就采取了“先交付，后补装”的方案，并计划在今年 3 月底开启分批雷达补装。

还有一些企业则直接去掉部分对车辆性能和安全不会产生影响的配置。去年通用汽车宣布，在 2021 新款皮卡车型中不再配置燃油管理模块，相应地也降低了售价；宝马则表示，受制于全球芯片短缺，旗下多款车型同时迎来配置调整。奔驰公开称，由于芯片匮乏，不再保证为全部新车提供全线配置。不过，受到影响的消费者可以选择以折扣价获得低配的汽车，也可以选择等待配件齐全的新车，或者直接取消订单。

问题在于，现在仍有不少人把缺芯背景下的缓装或换装与传统意义上的减配混为一谈，成为当前引发消费者和车企纠纷的诱因。所谓减配，是指车企为了压缩成本，在原车型的基础上，主动减少一些配置。当然，这些配置不会影响车的基本性能，车辆也符合国内标准。但在我国汽车市场，消费者对“减配”尤其敏感，常以涉嫌欺诈对其进行投诉。而缓换装属于“被动减配”，是当前车企积极应对“缺芯”的方法之一，并非传统意义上的偷工减料，侵害消费者权益行为。

反思人们之所以将二者混淆，原因不难分析。一方面，可能是4S店未能将相关信息准确告知消费者；另一方面，也有可能是交流中消费者未充分理解4S店的告知。此外，部分媒体在对此类纠纷报道时，未把握好平衡原则，只采访了其中某一方。因此，所呈现出来的事实并不完全准确，也在不同程度上加剧了双方的矛盾。

区分是否主观或故意是减少此类矛盾的关键。实际上，类似上述某车企收音机问题、多家企业ESP替代方案，都可以算作是缺芯背景下的“被动减配”，而非车企主观或故意为之。一旦面临这类投诉时，厂商与消费者应更多地进行沟通，争取达成相互谅解。从目前来看，行业缺芯问题一时半会儿还难以得到根本解决，未来这样的纠纷或不可避免，甚至还会继续增多。这就要求车企和经销商未雨绸缪，在产品销售过程中，更加重视消费者权益保护。比如，通过签署用户告知书，或在销售合同中用备注的方式向用户详细告知，从而避免购车后的各种纠纷。

良好的厂商和消费者关系，有利于汽车产业健康发展。刚刚过去的一年，我国汽车产销分别完成2608.2万辆和2627.5万辆，同比分别增长3.4%和3.8%，结束了连续3年的下降趋势，实属不易。目前，我国汽车保有量也已超过美国，达到3.02亿辆，处于汽车大国迈向汽车强国的关键期。

汽车强国不仅在于技术硬实力的支撑，还有文化软实力的涵养。

而良好的厂商和消费者关系作为软实力的重要组成部分，离不开大家共同维护。少激化矛盾，努力寻找最大公约数，理应成为汽车芯片短缺背景下企业、消费者和媒体共同的追求。

（刊发于 2022 年 1 月 28 日企业版）

高档车市场增长动能来自哪里

尽管1月份的全国汽车产销量尚未最终发布，但综合各大品牌数据快报不难预测，豪华车市场有望继续高于车市整体增幅。去年，我国豪华车零售市场销量为357.3万辆，同比增长5.6%。有舆论认为，如果不是芯片短缺，这一增速完全能够保持在两位数，豪华车市场增长动能依旧充沛。

突如其来的新冠肺炎疫情打乱了企业原有生产节奏，也在深刻影响着行业发展和社会生活。面对身边不绝于耳吐槽经济压力大、贩卖焦虑的声音，不少人纳闷，为啥豪华车越来越好卖了？这抑或是自抬标准的一种另类自嘲，但国内豪华车比普通车更好卖，是当下不争的事实。

豪华车之所以更受消费者青睐，首先在于我国车市消费结构正在发生变化，已进入换购主导的消费升级阶段。通常来说，一般消费者首次购车，主要解决的是出行工具需求，买车更多的是看重汽车的质量、价格和耐用性等。换购则不同，很多消费者开始注重享受，更加看重汽车的品牌、舒适度与服务等体验。而更能满足后者核心诉求的豪华车，自然而然就成了换购首选。特别是在一二线城市，由于机动车限购的原因，车牌稀缺，一块车牌价格甚至超过普通车本身，这就促使消费者更愿意选择豪华车。

其次，豪华品牌国产化步伐加快，产品价格不断下探并更亲民，在不同程度上激活了消费者购买潜力。以奥迪 A4L 为例，早些年上市时，供不应求，很多 4S 店甚至加价卖；现在不少店报价优惠 6 万多元，消费者 30 万元左右就能拿下。至于奔驰 A 级、奥迪 A3、宝马 1 系，这些豪华品牌的入门车型，起步价在 20 万元上下，可以说已完全进入普通合资品牌市场区间，消费门槛并不高。而华晨宝马 X5 L 将在今年 4 月北京国际车展开幕式上发布，起售价为 55.80 万元的消息，早已在网上掀起讨论无数。作为宝马 X5 国产化车型，由于价格比进口版本便宜 10 多万元，不少消费者跃跃欲试。这表明市场需求萎缩只是相对而言，关键在于如何激活。

此外，以特斯拉、蔚来、理想为代表的造车新势力，通过技术创新驱动，产品供给日益丰富，满足和创造了市场对高端新能源车的新需求。目前，蔚来汽车已有 3 款在售车型，平均售价在 40 万元以上，被誉为中国汽车品牌高端化标杆。理想打造出了月销过万辆、售价在 30 万元以上的理想 ONE，被称为现象级产品。而特斯拉凭借 Model 3 和 Model Y，不断改变着人们对智能电动车的认知，抬升着智能电动车的江湖地位。

与发达国家豪华品牌 25% 至 30% 的市场占有率相比，目前豪华品牌在我国汽车市场占有率仅为 13.6%。这也意味着，豪华品牌在我国汽车市场占有率仍有较大提升空间。相信随着经济社会发展、居民财富增加，以及换购带来的消费升级和市场竞争导致的价格进一步下探，未来较长一段时间，我国豪华车市场都将保持比整体车市更高的增速。

不过，更要看到，在这个提升空间和增长过程中，叠加着汽车产业电动化与智能化变革，传统燃油汽车时代形成的产品格局和品牌阶层正在被打破，豪华车及品牌也将被重新定义。而对于中国车企而言，这无疑正是实现品牌向上突破、走向世界的战略机遇。

（刊发于 2022 年 2 月 11 日产经版）

氢燃料车商业化还要过三关

和运动员奋力夺金一样，穿梭在北京冬奥会赛场的1000多辆氢燃料电池车，以及沿线30多座加氢站，也引发了海内外舆论关注。此次全球规模最大的燃料电池车示范运营，不仅展现了丰田、福田、宇通、吉利等车企的“氢”实力，而且毫不意外地引发氢燃料车何时能大规模商业化的讨论。

与纯电车相比，氢燃料车加注快、续航长、耐低温；与燃油车相比，氢燃料车热转化效率高，又足够清洁环保。因此，在很多人眼中，氢燃料电池一度被认为是解决汽车有害气体及温室气体排放的终极解决方案。不过，氢燃料车的商业化之路并不平坦。中国汽车工业协会数据显示，去年我国氢燃料车的销量仅为1556辆，远不如预期。

从全球来看，真正意义上实现量产在售的氢燃料车屈指可数。去年特斯拉一家就卖出了93.6万辆电动车，而全球氢燃料车销量加起来也抵不上其零头。有网友吐槽，氢燃料车正以“龟速”被各大车企抛弃。

事实上，目前梅赛德斯－奔驰已宣布终止开发氢燃料电池乘用车的计划，并将停止生产唯一的燃料车型GLC F-CELL，上汽集团也已发布公告决定终止燃料电池汽车前瞻技术项目的研发，而本田前不久也宣布将研发重点放在纯电车上，不再专注于氢燃料车。更夸张的是，马斯克直言氢燃料车是交“智商税”，大众汽车则认为氢燃料车“没有未来”。无疑，这些车企及高管的“不看好”言论为氢燃料车发展蒙上更多不确定性阴影。

有人问，既然如此，还有必要大力推广氢燃料车吗？特别是当前电动乘用车市场已经爆发，中长期看也不太可能改变为氢燃料车。但也要明白，作为新能源车技术路线之一，从场景驱动理论来看，氢能源更适宜长途运输，而电动车更适宜城市配送、城市巴士、区域运输。毕竟纯电动汽车的续航里程有限，电池组重量太大，充电时间太长。比如重卡，其路线相对固定，以高速公路为主，只需要在固定路线上建设几个加氢站就可以了，没必要像电动车一样在全国铺开加氢站。作为全球最大的汽车产销国，无论是市场规模，还是企业实力，都足以支撑氢燃料商用车发展，问题在于当前我们能否奋力过氢燃料车商业化的三道关。

首先是成本关。从供应链来看，确保氢燃料车的商业化运营，需要制氢、运氢、储氢、加氢四个过程，每个环节成本都不低。与纯电车相比，无论是当前交通氢每千克 60 元至 80 元的售卖价格，还是高达 200 多万元一辆的氢燃料车，抑或是千万元起步的加氢站建设，这都是氢能产业链难以承受之重。不过，电动车当年也很贵，尤其是占据成本 40% 的锂电池价格居高不下，但是随着大规模量产，分摊了高昂的研发成本和生产成本，车企盈利已肉眼可见。与动力电池电动汽车可以使用现有的供电网络不同，发展氢燃料电池汽车需要重新建立氢的供应系统，全产业链发力。

其次是技术关。表面上看，氢燃料车商业化成本过高，但归根到底是缺少产品技术的突破。比如基础材料，催化剂、质子膜、碳纸、高强度碳纤维、安全阀、加氢站离子压缩机，其中很多材料还需要进口，更别说规模化。因此，当务之急就是产业链上下游要协力攻关，突破产业化“卡脖子”的技术难题。同时，氢安全技术也很重要，消费者对此尤其关注。总之，要创新引领、自立自强，才有可能实现氢燃料车商业化的新突破。

最后是管理关。当下氢气仍被作为危化品，而非能源进行管理。由于小型制氢生产属于化工项目，法规管理要求进入化工园区，因而当前大多数交通制氢用氢都在商业用地或工业用地。如此一来，就形成了对制加一体化站发展的限制，大幅降低了交通用氢的经济性。因此，要想将高企的加氢站成本大幅降下来，还需要在确保安全的前提下，进一步放宽对能源用途小型制氢项目的限制，有序引导交通制氢加氢用氢的发展。

（刊发于 2022 年 2 月 18 日产经版）

奥迪新能源为啥卖不过新势力

传闻延期的奥迪一汽新能源汽车项目日前在长春正式启动。按照规划，该项目年产能 15 万辆，建成后将生产 3 款纯电车型。有舆论表示，这一项目的投建让人们对奥迪在华新能源汽车发展有了更多新期待。

不同于一汽 – 大众奥迪和上汽奥迪，奥迪一汽新能源是奥迪在中国的第一家控股合资公司。其中，奥迪及大众持有合资公司 60% 股份，一汽集团持有40% 股份。由于“奥迪”与“一汽”换了排序，此前新项目的名称就引发争议。

其实，在股比已经放开的今天，名称倒序并不奇怪。相信随着股比的调整，这一现象还会在其他企业身上发生，毕竟控股股东说了算。更大的问题在于，作为控股股东，虽然奥迪在中国市场已引入多款 e–tron 系列电动车，但市场销量尴尬。乘联会数据统计显示，2021 年奥迪 e–tron 销量仅为 1439 辆。且不说与特斯拉一较高下，素有“灯厂”之称的奥迪，就连蔚来、理想等造车新势力的尾灯都没追上。以至于不少网友纳闷：“四个圈”为啥就圈不住粉？

奥迪新能源之所以卖不动，一方面是产品实力不足。以一汽 – 大众奥迪 e–tron 2021 款 50 quattro 尊享型为例，这也是全系最顶配车型，其搭载总功率为 230 千瓦的双电机，匹配能量为 96.7 千瓦时的三元锂电池，NEDC 续航根据车型的不同分为 450 公里和 500 公里两个版本。可以说，无论续航里程，还是零百加速性能，奥迪e-tron与同级竞品相比都没有优势。

更重要的是，奥迪新能源车缺乏智能化加持。要看到，今天电动车产品力不仅体现在动力变革上，更在于智能化体验。尤其在中国市场，智能互联已成为新能源汽车基本的产品特性和主要竞争力。正如智能手机与传统手机的交替之际，中国消费者的关注点不再是皮实、耐用和砸核桃，而是包括网上网下应用，以及无数的智能生态体验。以此为标准来看，奥迪的e-tron只是一款半成品智能电动车。其竞争力不如特斯拉、蔚来等新势力，也就不难理解了。

另一方面则在于产品定价的不接地气。一汽奥迪国产e-tron起始价为54.68万元。虽然和进口版车型相比，国产e-tron起售价已下调了14.6万元，但这一价格不仅远高于特斯拉Model Y，也远超宝马ix3。如此高的价格，说好听点就是"过度自信"，在中国市场未表现出足够"诚意"；说不好听点就是在中国市场的"产品定义能力出现系统性误差"。

有人说，奥迪新能源在产品定义上还处于燃油车时代，存在对传统燃油车的路径依赖，这是有一定道理的。事实上，这种路径依赖和产品定位的惯性思维，已经在制约其创新能力的提升。虽然这种路径依赖并非完全是由于技术落后导致的，而是一种在产品定义方法论上的错误，但这可能将导致其在智能电动车赛道上摔跤，需要引起我们足够警惕。

当前中国已成为全球最大的新能源汽车市场，也是奥迪电动化转型的重要战场。按照新的规划目标，2025年奥迪电动化车型将达到总销量的三分之一。显然，要实现这一目标，奥迪还得做出更多改变。

（刊发于2022年2月25日企业版）

发展车用操作系统正当时

每年两会，来自汽车领域的代表委员都会带来一些议案、提案和建议。今年哪吒汽车创始人兼董事长方运舟关于统筹建设智能汽车操作系统生态，加快推动中国自主可控智能汽车操作系统开发和应用的建议很受关注。

随着新一轮科技革命和产业变革快速推进，用于汽车智能控制的软件和算力在汽车产品中占比迅速增加，汽车正由过去以硬件为主变为由软件和硬件共同定义。其中，作为连接和统一管理硬件、软件和用户的核心枢纽，汽车操作系统的重要性愈加凸显。然而，目前中国汽车产业还没有一套独立自主的操作系统。

不得不说的是，当前国内大多数车企使用的仍是安卓系统。众所周知，在个人计算机时代，操作系统被微软 Windows 垄断；智能手机领域，则为安卓和 iOS 两大系统二分天下。iOS 是美国苹果公司开发的，相对封闭；安卓系统是美国谷歌开发，虽然是开源的，但在安全性、实时性和稳定性方面仍存在一定风险。因此，建立一套独立自主可控的车用操作系统已成当务之急。

从市场规模来看，中国已连续 10 多年成为全球汽车产销大国。相信在未来很长一段时间，中国汽车市场在全球的这一地位都不会改变。超大规模市场优势，就是孕育车用操作系统的绝佳摇篮。更何况，目前我国科技投入、人才队伍已位居世界汽车产业前列，并具备良好的汽车原创技术发展条件。特别是在智能网联汽车方面，我国已走在全球前列，没理由不自主研发安全可控的车用操作系统。

从技术进步来看，全球车用操作系统还没有发展成熟，没有一个可以直接长期应用的版本。经过百年演进和迭代，汽车已从早期纯机械产品，跨越机电一体化、嵌入式软件时代，步入今天的智能化时代。以特斯拉为代表的智能化，目前还在持续完善中。未来汽车将步入万物互联的生态化时代，操作系统究竟会是什么形态，目前还不能清晰描述，而这正好给了我们发展车用操作系统新的机遇。

有人提出，既然发展车用操作系统意义如此重大，国家干脆指定一家重点企业或者科研单位干得了。对于这样的想法，笔者不敢苟同。政府支持并将汽车操作系统研究开发列入国家级研究开发计划，给予资金方面的支持是有必要的，但也要引入市场机制，做开源系统。理由在于，汽车产品总体上是面对消费者，也就是“2C”端的业务，行业不接受独家供货。同时，由于此项开发工作属“海量”级，封闭系统技术进步速度难以跟上市场变化节奏，不利于推广应用。

还要看到，目前虽然国内从事这方面研究开发的企业各有优势，但还没有哪一家具备能将单一优势扩展为全面优势的条件。不过，有优势的企业通过市场化手段实现强强联合，倒是值得尝试。比如，头部整车企业、软件企业和芯片企业组合，各自发挥优势，打通软件、硬件和整车应用全链条。如果行业内能形成几个这样的全产业链研发组合，相互竞争，相互借鉴，无疑有利于更好地推动我国车用操作系统开发和应用。当然，成立中国汽车操作系统技术委员会，制定中国汽车操作系统的技术发展路线、体系架构、技术标准和技术协议等，也是有必要的。

要强调的是，自主研发不等于闭门造车。汽车操作系统有强烈的短期市场需求，需要从已有成果出发。由于目前国内还没有这样的基础成果，追求纯粹的中国化，一切从零起步，既无必要，也不符合行业利益。因此，借鉴国际成功经验，整合国际先进资源，也应是自主创新的应有之义。更何况，将来中国汽车车用操作系统强大了，也需要走出去。

（刊发于 2022 年 3 月 11 日综合版）

广汽埃安混改有亮点

国有车企混改有了新进展。广汽集团17日发布公告，全资子公司广汽埃安增资共计融资25.66亿元，增资完成后广汽集团通过本公司自身及全资子公司广汽乘用车有限公司合计持股约93.45%，广汽埃安员工股权激励平台及广汽研究院科技人员持股平台合计持股约4.55%，3家战略投资者合计持股约2%，引发资本市场关注。

广汽埃安混改具有风向标意义。作为一个成立不到5年的国有车企，今天广汽埃安已快速成长为“研产销”一体的科技公司，在智能电动汽车赛道处于领跑地位。从销量上看，2021年广汽埃安达12万辆，不仅遥遥领先其他国有车企，而且高于造车新势力“蔚小理”。从技术和产品上看，广汽埃安先后发布弹匣电池系统安全技术、超倍速电池技术、超视距召唤泊车、NDA智能领航辅助等行业引领性科技成果，其产品已“反向输出”同集团其他合资企业，被业内称之为“埃安现象”。

不过，在广汽埃安领跑的同时，也引发了人们对其优势能否持续的担忧。毕竟，和北汽新能源、长安新能源一样，广汽埃安也是国有企业。相对于民营车企和造车新势力，国有车企普遍存在体制机制不活、对人才吸引和激励不够等问题。汽车工业在世界上是公认的竞争性行业，如果没有先进灵活的体制机制，如果不能吸引足够资金和人才，是很难在激烈的市场竞争中赢得持续发展优势的。

记得在一次论坛上，北汽集团原董事长徐和谊就曾对蔚来汽车创始人李斌表达了自己的“不服”，但又有些“羡慕蔚来的体制机制”，引发热烈讨论。这从一个侧面折射出国有车企面临的窘境。特别是随着新一轮科技革命和产业变革加速推进，国内乘用车外资股比全面放开，市场竞争更加激烈，加快和深化国有车企体制机制改革就显得更加迫切。

然而，由于多种原因，国有车企改革并不容易。从过往经验来看，“混”而不改、“混”而难改的不在少数。应该说，此次广汽埃安混改方案有不少创新突破：一是激励力度大。股权激励覆盖 794 人，出资 18 亿元，覆盖全部企业经营管理人员及重要科技人员。二是激励模式新。科技人员跨企持股是国企混改制度创新之举，体现埃安对自主研发能力的重视。三是锁定周期长。股权激励 5 年锁定期，远高于民企，为企业长远发展和战略实施提供了稳定制度保障。不少评论将之总结为“埃安混改模式”。如果这一模式能有效落地，无疑有利于激发经营管理和科技研发人员活力，增强广汽埃安发展内生动力和市场竞争力。

有人也许会说，国有企业混改不就是为了更快上市吗？尤其是当前新能源汽车还处于赔本赚吆喝的阶段，通过上市打造融资平台，获得更多的资金支持，已成为很多从传统车企分拆出来的新品牌套路。需要指出的是，这样的理解未免肤浅或者片面。在现代经济社会，资本固然是企业用于创新的杠杆，但对于一家有梦想的企业来说，上市融资绝不应是其混改的最终目的。“混”只是形，“改”才是实，混改的真正目的在于改掉束缚企业发展的不合理条条框框，完善公司治理结构，转换经营机制，推动企业创新发展。

今年是国企改革三年行动决战决胜之年。通过各方面共同努力，三年行动在质和量上都完成了阶段性目标任务，但改革在一些企业和行业中仍存在不平衡现象。与其他国有车企相比，今天广汽埃安的混改已跑在了前列，但站在新一轮科技革命和产业变革交汇点上，面对中央提出的加快建设一批产品卓越、品牌卓著、创新领先、治理现代的世界一流企业新要求，广汽集团作为国企改革“双百”行动企业，还需要以埃安混改为新的起点，自抬标杆，加压奋进，实现更多新突破。

（刊发于 2022 年 3 月 18 日企业版）

新能源汽车涨价难有赢家

最近，多家企业“排队”上调新能源汽车销售价格。其中，特斯拉更是创造了8天涨价3次的纪录，个别车型累计涨幅已超过3万元。有报道称：“去年销量前30名的新能源汽车车型，今年已有三分之二宣布了涨价，而剩下的三分之一也在涨价的路上。”愈演愈烈的涨价潮，引发不少人士对新能源汽车产业发展的担忧。

细读这些车企调价公告，大多说是迫于“原材料价格上涨”。受产业周期、新冠肺炎疫情、国际局势紧张等多重因素影响，去年以来锂、钴、镍等动力电池原材料价格大幅度上涨。以电池级碳酸锂为例，目前每吨报价已突破50万元，同比增长了近10倍。如果以一款电池容量70千瓦时的纯电动汽车推算，仅电池原材料成本就上涨了万元左右。显然，对于终端消费者来说，这不是一个小数目。

根据价格与需求关系理论，某种商品价格上涨，势必会抑制其市场需求。尽管去年我国新能源汽车销量实现了高速增长，但主要是受政策激励、技术进步和产品丰富等因素的驱动，持续增长的基础并不稳固。特别是与同等级传统汽车相比，新能源汽车价格还是有些偏高。如果涨价幅度超过消费者可承受的程度，极有可能出现两年前新能源汽车产销量下降的局面，从而影响我国新能源汽车健康发展。

发展新能源汽车不仅是我国由汽车大国迈向汽车强国的必由之路，也是应对气候变化、推动绿色发展，构建“双循环”新发展格局的重要突破口。得益于国家超前布局和企业集体奋进，我国新能源汽车在市场规模、产业体系和技术水平上已形成全球比较优势，产品渗透率已经接近或者达到即将从政策驱动迈向市场驱动的拐点。不过，这一优势领先全球竞争对手还不够多，市场拐点还存在较大不确定性。

要看到，美国和欧洲已在新能源汽车赛道上加力追赶。其中，美国的目标是要在2030年实现新能源汽车销售比例达到50%，其补贴政策也从单车7500美元提升到了1.25万美元。虽然欧盟没有直接强行规定新能源汽车销售的比例目标，但它是用“双碳”目标来倒逼的。已有机构测算，2025年欧盟新能源汽车渗透率要达到30%以上，才能够达到他们的减碳目标；2030年必须达到60%以上，才能实现减碳目标。因此，我们绝不可以掉以轻心。

更何况，与全球年销近百万辆的特斯拉相比，当前我国新能源汽车企业销量规模都不大。包括发展势头较好的造车新势力头部企业“蔚小理”，虽然已挺进月销万辆俱乐部，但仍不赚钱。汽车是一个以品牌和规模效应著称的行业。尽管近年来我国新能源汽车产业发展较快，产品也得到了消费者逐步认可，但产品开发投入也大。没有一定销售规模，就很难为企业可持续发展积累资本。如果新能源汽车市场整体失速，企业的产品销量甭说实现更大跃升，就是维持当前份额都会很难。无疑，这将会给补贴政策退坡后的行业换挡前进带来巨大的负面影响。

事实上，产业链上下游从来都是共生关系，而不是竞争关系。一旦下游不景气，上游也会受到拖累，原材料的高价格不过就是

"非理性繁荣"，难以持续。梳理此次原材料涨价原因，不排除有市场囤货炒作、蓄意哄抬物价的不正当竞争行为，但从目前市场情况来看，其根本还在于供求关系紧张。相信在当前超高利润率的刺激和下游企业稳定原料供应的诉求下，有能力的上游企业都会加快扩建和释放产能，这也是市场规律使然。

问题在于，大宗商品供需关系的再平衡，往往是一个较为缓慢的过程。即便不考虑锂精矿或者盐湖卤水供给的问题，锂盐产能的新建、技术和设备的调试，并真正转化为产量的实际增长，都需要较长周期。因此，要解决当前原材料价格上涨难题，除了适度加快国内锂、镍等能源金属资源开发进度，帮助国内企业稳步开拓国外原材料供应渠道外，还需要加强新能源汽车产业链上下游供需对接。产业链上下游要一致协同，共同分担原材料涨价带来的成本增加。否则，单靠产业链的某一环节消纳全部上涨，全产业链最终难有赢家。

（刊发于 2022 年 3 月 25 日企业版）

北京现代仅有对等增资是不够的

现代汽车扩大在华合资公司股比传闻并未成真。日前，现代汽车联合北汽投向北京现代增资 9.42 亿美元（约合人民币 60 亿元）。增资完成后，北京现代的注册资本增至 29.78 亿美元，双方股东持股比保持不变，仍为各 50%。在北京现代深陷困局的背景下，双方股东还拿出真金白银来“过日子”，不少人在朋友圈感叹，“这才是真爱”。

北京现代是由韩国现代自动车株式会社与北京汽车投资有限公司于 2002 年共同出资设立的。早年北京现代跑出过令业界瞩目的“现代速度”，有过连续 4 年销量破百万辆的高光时刻。尤其是第八代索纳塔、朗动、胜达等第一代“流体雕塑”设计下的高颜值车型，曾让北京现代成功跻身国内车企第一阵营。

然而，近年来北京现代销量一路下滑。去年，北京现代累计销量仅为 38.5 万辆，继 2020 年度亏损 62.84 亿元之后，再次亏损 49.95 亿元。北京现代之所以深陷亏损泥潭，不少人认为，主要是其产品缺乏市场竞争力，产品技术难以获得市场认同。北京现代在售车型不少，有 7 款轿车、5 款 SUV 及 1 款 MPV，但在市场上“能打”的只有伊兰特一款。即便如此，伊兰特去年累计销量也只有 13 万辆，不仅落后于吉利帝豪和长安逸动，更是被上汽大众朗逸、东风日产轩逸甩出好几条街。

与产品力不足同样令人堪忧的是，北京现代品牌力的羸弱。长期以来，现代在华走的是“性价比”路线，虽然此举令北京现代曾在市场上取得过较为不错的销售业绩，但“性价比”也是双刃剑。北京现代在“以价换量”的同时，也给消费者留下了低端合资品牌的印象。在中国汽车市场供给不够丰富的早期，消费者选择北京现代有其合理性。问题在于，随着市场供给日趋充沛，消费不断升级，以及自主品牌的上攻和一线合资品牌的下探，处于中间地带又没有品牌力的北京现代原有的优势荡然无存，销量下跌也就不难理解了。

此外，过于频繁的人事调整也影响了北京现代的稳定发展。北京现代成立时间还不足 20 年，总经理已经换了 8 任，其中 7 位任期最长的也不过一年零四个月。很多都是屁股还没有坐热，就被调走或“卷铺盖走人”。每个老总新上任，都有自己的一套打法。企业发展顺风顺水时，人事变动或许不会影响产品的市场表现，但是逆风逆水时就不太好说了。人事变动和销量下滑常常互为因果，但很难讲清两者谁先谁后。试想，如果连最基本也是最关键的核心人事架构都稳不住，一家企业的战略方针和经营管理，又怎能得到有效贯彻和执行呢？

按照规划，此次增资将为北京现代的新产品导入、加大新能源汽车领域布局、扩大出口等业务提供有力资金保障。不过，有人指出，从 2020 年开始，北京现代就加快了向国内市场导入新车型的速度，但从终端销量来看收效并不明显。而对于较早布局新能源的北京现代，在 EV、HEV、PHEV 三大技术领域均有所涉及，但相关产品在国内市场上并无存在感。显然，这值得企业警醒。

从全球市场销量来看，现代汽车表现还不错。数据显示，2021

年现代汽车依然交出了全球销售量389.10万辆的成绩，同比增加3.9%。但面对竞争更加激烈和创新更活跃的中国市场，之前靠“性价比”和高颜值立足的现代，要想在华重新赢得消费者和市场认可，还得找到新的突破口和形象标签。如果仅有对等增资，沿着老路裹足不前，北京现代难免会在销量的下滑中继续被边缘化。

（刊发于2022年4月1日企业版）

理性看待比亚迪停产燃油车

要么“做绝点”，要么“第一个做”，被喻为企业营销的两大法宝，这次比亚迪踩中了两个爆点。日前比亚迪汽车宣布，自 2022 年 3 月起停止燃油汽车的整车生产。未来，比亚迪在汽车板块将专注于纯电动和插电式混合动力汽车业务。这标志着比亚迪成为全球首个正式宣布停产燃油汽车的车企。该消息一经发布，就毫无悬念地冲上微博热搜榜首。

比亚迪官宣停产燃油车并不令人意外。此前，比亚迪董事长王传福曾多次在公开场合呼吁全面禁售燃油车。去年 11 月，第 26 届联合国气候变化大会（COP26）上，相关政府、企业和其他组织代表共同发表了关于加速向零排放汽车和货车转型的宣言，目标是在 2040 年或之前实现零排放汽车和货车的销售占比达到 100%，比亚迪就参与其中。

不得不说的是，虽然与吉利、长城、奇瑞等前后差不多时间开始造车，但比亚迪的燃油车存在感始终不强。去年比亚迪汽车销售新车 74 万辆，燃油车仅为 13.6 万辆。今年头两个月销售新车 18.56 万辆，燃油车只剩下 5049 辆，趋于“归零”。有报道指出，比亚迪管理层最迟在去年 3 月，就已经决定放弃燃油车了，只是比较保守，又看了 9 个多月，等着混动完全占了上风，才正式下决心。这样的解释，倒也合乎逻辑。

问题还在于，作为国内新能源汽车销量冠军，比亚迪营收整体向好，却长期“增收不增利”。去年比亚迪营业收入2161亿元，同比上涨38%，但扣非净利润只有12.5亿元；而同期吉利汽车全年营收为1016亿元，净利润为43.5亿元；长城汽车全年营收为1363.17亿元，净利润为67.81亿元。深剖其原因，不少分析认为，这与比亚迪燃油车“扯后腿”和业务过于“多元”不无干系。

事实上，比亚迪的燃油车已成其品牌和价值的拖累。尽管拥有同样的外观，但比亚迪燃油车不仅卖不上量，更卖不出价。以仍然在售的燃油版宋为例，宋PLUS DM—i的指导价为15.28万元至20.28万元，而燃油版宋PLUS的指导价仅为11.58万元至14.38万元。由于比亚迪DM系列基本和燃油车共线生产，如果把燃油车停掉，插电混合动力车型无疑能给比亚迪带来更大的利润想象空间，有利于产品和品牌价值提升。

还要看到，比亚迪的品牌定位更多在动力电池和电动汽车上，而其仍在生产燃油车这一事实本身就会给比亚迪品牌形象带来些许混乱。“你说它是造车新势力吧，它很难归入‘蔚小理’梯队；你将它划入传统车企，但其又以新能源为主业务。”不少投资人吐槽，比亚迪作为混合体，对其估值难免困难。而不再生产燃油车，可以让比亚迪业务更加聚焦，使比亚迪品牌形象更纯粹和清晰，甚至可以和特斯拉、蔚来、小鹏等品牌形成统一队列，凸显其身上的科技属性，从而有利于比亚迪品牌向上和市场估值提升。况且，这也顺应了当前智能化和电动化产业变革浪潮。

比亚迪停产燃油车，并不等于全球车企很快都会停产燃油车。媒体在对这一事件进行解读时，也没必要夸大或误导。这不过是企业根据其自身战略发展需要、市场环境变化以及产业变革趋势做出的重大选择。相信未来还会有不少企业跟进。同时，停产燃油车，也不等于停止生产燃油发动机。事实上，比亚迪的插电混合动力车型依然需要专用发动机，对此我们也要有一个清醒的认识。

随着技术进步和政策法规的倒逼，新能源汽车对燃油车的替代会逐步增加，但由于两者各有优劣，短时间还难以对燃油车全部替代，更多的则是一种竞争关系。考虑到技术进步的渐进性、资源的不平衡性和地域气候的复杂性，在新能源汽车经历快速发展，保有量达到一定规模后，其增长速度就会慢下来。燃油车则会朝着更节能的方向发展，最终将与新能源汽车在市场竞争中以一个合理的比例“并驾齐驱”。

（刊发于 2022 年 4 月 8 日企业版）

车企短期停产不改我国车市信心

受新冠肺炎疫情影响，上汽大众、特斯拉、蔚来等车企纷纷宣布停产。有不少人在社交媒体称，如果上海继续“封控”，将对中国汽车产业产生严重冲击，拖累中国车市向下。言语之中，满满的悲观论调。

应当承认，这次疫情对汽车产业确实影响较大，毕竟上海是中国汽车产业的重镇。去年全国汽车产量为2652.8万辆。其中，上海汽车产量283.32万辆，占全国的10.68%。这样的比例无法让人淡定。

但也不必悲观。观察一件事情产生的影响，要有多个维度，不仅要看程度大小，还要看时间长短。两年多的抗疫实践告诉我们，只要毫不动摇坚持“动态清零”，把疫情“防”住，就能越早恢复生产，实现产业的稳定发展。放眼全国，大部分地区疫情逐渐好转，正在争分夺秒复工复产。即使在前期疫情严重的吉林，一汽集团已启动全面复工。上海正在经历的短期“阵痛”，不会也动摇不了中国车市的信心。

此前有机构进行过测算，上海和吉林两地累计受到疫情影响的年产能为450万辆。考虑到其实际产能利用率，如果全面停工，将导致极端月产量在20万辆至25万辆之间。如果把这一数字放在全年产销总量中来审视，并没有某些人传的那么夸张。

有人也许会说，一些不在上海生产的整车企业，也有可能像蔚来汽车一样，因为缺乏零部件而导致停产。不得不说，汽车是民用工业中最复杂的产业，一家车企面对的是全国，甚至全球的汽车供应链。而博世、采埃孚等全球零部件百强企业，大多在上海及周边设厂。一辆汽车由成千上万个零部件构成，少了任何一个零部件供应，都不能造出一辆完整汽车，这是事实。但也要看到，经过多年发展，中国汽车产业供应链相互交织，规模庞大，除了在长三角，很多零部件企业还在珠三角、武汉、重庆等地进行布局。从目前情况来看，这些地方的企业都在正常生产。因此，对于网上不少贩卖焦虑的言论，可以保持适度紧张感，但杞人忧天大可不必。

中国已连续 13 年成为全球最大汽车市场，年产销量已多年稳定在 2500 万辆以上。在疫情初期，作为全国拥有整车厂最多的城市，武汉的工厂停产时间更长，大家预期非常悲观，但当年全国汽车产量实现了 2523 万辆。这说明，我国汽车产业潜力足、韧性强。今年 3 月，国内多地就已出现疫情，加之国际地缘政治不稳定因素增加，企业生产经营活动也不可避免地受到一定影响，但中汽协最新发布的数据显示，今年一季度国内汽车生产仍然完成了 648.4 万辆，实现 2% 的微增长。

更重要的是，新能源汽车延续了去年的高速增长势头，今年一季度产销分别完成 129.3 万辆和 125.7 万辆，同比均增长 1.4 倍，呈现出市场规模、发展质量双提升的良好局面。《日本经济新闻》认为，中国电动汽车发展迅猛，不仅国内销售大增、充电桩等基础设施到位，未来还有可能成为电动汽车的“世界工厂”。日本可是汽车强国，人家都这么“看好”，凭啥自己没信心。

超大的市场规模优势和尚未充分挖掘的消费潜力，同时吸引着跨国公司加大在中国市场的投资。去年，宝马在全球销量高达252万辆，中国市场销量就占了三分之一。目前中国已超过德国，成为宝马全球最大单一市场。基于对中国市场的长期看好，宝马已将合资公司华晨宝马股份增持至75%，并投巨资在中国新建了全球最先进的数字生产工厂，以及仅次于德国的最大的研发体系，这也很说明问题。

从政策上来看，国家也在为汽车产业发展托底和蓄力。继前不久发布《中共中央 国务院关于加快建设全国统一大市场的意见》后，13日召开的国务院常务会议明确提出，鼓励汽车、家电等大宗消费，各地不得新增汽车限购措施，已实施限购的逐步增加增量指标；支持新能源汽车消费。这些政策举措，不仅有利于促进汽车产业更好地创新发展，而且也有利于稳住宏观经济基本盘。

信心是金。面对世纪疫情和百年变局，当务之急就是统一思想，尽早控制住上海疫情，防止“短痛”变“长痛”。事实上，我们比任何国家都具备“动态清零”的条件和能力，这也是我们恢复汽车生产并推动产业高质量发展的前提和底气。

（刊发于2022年4月15日企业版）

小鹏“停产论”需要正解

“如果上海和周边的供应链企业还无法找到动态复工复产的方式，5月份可能中国所有的整车厂都要停工停产了。”小鹏汽车创始人、董事长何小鹏在朋友圈的“停产论”一出口，就得到华为终端业务CEO、智能汽车BU CEO余承东的响应，引爆舆论场。

从产业链重要性来说，何小鹏“停产论”并非毫无道理。毕竟上海及其周边区域是全国汽车产业核心聚集区，这里不仅有包括特斯拉、上汽大众、上汽乘用车等大量整车企业，还有众多全球汽车零部件巨头及大量中国本土零部件供应商，可谓牵一发而动全身。

不过，此次不少社交媒体在解读何小鹏的“停产论”时，也有“刻意放大焦虑，肆意制造恐慌”之嫌，充满带节奏的套路。事实上，受新冠肺炎疫情影响，位于上海的整车企业和其他地区少数整车企业暂时停产，并不等于全国车企就已停产。只要细读何小鹏的“停产论”，不难发现其推论是有前置条件的，这个条件就是在一定时间内不能“动态复工复产”；况且何小鹏的“停产论”后面还有一句，“好消息是部分部委和主管部门正在尽全力协调，期望更多政府和主管部门的支持和共同努力”。不少媒体在报道时选择性地忽略了这句话，虽然产生了轰动响应，但不利于正确理解我国在统筹疫情防控和经济社会发展上做出的巨大努力。

两年多的抗疫实践告诉我们，只要毫不动摇坚持“动态清零”，把疫情“防”住，就能早日恢复生产。上海抗疫已经取得阶段性成果，疫情的传播指数已明显下降。正是在这样的特殊背景下，近期汽车业的复工复产才显得更有底气和保障。可以说，对于“所有的整车厂都要停工停产”的担心，早已没有必要。

有人提出，小鹏汽车不在上海，此次为何率先拉响警报？其实原因并不复杂。一方面，汽车涉及成千上万个零部件，产业供应链长，上海的零部件企业也有可能是广州车企的供应商，“一辆车差一个零件都没法生产”。另一方面，与传统大厂相比，造车新势力供应链更脆弱，在产业链中的话语权不强。当然这种脆弱不是它们自身可以选择的，由于车辆的销售体量不够大，对零部件供应链的把握度不够高，整个体系的耐冲击性自然就很差。因此，作为造车新势力的代表，何小鹏的发声也不难理解。

尽管全国车企停工停产的极端情况已不可能发生，但这并不妨碍何小鹏“停产论”对汽车产业的警示意义。要看到，当前汽车产业链的布局是在经济全球一体化的过程中逐步形成的。受精益生产理念影响，全球汽车企业大多在技术密集的地方开发产品，在制造成本最低的地方制造产品，在市场条件好的地方销售产品，并且尽可能减少库存，甚至零库存运营。这样做的好处是可以最大程度地降低成本，但是供应链安全性差，抗风险能力不足。一旦出现风吹草动，很容易出现断供断链。面对世纪疫情和百年变局，如何做好产业链安全与成本之间的有效平衡？生产适度分散化、本地化，缩短产业链半径，及时补足库存，建立极端情况下的“备胎”，也许是更好的答案。

（刊发于 2022 年 4 月 22 日企业版）

传统车企也能造出新势力

尽管受新冠肺炎疫情多点散发影响，车企4月份销量出现较大幅度下滑，但造车新势力还是在5月份头一天准时公布了上月产销数据。围绕企业销量变化，第三方机构和一些媒体又开始为新势力进行排名。出乎意料的是，广汽埃安不仅被列为造车新势力阵营，而且位居榜首，引发热议。

在今年3月底的公司财报发布会上，广汽集团总经理冯兴亚提出，埃安混改目标就是“要把现在的‘蔚小理’变成‘埃小蔚’”，曾掀起多方讨论。数据显示，今年4月份，广汽埃安新车销售10212辆，是销量唯一过万辆的新品牌；前4个月，累计新车销售55086辆，远高于排名第二的小鹏。不管是从单月销量，还是从前4个月销量来看，广汽埃安无疑已实现这一目标。但问题并非如此简单，且不说埃安尚未完成混改，单就埃安的身份就得辨识一番。

有人说，广汽埃安并不属于造车新势力。在他们眼中，所谓造车新势力，是指在此轮智能化和电动化产业变革浪潮中，包括以特斯拉、蔚来、小鹏和理想为第一梯队，威马、哪吒、零跑为第二梯队，以及被淘汰了的乐视、奇点、博郡等新创车企。由于蔚来、小鹏和理想3家公司成立于2015年前后，且影响力较大，后国内常以“蔚小理”作为造车新势力标识，进行代言。虽然广汽埃安成立时间和“蔚小理”差不多，盖因其是广汽集团旗下子公司和新品牌，当归属传统车企。

这样的论证表面上看似乎合理，但并不充分。随着新一轮科技革命和产业变革加速演进，汽车产品形态、制造体系、创新内涵和产业生态都在发生巨大变化。如果单纯地以造车时间和背景来定义一家车企是否属于新势力，别说不够准确，至少也没有与时俱进。事实上，当前汽车产业创新内涵已有极大扩展，不仅包括产品和技术，更涉及产品体验、应用场景和商业模式。因此，评判造车势力的新旧，不能浮于现象，更应从创新的角度，从更深层次和更多维度考察其是否具有创新精神和气质，是否为真正的创新科技公司，是否能引领产业发展新趋势。

要看到，虽然出身传统国企，但今天的广汽埃安已成长为一家颇具创新精神、互联网基因、年轻化形象的科技公司。从技术和产品上看，广汽埃安不仅研发出了弹匣电池、超倍速电池、“星灵”全球车云一体化集中计算电子电气架构等行业引领性科技成果，且其产品已“反向输出”同集团合资企业。而正在进行的混改，无疑又让广汽埃安充满了更大想象力。因此，将其归为造车新势力，理应讲得通、立得住。

以此类推，东风岚图、长安阿维塔和吉利极氪等，当下都可以称为造车新势力。虽然这些新公司和新品牌有着传统车企背景，但也要看到，在智能电动汽车这条新赛道上，他们不再守旧，而是从理念、技术、产品、商业模式上进行全新的探索，期待全新的突破。换言之，由于智能电动车与燃油车在产品定义上已有很大不同，靠旧思维行事是很难适应市场竞争的。即使是奥迪、大众、丰田、本田这样响当当的跨国汽车公司和品牌，其用原来的旧体系来运营电动车业务，也卖不过新势力，就很能说明问题。因此，业界也一直呼吁，“传统车企应将电动车业务分拆运营，动手越早越好”，这是很有道理的。

造车势力新旧之争，既折射出新能源汽车市场竞争的激烈，也展现出新能源汽车市场的创新活力。不过，需要强调的是，在产业变革期，汽车企业无论“新旧”，想要获得成功，就必须通过创新驱动，构建起自己的核心竞争力。反思韩国三星电子，无论是在功能手机领域还是在智能手机领域都能赢得市场竞争优势，密码就在于此。否则，就算是新势力，如果没有新实力，也会被淘汰出局。

（刊发于 2022 年 5 月 6 日企业版）

不必因短期波动看空中国车市

中国汽车工业协会发布数据显示，今年 4 月份，我国汽车产销仅分别完成 120.5 万辆和 118.1 万辆，同比下降 46.1% 和 47.6%，创近十年来汽车月度销量新低。对此，不少人看空未来中国车市走向。

观察一个行业的变化，不能只看当前数据，还要分析具体原因。毕竟，这是新冠肺炎疫情多点散发，上海、吉林等地车企停产，物流运输受到较大阻碍，生产供给能力急剧下滑导致的极端情况。两年多的抗疫实践告诉我们，只要毫不动摇坚持“动态清零”，把疫情“防”住，就能越早恢复生产，实现产业的稳定发展。眼下随着各地疫情缓解，企业正在加快复工复产步伐，抢抓 5 月份和 6 月份关键窗口期，弥补损失的产销量。可以预见的是，接下来几个月产能就能得到较大程度恢复。

事实上，随着三四月份疫情在多地扩散，此前行业对 4 月份全国汽车产销量大跌已有心理准备。当年武汉疫情暴发后的头两个月，汽车市场也出现过类似暴跌情况，但全年产销分别实现了 2523 万辆和 2531 万辆。要看到，即使在这被腰斩的数据里，仍浮现出了一些令人振奋的亮点。比如，4 月份新能源汽车产销分别达到 31.2 万辆和 29.9 万辆，同比增长 43.9% 和 44.6%，市场占有率达到 25.3%。与此同时，自主品牌乘用车销量虽然只有 55.1 万辆，但市场份额达到 57%，上升 14.9 个百分点。这表明，我国汽车产业结构调整在加快，自主品牌竞争力在提升。

中国已连续 13 年成为全球最大汽车市场，年产销量已多年稳定在 2500 万辆以上。与发达国家相比，目前我国汽车千人保有量并不高。尽管受环境压力、交通资源等因素约束，我国汽车千人保有量不可能和美国、日本一样多，但市场仍有潜力可挖。

问题在于，如何将潜力转化成真实有效的需求，并推动产业高质量发展。从国家层面来看，国务院办公厅已下发《关于进一步释放消费潜力促进消费持续恢复的意见》，多处涉及汽车消费，鼓励各地通过法律、经济和科技手段调节汽车使用，逐步取消汽车限购，以推动汽车等消费品由购买管理向使用管理转变。从地方来看，一大批促进汽车消费的政策也在陆续出台。比如，广东省对于个人消费者在规定时间购买以旧换新推广车型范围内的新能源汽车新车，给予 8000 元 / 辆补贴，同时，广州增加 3 万个购车指标、深圳增加 1 万个购车指标，优化汽车购买管理。沈阳则一次性发放总额 1 亿元的汽车消费补贴。虽然这些措施不一定完全符合每个消费者预期，但表明了政府促进汽车消费的态度，推动汽车产业更好地创新发展，从而稳住宏观经济基本盘的决心。

超大的市场规模优势和尚未充分挖掘的消费潜力，自然也会吸引跨国公司加大在中国市场的投资。继宝马集团将合资公司华晨宝马股份增持至 75%，并投巨资在中国新建全球最先进的数字生产工厂和德国本土之外最大的研发体系之后，最近博世宣布加大在中国市场投入，仅今年就新增 4000 个岗位，而马斯克则称“中国是一个非常重要的市场”，“从长远来看，它可能占我们市场的 25% 到 30%，并将扩大上海的工厂产能”。面对百年变局和世纪疫情，这样的言行无一不凸显出中国汽车市场的增长潜力与魅力。

更重要的是，随着新一轮科技革命和产业变革方兴未艾，全球汽车产业正在重塑。中国汽车市场不仅规模大，而且韧性足、潜力大。特别是一些跨界力量勇敢进入新能源汽车领域，形成了一股“造车新势力”。他们的进入带来了新的理念、新的思维、新的技术，开阔了人们的思路，激发了产业更大创新活力，至今还没有看到第二个国家有这样强大的势头。这既是中国的一大特点，也是一大优势，由此孕育的动能，不仅给这个具有百年历史的行业带来新的想象空间，而且使得中国有望成为引领全球汽车产业变革的主导力量。因此，没必要因短期波动看空自己，而是要在新的赛道上跑出实力，展现风采。

（刊发于2022年5月13日企业版）

蔚来上市彰显中国车企全球格局

无论是缘分注定，还是精心策划，蔚来汽车赶在5月20日这个有着特殊寓意的日子，登陆新加坡交易所挂牌交易，都是件值得关注的事。这标志着，蔚来正式成为全球首个完成美国、中国香港、新加坡三地上市的中国企业。不少人认为，这既是资本市场对中国智能电动汽车市场的看好，也是对蔚来实力的认可，更是蔚来全球化发展的新起点。

作为国内造车新势力旗手，蔚来汽车自成立以来，虽然进过"ICU"，但敢于在谷底奋起，终于迎来高光时刻。目前，蔚来不仅累计产销突破20万辆，而且成功地把自主品牌汽车价格拉升至40万元以上，成为中国汽车企业品牌高端化样本。同时，围绕着产品和服务，蔚来打开了主机厂和消费者之间单纯买卖关系的枷锁，重新定义了客户体验，对中国汽车市场产生深远影响。

与IPO上市不同，此次蔚来属于介绍上市，不发行新股，也不涉及融资，只是公司股东将本身的旧股申请挂牌买卖，但意义仍然值得深读。此前，美国证监会已将蔚来、小鹏等在内的88家中概股加入"预摘牌名单"。蔚来在新加坡上市，一方面和回港上市类同，可以增多交易地点，进一步缓释地缘政治风险，给国际投资者提供更多选择；另一方面可以深化全球资本市场布局，拓宽未来海外融资渠道与平台。要看到，新加坡是重要的国际金融中心，企业选择新交所上市，不仅能够吸引更多机构投资者，也可增加全球可交易时间和流动性，更好地提升企业在资本市场话语权与品牌影响力。

对于造车新势力通过资本市场融资，民间曾有不少争议。最近有人指出，“蔚小理”只是金融模式，而不是生产模式，更不是盈利模式，很难看出“蔚小理”未来盈利的时间点。这样的说法并不客观。事实上，汽车是一个资金、技术和人才密集的产业，如果仅靠企业自身积累资金，发展速度就难以跟上市场节奏，甚至会错过产业变革“窗口期”。继特斯拉之后，以蔚来为代表的造车新势力头部企业先后在美股上市，借助资本市场的力量，不仅孕育出产业变革的强大动能，而且提升了人们对新能源汽车的整体认知，使得中国汽车产业从未像今天这样充满创新活力。

当然，也要清醒地看到，虽然当前国内造车新势力数目众多，活力迸发，但单个企业的全球竞争力仍有待提升。衡量一个企业的全球竞争力，不能只看产品销量数据，还要看其在不同细分市场所体现的价值，尤其是中高端市场；不能只看其在国内的销量，还要看其在全球市场的份额；不能只看企业新品推出速度，还要看到产品背后的全球研发布局和服务能力。

反思蔚来之所以能成为智能电动汽车赛道的黑马横空跃出，引领中国品牌实现向上突破，其背后与企业的战略眼光、产品规划和研发布局等密切相关。资本市场不仅是资金和财富聚集的场所，更是推动产业升级和企业创新发展的重要平台。此次蔚来选择在新加坡这一亚洲重要创新中心上市，对于其强化在中国、美国、欧洲及新加坡四大智能研发中心布局，继续保持在电动汽车智能化、自动驾驶等领域的技术领先能力，吸引更多优秀国际人才加盟，提升企业全球竞争力具有战略意义。

汽车是一个高度全球化的产业。全球化产业需要全球化企业。蔚来在三地的上市，不仅是企业“生而全球”基因的萌发，同时也是其创始人全球格局的充分展现，更是近年来国家相关部门坚持扩大资本市场对外开放和引导企业强化创新驱动的缩影。面对智能化和电动化变革浪潮，全球汽车产业正在加快全面重塑。这对于中国汽车产业而言，无疑是千载难逢的换道超车机遇。如果说，特斯拉的崛起带给中国的一大启示在于打破了只有大型汽车企业才能造好新能源汽车的神话，那么蔚来的三地上市，则为中国车企进一步全球化，推动从汽车大国迈向汽车强国，开辟了新的航线，创造了新的可能。

（刊发于 2022 年 5 月 20 日企业版）

减征部分乘用车购置税值得期待

这两天，减征乘用车购置税成了人们热议的话题。起因是国务院常务会议提出，为努力推动经济回归正常轨道，将实施 6 方面 33 项措施。在有关促消费方面，将阶段性减征部分乘用车购置税 600 亿元。

乘用车购置税本质上是消费税的一种，发生场景处在上牌登记阶段。与以旧换新、汽车下乡、发放购车补贴或消费券等更多需要地方或企业拿出真金白银的汽车促销政策相比，减征购置税是国家财政层面的政策工具，并不占用经销企业与主机厂资金。再加上申报流程便捷，惠及人群更广，因此效果也更明显。从消费者角度来说，购置税基于车辆成交价格按税率减免，往往也能带来直接的获得感。

事实上，此前我国汽车产业也曾陷入短暂低迷，但通过实施减免汽车购置税，效果超预期。比如，为应对国际金融危机，2009 年国家首次使用汽车购置税调节机制，1.6 升及以下排量车型购置税减半收取。伴随着一揽子汽车消费端新政，当年新车实现 46.15% 同比增幅；针对汽车行业销量连续下滑的态势，从 2015 年 10 月 1 日开始，财政部等多部门对购置 1.6 升及以下排量乘用车按 5% 的税率征收车辆购置税，实行购置税减半政策，次年我国汽车销量增幅也达到了双位数。

虽然减征乘用车购置税的具体细则尚未出台，但并不影响我们对此项政策的理解。如果将“阶段性减征部分乘用车购置税 600 亿元”逐字剖析来看，“阶段性”说明这项政策是有时效的；“部分”乘用车，说明会对车辆进行区分，比如有可能是此前享受过减免政策的小排量车型，还有可能是其他类型的燃油车；“600 亿元”相当于 2021 年国内车辆购置税 3529 亿元的 17%，这同样不是一个小数目。

当前实施的购置税政策主要依据 2019 年 7 月 1 日颁布的《中华人民共和国车辆购置税法》，其中规定税率固定为 10%。而新能源车由于仍在享受免购置税政策，将不会被包含在此次新政策内。简单推算一下，600 亿元购置税或将惠及多达以千万计的车辆。如果按照均价 15 万元的主流消费车型计算，10% 购置税率即每辆车缴纳 1.5 万元；若购置税减半按照 5% 税率征收，即每辆车减免购置税 7500 元，可惠及约 800 万辆车；若按 7.5% 税率，则每辆车减免 3750 元，可惠及约 1600 万辆车。不仅惠及量大，而且长尾效应强，对稳定全年汽车产销量和消费信心都将起到较大提振作用。考虑到政策的边际效应，全新政策仍有望拉动 100 万辆至 200 万辆乘用车新增需求。

汽车产业是国民经济的重要支柱性产业，产业链长、涉及面广、带动性强。但受疫情散发、供给受阻、需求转弱等多重因素影响，今年 4 月份产销大幅下滑。如何尽快扭转下滑态势，为稳住经济大盘提供有力支撑，不仅需要国家及时出台相关政策，也需要地方因地制宜挖掘自身政策潜力。

不过，需要指出的是，补贴只是辅助手段，是短期有效的促进措施，这些政策和措施并不意味着每家企业都能必然受益、平均受益。对于车企而言，只有结合市场变化，实现产品力、技术力、服务力的全面提升，才能更好地拉动需求和供给，真正赢得消费者，让宏观政策发挥出最好的疗效。

（刊发于 2022 年 5 月 27 日企业版）

车市消费回暖已在路上

财政部、国家税务总局日前发布公告称，对购置日期在2022年6月1日至2022年12月31日期间内且单车价格（不含增值税）不超过30万元的2.0升及以下排量乘用车，减半征收车辆购置税。汽车促销放大招。在经历了因新冠肺炎疫情影响的4月份和5月份销量下降之后，这一“史上最强”促销有望加快我国汽车消费市场回暖。

此前，国务院常务会议明确提出，“阶段性减征部分乘用车购置税600亿元”。当然，在财税部门具体实施细则未出台之前，有人对其究竟能在多大程度上刺激汽车消费心里是没有底的。面对疫情的巨大不确定性、消费萎缩、供给冲击和预期转弱压力，甚至还有人对中国车市充满悲观论调。而此次公告的发布无疑打消了人们的顾虑，更加坚定了我们对车市重回增长轨道的信心。

从车型来看，此次促销覆盖范围之广，可谓远超预期。按照新的公告，“排量2.0升及以下”和“价格不超过30万元”是两条硬杠杠。与历史上两次减征线相比，虽然多了具体车价要求，但排量从“1.6升及以下”调整到了“2.0升及以下”。表面上，这只是一个数字的小小变化，其背后带来的则是更多车型被纳入。如果结合去年销量数据和车企产品结构来分析，包括奔驰、宝马、奥迪、沃尔沃等在内的豪华品牌，以及市场八成以上燃油乘用车都能享受这一优惠。这意味着，此次购置税减征措施，可以在更大范围减轻消费者购车负担，促进更多购车人增强消费信心，从而在整体上提升车市销量。

目前，我国乘用车市场的销量主要由新购、换购和增购三大力量组成。其中，新购比例在持续下降，而换购比例在不断上升。由于部分限购城市车牌稀缺，“第二辆车要比第一辆车买得好”“车不能比车牌还便宜”是很多换购者的消费心理。此次新政将减征排量上限提高到 2.0 升，既是对消费心理的精准洞悉和把握，也是主动对市场消费升级趋势的适应和回应，有利于更多地惠及主流消费群体。此外，30 万元的门槛还有可能引发不少豪华品牌把价格往下探一探，就能符合“购置税减征”的降价促销心理，从而在一定程度上缓和近期因成本上升而引发的燃油车涨价冲动。

从时间上来看，新政落地速度之快前所未有。此次减征从 6 月 1 日实施，比很多人预期的“下半年开始”要早一个月。对于有些经销商来说，在经历了四五月份的销量腰斩之后，如果 6 月份挺不过去，很有可能出现资金链断裂。而减税带来的可预期销量，恰如“久旱逢甘霖”，能及时缓解经销商资金紧张，重塑市场信心。同时，对于整车厂来说，越早实现销量回升，也越有利于企业生产加快恢复，从而稳定发展预期。

因此，无论是对车型覆盖范围的设定，还是对实施时间节点的把握，此次乘用车购置税减征细则，都体现了国家对稳经济增长的坚定信心和深思熟虑。按照中汽协预计，此项减征措施将促进至少 200 万辆新增销量，考虑到汽车作为大宗商品较强的产业拉动作用，上游的钢铁、有色、玻璃、制造设备等，下游的金融、保险等服务行业都将受益，这对于稳定宏观经济大盘意义不可小视。

令人欣喜的是，上海这一汽车产业重镇已恢复正常生产生活，产业供给冲击很大程度上得到缓解。更值得期待的是，随着国家部分乘用车购置税减半征收细则的出台，新能源汽车下乡活动的启动，一些地方和企业也纷纷推出了鼓励汽车消费的配套促销政策。比如，上海嘉定给予消费者最高2万元的补贴；东风日产则率先行动，对部分车型“税险全免”。可以说，在国家、地方和企业等一系列促销政策叠加效应共振下，全国汽车消费回暖已在路上。

（刊发于2022年6月3日企业版）

吉利"造星"有何深意

日前，"吉利未来出行星座"首轨九星，在西昌卫星发射中心以一箭九星方式成功发射，卫星顺利进入预定轨道。该卫星由吉利科技集团旗下浙江时空道宇科技有限公司完全自主研制，台州卫星超级工厂生产。这意味着，吉利控股集团在商业航天领域的发展迈出关键一步，由此也成为我国首家"一手造车，一手造星"的企业。

从飞行汽车到芯片，从手机到低轨卫星，吉利的跨界不只一次被质疑"不务正业"。即便是此次"九星齐发"的壮举，也有人表示"看不懂"。作为一家主业造车的企业，突然放出卫星，的确超越了人们的想象，让人有点摸不着头脑。不过，如果我们把眼光再放长远些，就会发现这些看似不太相关的业务，其实都是企业对未来出行生态的布局。

随着新一轮科技革命和产业变革的蓬勃发展，汽车不再只是机械产品，而是成为移动数字终端。如果说，这场变革的上半场是电动化，下半场就是智能化，终极目标则是自动驾驶。然而，目前自动驾驶遇到的瓶颈之一，在于定位精度不够。当前北斗、GPS 系统的民用定位精度在 5 米到 10 米，无法用于车道分辨。而通过"吉利未来出行星座"构建的天地一体化高精时空信息系统，定位服务精度能达到厘米级。这对于自动驾驶高精定位的需求，以及提升用户智能出行体验的意义不言而喻。

事实上，李书福并不是进军太空的第一人。早在2002年，特斯拉首席执行官马斯克就成立了太空探索技术公司SpaceX。SpaceX公司不仅打造了可回收的火箭，极大地降低了商业卫星发射成本，而且通过建立规模庞大的“星链”系统，形成了空地之间数据传输和全球通信网络。

与马斯克“星链”覆盖全球的通信体系有所不同的是，目前吉利的首轨九星结合时空道宇已建设完成的地基PPP-RTK（精密单点定位PPP和实时动态定位RTK是高精度卫星导航定位中应用最为广泛、最具代表性的技术）时空信息网络，以及北斗三号模组、终端产品，将实现遥感、导航、通信技术的融合应用。这一系统的应用场景更为宽阔，不仅能加持车联网、自动驾驶、飞行汽车做到低空精准定位，还能与手机、智能可穿戴设备等消费电子产品相连，嵌入无人系统和智能城市等场景。此外，还能为海洋、物流、测绘等领域提供全方位服务。

综合来看，吉利此番布局至少有三重深意：一是通过低轨卫星制造与发射，在导航和车联网方面，与吉利汽车形成较强协同效应；二是频段和轨道位置都是不可再生资源，先到先得，通过“太空基建”率先占坑，有利于吉利未来在遥感、物联网等汽车以外领域进一步拓展；三是面对产业变革和造车新势力的崛起，传统车企加快向科技型企业转型，进军航天产业，有利于吉利提升品牌科技感，从而推动品牌向上。当然，还有可能提升企业在资本市场的估值。随着“星链计划”卫星发射成功，如今特斯拉市值已高达7000亿美元以上，超越丰田成为全球市值排名第一位的汽车公司，就很能说明问题。

航天产业和汽车产业的大规模融合，将带来商业应用场景的深远变革，有助于企业品牌形象和科技感的提升。然而，无论是低轨卫星领域还是汽车领域，都是技术壁垒高、投入大，且需要长期积累的领域。在全球汽车产销和商业应用场景最丰富的市场，参与商业航天的全球竞赛，吉利不应只是车企中的孤勇者。

（刊发于2022年6月10日企业版）

比亚迪市值破万亿元说明啥

突破万亿元市值的比亚迪，成了近期A股的“顶流”。6月10日，比亚迪股价创下历史新高，盘中股价最高达350元/股，市值首次突破万亿元。这也是我国新能源汽车产业链上的第二家市值过万亿元的公司。

早在去年宁德时代市值突破万亿元之际，人们对比亚迪加入万亿元俱乐部便充满期待。这不仅因为比亚迪动力电池产销量已跃居全国第二位，更因为其比其他整车企业有更宽广的产业布局。从上世纪90年代王传福靠电池起家创办比亚迪，到本世纪初跨界汽车制造，再到向新能源汽车转型，今天比亚迪的产业已涉及电池、整车、半导体以及消费电子。比亚迪的布局之广，让人产生很多想象。

比亚迪之所以在近期挺进市值万亿元俱乐部，原因也不难分析。一方面，传闻已久的比亚迪电池将进入特斯拉供应链，这为比亚迪电池打开了新的增长空间；另一方面，今年以来比亚迪整车销量大幅增长，仅前5个月新能源汽车累计销量就已达50多万辆，远超造车新势力，也高于特斯拉。按照这样的态势，今年全年销量跨越百万辆大关毫无悬念，与特斯拉有一拼。

产品热销的背后是强大的技术支撑。经过多年深耕，目前比亚迪不仅拥有安全高功率的刀片电池，还拥有全球领先的超低油耗

DM-i混合动力技术，以及自研的IGBT芯片。在这些技术加持下，比亚迪此次称王，倒也不乏底气。而丰富的产品线、宽阔的车辆价位区间，也让比亚迪在竞争中颇具优势。此外，在4月份官宣停售燃油车后，比亚迪在投资者心中的科技感得到大幅度提升，这在某种程度上也强化了比亚迪在资本市场上的科技公司形象。

当然，比亚迪挺进市值万亿元俱乐部，更大景深则在于全球"双碳"愿景下，资本对中国新能源汽车发展的看好。中国新能源汽车不仅规模大、产业链全，而且创新活力足，已成为推动和引领全球汽车产业转型的重要力量。没有哪一个市场能像股市这样生动反映一个国家经济转型的底色与脉搏。如果说在美国资本市场，特斯拉颠覆传统燃油车福特，亚马逊战胜零售领域的沃尔玛，更具科技含量的公司后来居上，受到资本追捧已成投资者的信仰，那么在中国资本市场，宁德时代、比亚迪称王的故事可以说只是拉开了序幕。

犹记得，宁德时代动力电池销量超越日本巨头松下，成为全球电动车装机量第一的供应商时，巴菲特的"最佳拍档"查理·芒格说："如果你现在不投资比亚迪股票，你将错过一个杰克·韦尔奇，再加一个托马斯·爱迪生。"目前，在宁德时代和比亚迪前方只剩下一瓶白酒、一桶油和几家金融企业，而在它们身后包括中芯国际、京东方等一批民族科技企业正在乘风而起。这表明，今天中国科技公司对金融、传统能源的替代已悄然来临。

万亿元市值对资本市场而言，只是个标杆。尽管加入了万亿元市值俱乐部，但并不是说比亚迪就可以从此懈怠。资本市场本就有波动，"百尺竿头，不进则退"。面对愈演愈烈的全球科技和产业竞争，比亚迪依然面临着新的挑战：一是比亚迪品牌力有待提升。比亚迪在30万元以上的价位区间，缺少相应的高端产品。二是比亚迪海外市场占有率不高。没有一定份额的海外市场占有率，就体现不出一个品牌的全球性和企业的全球竞争力。三是公司毛利率偏低。从一季报看，比亚迪汽车业务毛利率低于特斯拉和蔚来、理想等造车新势力，“增收不增利”。此外，比亚迪产品智能化水平也需要进一步提高。目前，比亚迪在全球上市车企中市值排在第三位，仅次于特斯拉和丰田。如果比亚迪在这些问题上有新突破，相信占据新能源赛道坡长雪厚优势的比亚迪市值超越丰田是迟早的事。

（刊发于 2022 年 6 月 17 日企业版）

“大众”中国市场新架构意味着什么

最近，大众汽车集团在中国市场对管理架构进行了根本性调整。其中包括“一把手”在内的三项新的人事任命和建立一个全新的“中国董事会”。由于新架构赋予了中国区更大自主权，引发关注。

大众在中国进行高层管理方面的调整，去年年底就有相关消息传出。虽然不少媒体进行了多个版本的猜测与不同角度的解读，但梳理此次方案，核心信息可以归结为三点：一是从8月1日起，贝瑞德将加入大众汽车集团管理董事会，并担任“中国董事会”主席，级别比前任冯思翰更高。二是大众“中国董事会”新增奥迪品牌、CARIAD以及大众汽车乘用车品牌中国区CEO。此前奥迪业务独立于大众中国，因而这一举措也被舆论视为大众在中国市场“扩权”的重要标志。三是新设大众中国CTO，凸显大众总部对中国区自主研发工作的重视。

之所以如此大幅度调整在华管理架构和高层人事，有分析认为，直接原因在于近两年大众在华发展略显疲态。随着新冠肺炎疫情的暴发与反复，以及芯片短缺掣肘，大众在华销量连续两年下滑，年销量已从2019年的最高峰423万辆，跌落至去年的330万辆。更重要的是，大众在华电动化转型不如预期。去年大众汽车集团在华售出电动车9.27万辆，其中大众品牌为7.7万辆。这一成绩不仅被特斯拉甩出好几条街，就是与比亚迪和造车新势力“蔚小理”相比，也没什么存在感。

事实上，大众电动化转型在车企巨头中最为激进。从斥巨资打造纯电动车型的MEB平台，到将软件部门独立，再到推出可扩展系统SSP平台，大众不仅努力，而且出手阔绰。去年大众还提出，计划在未来5年总共投资1590亿欧元，其中890亿欧元用于电动出行和数字化相关技术，足见其拥抱电动化和智能化的雄心。就连特斯拉首席执行官埃隆·里夫·马斯克也盛赞，大众在大众汽车集团首席执行官赫伯特·迪斯的带领下，在电动化上所做的尝试，“比任何其他大型车企都多”。

然而，这一努力与成绩并不成正比。问题究竟出在哪里？业界为此有过很多讨论甚至争议，但关键还是产品不够给力。随着各路玩家跨界进入汽车业，当前中国新能源市场竞争激烈程度一点都不亚于传统燃油车市场。面对自主品牌和造车新势力20万元级别的产品，无论在智能化还是在电动性能上，大众ID系列并不占优势。有消费者在将大众电动汽车与中国造车新势力产品对比后，形象地称之为“信用卡与微信支付”的不同，由此不难想见差距之所在。

与此同时，大众在电动车定价上，又很难放下身段。和很多外资品牌在华营销思路一样，同等规格的产品，大众产品价格比自主产品明显高出不少。如果消费者不接受这种不合理溢价，那么大众在销量上无疑难有大的突破。此外，在销售终端，南北大众正在积极探索从授权制向代理制的转型，虽说是为了减少电动汽车销售中间环节，为消费者提供高效的数字化销售服务，但实际效果不佳。

作为全球汽车产销大国，中国是大众汽车集团最为倚重的市场。上世纪80年代初，大众汽车集团前董事长卡尔·哈恩凭借敏锐嗅觉，率先进入中国，在推动中国汽车市场繁荣的同时，也促进了大众汽车集团在全球的崛起。今天，面对新一轮科技革命和产业变革，大众要想继续成为全球汽车产业的领导者，中国市场无疑是重要筹码，不容任何闪失。毕竟，中国现在不仅是全球传统燃油车最大市场，也是全球新能源汽车最大市场，更是全球汽车产业最具创新活力的高地。大众此次在华“扩权”，无疑有利于“中国董事会”更好地调动和协调资源，加快推动在中国市场的电动化和智能化转型。虽说最终效果如何还需要时间和市场来检验，但从战略层面上来看，大众又为其他跨国车企树立了一个新的标杆。

（刊发于 2022 年 6 月 24 日企业版）

破除新能源汽车地方保护主义

如果一个新能源汽车品牌要到某地销售，就得被迫在当地设立法人单位并建立工厂，那么这对企业来说并不公平。不过，现在这样美其名曰以“市场换投资”的行为将被叫停。日前国务院常务会议提出，要进一步释放汽车消费潜力，支持新能源汽车消费，尤其要破除新能源汽车市场地方保护。

发展新能源汽车既是我国应对气候环境变化、缓解能源安全压力的重要途径，也是加快汽车产业转型升级、增强国际竞争新优势的战略举措。经过多年示范运营和推广应用，目前我国新能源汽车产销量连续 7 年位居世界第一位。尽管受新冠肺炎疫情影响，今年前 5 个月我国新能源汽车产销仍突破 200 万辆，同比均增长 1.1 倍，市场渗透率接近 20%。这表明，市场和消费者对新能源汽车的认可度越来越高。

作为经济发展新领域新赛道，我国新能源汽车之所以能领跑全球，与国家的战略布局和大力支持不无关系，也离不开地方各级政府的“做多热情”。地方政府出钱、出地、给市场，打造配套环境，全方位招商引资，在推动新能源汽车产业和企业以及市场推广应用等方面也起到了重要作用。然而，出于自身发展利益的考量，部分地方或明或暗地扶持本地新能源汽车产业和企业，也带来地方保护问题。比如，变相要求企业在本地设立法人单位和建立工厂；以超国标的指标或特定的技术要求，设立地方标准和目录；强制车企采购本地企业生产的电池电机等零部件；出台不公平的地方非补贴性政策，给本地企业优惠，限制或变相限制消费者购买外地及某类新能源汽车等。

汽车是一个以规模和品牌效应著称的行业，地方保护不仅不符合市场公平竞争规律，而且会阻碍技术进步，阻碍产业高质量发展。必须看到，在新能源汽车产业规模还不够大时，要使有竞争力的企业脱颖而出，就得有一个统一、开放、竞争、有序的市场环境。如果区域分割严重，产业小而散，就会降低资源配置效率，企业难以做大做强，也难以形成全国乃至全球性大品牌。如果被保护的企业，在市场上得不到充分竞争，就会丧失创新活力。对于消费者来说，产品选择权被剥夺，难以获得优质产品，也会抑制汽车消费潜力的释放。

事实上，为减少地方保护对我国新能源汽车市场发展的割裂作用，推进建设统一开放、有序竞争的新能源汽车市场，国务院和四部委在破除地方保护上已有明确规定。比如，对地方政府涉及市场准入、产业发展、招商引资、招标投标、政府采购、经营行为规范、资质标准等方面有违反市场公平竞争的，给予包括经济、行政方面的处罚，同时将此类事项纳入对党政干部的问责体系。问题在于，目前地方对这些规定落实并不到位。因此，要真正破除地方保护，不仅要细化这些规定，加强监督与执行，还要对违规行为问责动真格，才能确保政策有力有效。

同时，要加强产品标准统一。汽车产品标准和充电设施标准是形成全国统一大市场的基础性标准。虽然不同企业可以有不同技术路线选择，但必须遵守统一标准。在底层标准上，不应再允许地方出台和实施地方性标准。当然，目前汽车行业标准制定和形成机制也要改革，通过增加产学研多方参与性和不同方面的代表性，以确保制定过程透明，防止利益串通，甚至政府被少数企业绑架。

此外，还要加快汽车行业税制结构调整。汽车行业之所以受到地方重视，原因之一就是我国重汽车生产环节、轻使用环节征税。汽车生产企业在一个地方落地或者扩大产能，对地方税收贡献尤为突出。不合理税制结构加剧了地方对汽车本地生产的要求，更是滋生地方保护的根源。因此，有必要逐步提高汽车使用和保有环节税负，降低生产和购买环节税负，从源头上根治新能源汽车市场地方保护。

（刊发于 2022 年 7 月 1 日企业版）

甲醇汽车推广还须打破认知障碍

日前，吉利第四代帝豪“醇电”混动轿车在贵阳交付上市，这是全球首款甲醇混合动力轿车。同时，吉利还向贵阳交付了一批正向研发的远程甲醇重卡。在各大车企和各路资本竞逐电动车赛道、各地大力推广新能源汽车的背景下，吉利和贵阳携手深耕甲醇汽车领域，引发关注。

说到甲醇，其实并不神秘。最初，甲醇主要作为煤化工产品被使用。但在上世纪 70 年代第一次世界石油危机之后，甲醇成为性能优良的车用燃料被广泛应用。不可否认，电动车是当前汽车产业转型升级的主赛道，但也要看到，不管是从满足用户需求和复杂使用场景来看，还是从减碳的紧迫性和艰巨性来看，我国仅靠纯电动汽车一种技术路线，是远远不够的。事实上，在政策、技术与市场等多重因素的影响之下，当前全球汽车产业已形成动力技术多元化、多技术路线共存的发展格局。

新能源汽车各种技术路线的发展也不均衡，各有各的优劣。比如，纯电动车还存在续航里程、充电不便等难题；插电式混合动力车存在节油率、部分地方上牌受限等难题；氢燃料电池还存在技术不成熟、成本价格太高等难题。作为世界公认的清洁能源，甲醇燃料特性优秀、适用范围广、来源广泛、污染少、生产制造技术成熟，再加上常温常压下呈现液态的特点，使其可以充分利用现有汽柴油输配送体系和加注站资源实现供给。因此，因地制宜推广甲醇汽车，不仅有助于推动我国能源多元化发展、保障能源安全，更是交通领域实现“碳中和”的重要路径。

也正是看到了甲醇汽车的战略意义，国家在大力发展新能源汽车的同时，开启了甲醇汽车的应用推广。从 2013 年起，工信部牵头先后在山西、上海、陕西、贵州、甘肃 5 省份，共 10 个城市，组织开展了甲醇汽车试点工作。据报道，截至目前，贵州省已通过市场化方式推广甲醇汽车 1.7 万辆，全省投入运营甲醇燃料加注站超过 60 座，年消耗甲醇约 25 万吨，替代汽油约 15 万吨。其中，贵阳甲醇出租车投运量居全球第一，甲醇汽车和甲醇燃料加注站数量全国第一。贵阳已成为全球甲醇燃料和甲醇汽车市场化推广最成功、规模最大、覆盖区域最广的城市，并由此形成了以出租车为末端的甲醇经济产业链，被业内称为甲醇汽车的贵阳模式。

与其他试点城市相比，甲醇汽车之所以在贵阳推广更成功，有人总结了不少经验。比如，坚持安全第一、质量标准先行、政府重视并善于引导、民营企业参与度高等。但从更深层次来看，贵阳经验还在于依托当地资源禀赋，建立了完善的甲醇汽车生产、销售、服务体系和甲醇燃料输配送供应保障体系，出台了包括出租车在内的一系列鼓励措施，逐步形成了保障甲醇汽车运行的制度体系和管理机制，从而激活了各方参与者的活力。

当然，肯定贵阳经验并不等于我国甲醇汽车推广没有不足之处。实际上，与快速增长的新能源汽车相比，在一些地方甲醇汽车推广速度和力度明显不够，与人们的预期目标相差还较远。更耐人寻味的是，目前已经有甲醇汽车投放至市场的车企也不多，甲醇汽车在很大程度上还是试点城市的“区域性车辆”，面临着“叫好不叫座”的尴尬。

反思原因，固然与推广城市需要依托当地资源禀赋有关，更大阻力则来自我们对甲醇及甲醇汽车的认知。要看到，时至今日甲醇汽车还不属于新能源汽车。而要解决这一问题，就有必要将甲醇作为新兴能源纳入国家能源体系，通过对甲醇燃料的定义、生产制造供应、消费应用监督管理、安全保障措施以及政策支持等方面明确分工定位，规范管理。在此基础上，将甲醇汽车纳入新能源汽车体系管理，享受诸如牌照、行驶以及税费方面的优惠待遇。

能源和环境是当今世界各国经济发展所面临的两大突出问题。有一种“能源不可能三角”理论认为，能源的安全稳定、价格低廉和清洁低碳三者很难兼得，但我们对于甲醇作为能源的重新认识，以及甲醇汽车在一些富有资源禀赋地区的更好推广，或许就是“不可能三角”的突破口。

（刊发于 2022 年 7 月 8 日企业版）

从更深层次看汽车消费

中国汽车工业协会发布数据显示，6月份我国汽车产销分别完成249.9万辆和250.2万辆，环比和同比增长均超20%。虽然今年上半年我国汽车产销量增速尚未转正，但通过对汽车市场研判，中汽协预测全年我国汽车销量有望达到2700万辆，同比增长3%左右。

汽车销量预期从悲观转为乐观，一方面在于新冠肺炎疫情得到较好控制。今年上半年，特别是3月中下旬以来，吉林、上海等地区疫情多点暴发，对我国汽车产业链、供应链造成严重冲击，汽车产销出现断崖式下滑，小鹏汽车董事长甚至悲观地抛出了“停产论”。然而，由于我们毫不动摇坚持“动态清零”，在把疫情防住的同时，加快促进企业复工复产，保障物流畅通，有效缓解了疫情带来的危机。

另一方面则在于国家对汽车消费的重视。面对产业遇到的巨大困难，5月中下旬以来，国务院常务会议连续通过了一系列促消费、稳增长的举措，其中购置税减半政策更是极大激发了市场活力，加之多个省份出台了促进汽车消费的政策，行业企业也积极作为，加大了市场推广和营销力度，汽车消费迅速恢复。

汽车业是国民经济重要的支柱性产业，产业链长、涉及面广、带动性强，被称为稳定宏观经济大盘的“压舱石”。去年，我国汽车类商品零售额达 4.4 万亿元，占社会消费品零售总额的 9.9%。如果考虑到汽车上下游及横向行业的产值，包括能源、材料、机械、电子与金融和服务业等，即使按照保守的汽车产业拉动效应 1∶5 计算，其数字更为巨大。正是由于汽车在促进国家经济增长方面作用显著，很多国家和地区在发展经济时将汽车作为首选产业。

从吸纳就业看，汽车产业可带动相关产业间接就业。目前我国汽车行业直接和间接就业人数已超过 3000 万人，占全国城镇就业人数的 10% 以上，这还不包括因汽车工业而产生的基础建设、管理部门，以及非汽车产业中与汽车使用有关的就业。前不久，德国大众汽车集团首席执行官赫伯特·迪斯在接受德国《明镜》周刊采访时感慨："中国是大众集团不可缺少的增长市场和创新驱动力，大众汽车集团在德国聘用了 2 万名至 3 万名研发人员，其中一半为中国客户工作。"由此不难想象我国汽车产业对就业的带动有多给力。

从发展潜力看，目前我国千人汽车保有量接近 220 辆，虽然这一数字和全球平均水平差不多，但仍远低于欧美日等发达国家和地区。最新一项统计显示，我国还有 56% 的家庭没有汽车；44% 家庭已经有了汽车，其中 80% 家庭开的是 20 万元以下的汽车。汽车是价值仅次于房地产的大宗商品，而相比于房地产的一次性投资，汽车又是需要不断置换更新的商品，平均 10 年左右就要以旧换新。从百姓角度来讲，拥有汽车事关幸福指数。随着越来越多无车的国人开始有能力购买汽车，越来越多有车家庭换购汽车，我国汽车消费的潜力可以说难以限量。

更重要的是，汽车是为数不多的兼具现实重要性和长远战略性的行业。在以往历次工业革命中，汽车都是技术进步的重要应用载体。随着新一轮科技革命和产业变革的加速，新能源汽车已成为全球科技创新与产业升级的标志性产品以及跨界融合的关键点，正在改变相关产业的竞争格局。作为智能化的最佳载体和创新的集成平台，新能源汽车在重新定义汽车产品的同时，也在重构汽车产业链、供应链，重塑汽车产业生态。以新能源汽车的关键零部件动力电池为例，以宁德时代为代表的电池企业已开始主导全球供应，这在我国 70 多年汽车产业发展史上前所未有。

一个强大的汽车产业是推动高质量发展、创造高品质生活的关键。在全球都寻找经济增长新动能的当下，从更深层次、更高战略重新认识汽车产业，支持汽车消费就显得更加必要。不可否认，技术是驱动创新的重要力量，但真正的创新动力则来自消费者需求。

（刊发于 2022 年 7 月 15 日企业版）

增程式技术路线需辩证看

最近，关于增程式技术路线的争论颇为激烈。

有业内知名人士在社交媒体上称，增程式是目前最适合的新能源汽车模式，并感谢理想汽车创始人李想开拓探索增程模式所付出的努力与贡献。

不过，这一言论很快受到质疑：增程式技术落后是行业共识，再大的嘴也不能大放厥词，不能拿落后的技术割韭菜。大有不将增程式技术驳倒誓不罢休之势。

所谓增程，从字面上不难理解，就是增加续航里程。与普通的电动汽车相比，增程式电动汽车随车携带一个发动机，增加了一个油箱。当电不够时，发动机并不驱动车轮，相当于一个烧油的“充电宝”。

从混动技术原理来看，增程式技术路线隶属串联，复杂度远低于并联、混联。相比之下，并联尤其是“串 + 并”的混联模式技术含量则提升了不止一个维度。近年来，国内插电式混合动力车型普遍采用混联模式，发动机通过发电，可以直驱车轮。这一模式不仅需要复杂的动力控制与分配策略，还要精通发动机、变速箱、电机，只有积累深厚的传统车企才玩得转。

由于既不环保，也不先进，在理想 ONE 热销之前，业内多数人士并不看好增程式技术路线。大众中国即将离任的首席执行官冯思翰就曾表示："从客户价值的角度看，增程式混合动力是一项过渡技术，大众集团不会追求这一点。"

问题是，过渡的技术路线未必马上就过时。增程技术需要的发动机结构更简单，也无需复杂变速箱，这对没有传统燃油车经验和技术积累的造车新势力十分友好。而且，理想、问界等品牌也用迅速增长的销量证明，技术力不等于产品力。从这个角度来看，力挺增程技术的观点也并非毫无道理。

既然每一种技术路线都有自己的优势和市场，为什么还会引发"口水战"呢？其实，争论的背后除了对事实和技术本身的判断外，还夹杂着各自的立场和利益。包括长城魏牌在内的众多一线自主品牌，开发出了难度更高的混动技术以及产品，居然卖不过"走捷径"的造车新势力，换谁都会不服。此次隔空互怼，与其说是技术路线之争，不如说是营销大战。

事实上，无论是传统燃油车，还是新能源车，在汽车产业发展史上，从不缺技术路线之争。技术路线的选择，受市场环境、客户需求、企业战略、内部资源以及法规政策等多重因素影响。如果说，在新能源汽车发展早期，究竟哪条技术路线能够成为主流，并不清晰，需要争论。但经过 20 多年探索，我国新能源汽车保有量已突破 1000 万辆，其中大多数是纯电动汽车，在充换电设施日趋完善、补能越来越方便的背景下，我们对增程式电动汽车定性时，就要对当前新能源汽车发展格局、市场现状及其未来走向有一个更准确的认识，提出更富预见性的判断。

有些风景，站在现在的位置可能看得很模糊。从更高处俯视，才会看得清楚。同理，有些问题，今天可能还想不明白，如果我们将时间的轴距拉长，站在未来看现在，也许就有了答案。随着纯电技术和配套设施持续进化，增程式电动汽车相对纯电汽车里程优势或将逐渐消失，而增程电动汽车相对纯电动汽车多余出来的增程装置，则很可能成为类似盲肠一样的存在。眼下增程式技术路线虽有市场，但毕竟只是一种过渡性技术。因此，企业在做战略决策和技术路线及产品规划时，既要立足当前，更要着眼未来。

（刊发于 2022 年 7 月 22 日企业版）

新能源汽车利润去哪儿了

在近日举行的2022世界动力电池大会上，广汽集团董事长曾庆洪在发言中吐槽："动力电池成本已占到我们汽车的40%至60%，我（广汽）现在不是给宁德时代打工吗？"

"平常也遇到客户对我们的抱怨，说整车厂不是很赚钱，你们电池厂是不是把利润都拿走了？"宁德时代首席科学家吴凯也忍不住在本次大会上叫屈："我们公司今年虽然还没亏本，但是基本上在稍有盈利的边缘挣扎，非常痛苦。"

整车企业不够挣钱，电池厂商也没利润，那么新能源汽车利润究竟去哪儿了？回答这个问题其实并不难。在动力电池供应链中有上中下游之分，以天齐锂业、赣锋锂业为代表的是上游原材料供应商，以宁德时代、中创新航为代表的是中游电池厂商，以广汽、小鹏为代表的整车企业则是下游承接商。去年以来，锂、钴、镍等电池原材料价格暴涨，特别是碳酸锂从每吨5万多元飙升至当前每吨46万多元，上游锂矿供应商赚得可谓盆满钵满。

事实上，作为矿产资源，地球上锂本身并不稀缺。有数据表明，目前全球已探明的锂资源储量可以生产160TWh（亿千瓦时）的锂电池，足以满足市场增长需求。不少人就此推测，上游原材料领域的暴涨，可能是资本市场的炒作。这样的分析有一定道理，然而并不全面。由于新能源汽车市场的超预期爆发，不可避免地会激发动力电池的市场需求。在全球汽车产业变革背景下，面对这种“确定性”的增长，无孔不入的资本嗅觉最为灵敏，不排除有投机资金炒作的可能。

但也要看到，矿产资源开采并非一朝一夕的事。矿产投资向来都是资金需求大、周期长、风险高的投资。一座矿山，从勘探到开采，少则两三年，多则五年甚至更长时间。而新能源汽车市场的真正爆发，也就是从去年才开始的。况且，在俄乌冲突影响下，全球尤其是欧洲能源加速转型，也使得储能市场对锂资源产生了更为强劲的需求。而锂作为能源金属，其重要性在得到充分认识后受到追捧，出现供不应求，自然也不难理解。

也许有人会说，电池不同于石油，其绝大部分材料是可以重复利用的，做好动力电池回收不就行了吗？相信持这种观点的人也不在少数。不可否认的是，目前部分企业镍钴锰回收率已达到 99.3%，锂达到 90% 以上，而且随着技术的不断进步，回收率还有可能得到提升。但问题是，回收也是有成本的。由于动力电池回收场景复杂，在回收机制尚不健全、锂价高企的当下，真正有回收技术并符合环保法规的企业经营成本也高，经济竞争力并不一定就强。

随着新一轮科技革命和产业变革加速，汽车产品在被重新定义的同时，产业链供应链也在重塑。过去传统燃油车的三大核心零部件——发动机、变速箱和底盘，正在被动力电池、电机和电控所取代，其中作为核心零部件的动力电池在新能源汽车成本中占比最高、影响最大。百年变局与世纪疫情叠加，市场竞争日趋激烈，企业之间的较量从来不仅是产品本身，早已上升到全产业链。从近期来看，中下游企业需要解决的是“保供稳价”问题，但从长期来看，不仅要加强关键技术研发，更要强化对上游核心资源的掌控。面对未来各种不确定性，惟有加快打造软硬融合、强韧性、高安全，同时又兼顾效率和成本等指标的供应链，不被上游“卡脖子”，处于中下游的企业才有可能真正赢得竞争新优势。

（刊发于2022年7月29日企业版）

飞行汽车是风口还是天坑

大众汽车集团（中国）日前发布首款电动垂直起降（eVTOL）载人飞行器原型机，该机基于现有自动驾驶解决方案与电池技术打造，具有8个用于垂直起降的旋翼，以及2个用于航向水平推进的螺旋桨。今年下半年通过数轮飞行试验优化改进后，这款纯电动、全自主飞行的eVTOL载人飞行器将于明年夏季末进行更高标准的试飞，最终实现运载4名乘客及行李物品，达到200公里续航。

无独有偶，广汽研究院于近期启动飞行器结构设计责任工程师、飞行器起落架设计责任工程师、飞行器测控工程师、飞行器强度仿真工程师等岗位的招聘，这被外界解读为广汽集团也在加快推进飞行汽车的研发。

如果再算上此前已入局的吉利、小鹏，目前全球已有160多家公司正在试图制造新的“飞行汽车”。飞行汽车之所以受到追捧，一方面原因是，面对越来越拥堵的城市交通，空中飞行可以提高出行效率；另一方面原因是，相比地面自动驾驶汽车，空中自动驾驶技术算法更为简单。有机构预测，到2040年城市空中交通市场规模将达到1万亿美元，被不少人称为出行“新风口”。去年10月19日，小鹏汽车旗下的飞行汽车公司小鹏汇天，轻松完成5亿美元的A轮融资，创下亚洲飞行汽车领域的融资纪录，就很说明问题。

基因决定了人类不能飞行，但每个人都有着对天空的渴望。想象在喧闹的市中心，拥挤的路口，一辆辆飞行汽车张开双翼，腾空而起。人们在飞行汽车中惬意地看着视频，喝着咖啡，不到 15 分钟便到达目的地，双翼折叠后停入正常停车位，这的确是很浪漫也很值得期待的场景。然而，颇为尴尬的是，现在还没有一家飞行汽车公司实现载人飞行的商业化交付。

回溯人类交通发展史，早在 1917 年，被称为“飞行汽车之父”的美国人格伦·哈蒙德·柯蒂斯向世界第一次展示了名为 Autoplane 的飞行汽车。百年来各大车企、科技公司，甚至互联网巨头都没有停止对飞行汽车的探索。不过，前期研发飞行汽车的公司，大多数产品都离不开跑道的滑行和降落，使用场景大大受限。与其说是飞行汽车，不如说是可以在公路上驾驶的飞机。而从飞行汽车的使用来看，短途出行、垂直起降的产品，似乎更被人们理解与接受。

不可否认，对于地面交通工具来说，飞行汽车是一个很好的互补。然而，从当前条件看，飞行汽车要想大规模应用，真正实现商业化，还面临诸多挑战。首先，飞行汽车作为个人移动出行交通工具，从研发到走向商业化，除了性能、可靠性等问题，还要考虑成本、经济性等因素，而在短时间内，很难有大量的市场需求，这也注定其前期是小众产品，只能应用在特定领域，或者成为少数富人的玩具。其次，飞行汽车与地面上驾驶的汽车不一样，汽车在路上出了故障可以停在原地维修，但飞行汽车在空中出了故障或发生事故，就是自由落体，不确定性影响更大。因此，飞行汽车要想拿到适航认证，难度可能会是普通汽车驾照的数十倍。此外，飞行汽车的应用，还会带来很多新的社会问题。比如，被危险分子利用、侵犯他人隐私以及噪声污染等，这也是需要监管部门充分评估的。

或许正是看到了这些“天坑”，特斯拉首席执行官马斯克多次表达对飞行汽车的不屑。在他看来，飞行汽车就是“被放大了 1000 倍而且噪声更大的无人机”，根本没有未来。而在更多人眼中，那些“玩”飞行汽车的企业，“醉翁之意不在酒”，只是在公众心中树一张“科技”标签而已。

（刊发于 2022 年 8 月 5 日企业版）

无人驾驶试点也要守住安全底线

最近，自动驾驶“无人化商业运营”话题很热。

先是北京亦庄自动驾驶出租车迎来无人化商业试点，将安全员从主驾移到了副驾。接着《深圳经济特区智能网联汽车管理条例》施行，明确了不同级别自动驾驶事故，特别是无人驾驶的责任主体。这两天，重庆、武汉两地又率先发布自动驾驶全无人商业化试点政策，并向百度发放了全国首批无人化示范运营资格。在一片舆论狂欢中，公众感觉一只脚似已跨入“无人驾驶”时代。

作为自动驾驶的最高阶段，无人驾驶商业化运营试点备受社会期待。这是因为无人驾驶不仅对方便居民出行、提升城市交通效率和改善城市治理具有重要意义，而且也是推动汽车产业智能化变革、促进企业提升产品和品牌竞争力的重要路径。面对巨大的社会效益和经济前景，那些具有战略眼光的国家和企业都铆足了劲，纷纷加快在智能驾驶赛道上布局和发力。

不可否认，我国在这场竞赛中已具有全球领跑优势。但也要看到，当前全球无人驾驶技术并不成熟。自动驾驶系统的感知、识别和决策系统还存在瓶颈，无法有效处理影响驾驶安全的各类因素。受制于成本和设计者认知局限，以及机器学习过程的不透明所导致的常人难以知晓的“算法黑箱”，自动驾驶系统安全也很难让人放心。更让人担忧的是，在一些企业急功近利的营销攻势下，过度包装自动驾驶技术的成熟度，“美化”技术缺陷，出现了安全隐患被人为掩盖，驾驶者放松警惕，甚至对无人驾驶出现错误认知而引发的安全事故。

问题还在于，目前大部分驾驶者对无人驾驶技术难度的理解主要集中在车辆上，如是否配备先进的传感器、算法软件等。其实，这只是自动驾驶商业化落地面临的部分问题。现阶段无人驾驶难以大规模商用落地，与整个交通体系有着很大关系。单一车辆技术先进程度与否，不是决定无人驾驶安全的唯一因素，背后还需要在网联基础设施、交通管理政策法规等方面，创造更好的软硬环境，使其具备运行条件。

无人驾驶只有大规模使用，才能够验证能否达到商业化，或者技术积累是否足够。但是大规模使用的前提，必须以安全为基础。也正因此，即使在武汉、重庆的“无人驾驶运营”试点，也需要遵循测试、示范应用、无人化测试，再到全车无人运营的过程要求。以百度五代车为例，申请无人化运营，需要累计跑满单车数千公里的里程要求，有一定的载人订单，且不能发生有责事故。这表明，当前的无人驾驶商业化试点也是有“严苛”场景和安全条件的。

事实上，交通运输部 8 月 8 日发布的《自动驾驶汽车运输安全服务指南（试行）》（征求意见稿），对自动驾驶汽车的应用场景也进行了严格限定。比如，在保障运输安全的前提下，鼓励在封闭式快速公交系统等场景使用自动驾驶汽车从事城市公共汽（电）车客运经营活动，在交通状况简单、条件相对可控的场景使用自动驾驶汽车从事出租汽车客运经营活动，在点对点干线公路运输、具有相对封闭道路等场景使用自动驾驶汽车从事道路普通货物运输经营活动。

同时，对自动驾驶汽车安全使用也提出了新的要求。比如，从事运输经营的有条件自动驾驶和高度自动驾驶汽车应当配备驾驶员，从事运输经营的完全自动驾驶汽车应当配备远程驾驶员或安全员。运输经营者在制订运输安全保障方案时，应当明确自动驾驶汽车运行线路要远离学校、医院等人员密集场所；在雨雪冰冻等恶劣天气时，应当按规定停止使用自动驾驶汽车从事运输经营活动等。

因此，就当前技术水平、基础设施和政策法规的成熟度来说，高等级自动驾驶仍然受到场景和安全的限制，整体的稳定性和可靠性还需要提升。自动驾驶“无人化商业运营”从试点到真正落地，恐怕不会像有些人被带节奏后想象的那般快捷，而是还要经历一个相当长的时间。

（刊发于2022年8月12日企业版）

新能源汽车“出海”要有大格局

最近，自主品牌新能源汽车“出海”新闻颇受关注。

先是东风岚图 FREE 首次登陆北欧；接着比亚迪进入日本乘用车市场，并表示将与欧洲经销商集团合作，为瑞典和德国市场提供新能源汽车产品；蔚来汽车则宣布在匈牙利投资建设旗下首个海外工厂，计划于 9 月投入运营；中国五菱的首款新能源全球车 Air ev 随后也在印尼下线。不少人认为，这是中国新能源汽车品牌加速“出海”的重要信号。

自主品牌新能源汽车“出海”加速，一方面源于我国新能源整车技术实力的提升。无论是产品外观、内饰、续航里程、环境适应性，还是整车性能、质量、能耗、智能化应用，当前我国新能源整车都处于国际领跑水平。敢于出口到德国、日本等汽车发达国家和汽车工业强国，不仅需要品牌的自信，更需要产品实力的支撑。

与此同时，外部环境也为中国品牌发力欧洲市场提供了机遇。为实现“减碳”目标，近年来欧洲多国政府陆续公布碳排放目标，并加大对新能源汽车的补贴力度。比如，挪威推出多项支持电动化转型的政策，包括对电动车免征 25% 的增值税、免征进口关税、免征养路税；德国则将新能源补贴延长至 2025 年，进一步激活了新能源汽车市场。

汽车是一个高度全球化的竞争行业。进军海外市场、参与全球竞争是检验一个汽车品牌是否国际化的重要标准。奔驰、宝马、大众、丰田等国际汽车巨头在传统燃油车市场能有今天的行业地位，也都是在本土市场之外积极开拓海外市场的结果。随着全球汽车产业加快向“电动化和智能化”转型，我国在新能源汽车领域具备的优势也为中国汽车品牌出口打开了“第二增长曲线”。

不过，从过往经验来看，汽车“出海”并不容易，特别是到欧美发达国家。海上既有风景，也有风浪。与一般商品不同，汽车产品价值高，使用场景复杂，生命周期长，在强调性能、价格、质量的同时，还必须有完善的销售渠道和售后服务体系保障。特别是新能源汽车，补能体系的建设与完善尤为重要。如果没有相当实力的底气和系统谋划，很有可能翻船。反思过去传统燃油车出口遇到的坑，除了产品竞争力不够外，有一个重要原因就是配套服务跟不上，结果导致品牌在海外的形象和口碑不佳。而长城汽车出口被海外经销商诈骗，损失惨重的教训，更是深刻。

因此，自主品牌新能源汽车“出海”要有大格局。进入海外市场之前，应当进行充分的调查和研究，细分消费市场，熟悉当地法律法规、文化背景、气候背景、消费习惯，以及交通基础设施等，同时延伸售后服务，包括个性化服务，从而形成自己的海外开发战略。心中更要有数的是，中国新能源汽车企业出海，不是去收割市场，而是去实现自己的使命和愿景，一定要为当地创造就业、带来技术、培养人才、繁荣地方经济，一定要融入当地社区，为社区作贡献。只有胸怀大格局，才能形成大品牌，真正实现全球化。

避免海外“内耗”也是中国新能源汽车企业应有的格局。过去中国企业在海外投资，发现一个不错的市场就一窝蜂地上，通过价格战把蓝海拼成红海。在欧美等发达国家，价格竞争通常不是最主要手段，而是通过知识产权、差异化服务、个性化服务等提高自己的市场地位，例如品牌、授权经营、特许经营。这提醒我们，自主品牌新能源企业没必要一窝蜂地涌入某一个国家或地区，既加剧当地市场供求不平衡状况，也损害各自的利益。

还需指出的是，当前一些弱势品牌也没必要急着“出海”，为“出海”而“出海”。国内市场是企业发展的基础。一个车型在国内市场月销不过千辆，拼不过竞争对手，指望到国外就能咸鱼翻身，岂不是笑谈。自主品牌即使到海外发展，前提还是要在国内市场具有竞争力。从某种意义上讲，国内、国际市场是相通的，国内国际市场的差别只是造型、配置和消费习惯的差别，好车的本质是相同的。不管怎么说，眼下中国汽车市场是世界最大的市场，未来很长一段时间都是，我们也不能“不把豆包当干粮”，把最大的市场拱手让人，自己辛辛苦苦到海外去开拓，还未必有胜算。

（刊发于 2022 年 8 月 19 日企业版）

“一体化压铸”为何受追捧

“公司是否有汽车相关的一体化压铸项目？”“公司是否计划布局汽车一体化压铸工艺？”最近一段时间，有超过20家上市企业被投资者问到这些问题。与此相对应，合力科技、铭科精技、文灿股份等一体化压铸概念股涨势强劲，股价甚至创出历史新高，引发热议。

一体化压铸概念股之所以受到各路资本追捧，原因在于全球车企加快了对一体化压铸技术的应用。传统汽车生产制造由冲压、焊装、涂装、总装四大工艺组成。其中，冲压就是将金属板材压制成车身所需的各个组成部件，而一体化压铸则把冲压与焊装改为压铸，前两步合成一步，直接铸造出大部件。这不仅改变了冲焊涂装的汽车生产制造工艺，更是从思维上对传统造车方式的改造。

虽然福特F150的制造就曾采用一体化压铸技术，但业界公认真正引领这一变革的是特斯拉Model Y的量产事件。最先采用该技术的Model Y后车架原本由70个零件冲压、焊接而成，一体化压铸则把它变成了一个零部件。零部件的“七十合一”不仅可以让车身轻量化，节省成本，提高效率，缩短供应链，而且整车的制造时间和运输时间，以及所需的人工和机器人均大幅度减少。特斯拉官方称，一体化压铸技术至少给Model Y节省20%的制造成本，这不是一个小数目。

同时，一体化压铸技术让回收再利用变得更加简单高效。铝合金代替钢材用于车身的一个缺点是碳排放，从矿山到金属原料，铝的碳排放大约是钢材的4倍左右。但铝合金大铸件会让回收利用变得简单高效，从而提升回收利用率，在全生命周期降低碳排放。

长期以来，业界在设计汽车的生产制造设备和工艺时，先考虑的常常是市场上的条件能力，如设备的最大吨位是多少、能压铸的最大零件有多大，再进行设计和生产。此次特斯拉则是反过来，采用极限思维，零部件能做多大、能实现效果最优，就做多大，再反推生产制造该零件需要什么样的设备、工装和材料，然后全力和相关工装设备供应商一起开发新设备、匹配的模具和材料，开发全新工艺。这种新思路很有颠覆性，极大促进了产业革新和创造。从这一角度来看，有人将一体化压铸誉为“汽车制造革命”，似乎也不为过。

在这一新的生产理念引领下，去年蔚来汽车宣布成功验证开发了可用于制造大型压铸件的免热处理材料。这是中国车企首次验证该种材料并将其应用于大型结构件。今年，蔚来ES7已开始应用一体化压铸新技术。小鹏汽车则表示，未来将在武汉工厂建立新的一体化压铸工艺车间，同时引入超大型压铸岛及自动化生产线。此外，高合汽车、理想汽车以及大众、沃尔沃等海外车企也在竞相布局一体化压铸。

不过，也有人指出，尽管一体化压铸有助于破解车企提升效率与降低成本之间的难题，但其在应用中还面临不少挑战。一是前期生产设备投入高。技术的实现需要通过较大量产规模分摊模具、产线等成本。二是工艺限制。用铝合金做高压铸造，能够达到零件最小厚度存在限值，一般来说很难做到小于 3 毫米。三是运营管理难度大。工厂需要对整个模具进行热平衡管理，很可能要配 40 台控温设备，从而大幅增加耗能，同时生产现场的管理也面临考验。

此外，一体化压铸还面临维修难的问题。小零件破损了，更换容易，成本低，但一体化铸件如果发生破损，更换难度及成本都会大增。因此，一体化压铸技术的应用还需不断优化与提升。

（刊发于 2022 年 8 月 26 日企业版）

谈“去宁德时代化”为时尚早

日前，宁德时代分别与极氪、赛力斯签署5年长期战略合作协议。根据协议，极氪成为麒麟电池的全球量产首发品牌，极氪009为麒麟电池首发车型，而极氪001将成为全球首款搭载麒麟1000公里电池的车型。同时，麒麟电池将落地AITO问界系列新车型，AITO问界车型全面搭载宁德时代动力电池。这是对当前舆论场上“去宁德时代化”论调作出的有力回应。

近段时间以来，“去宁德时代化”在舆论场频繁响起。背后的套路是，一些社交媒体利用某车企自研动力电池，或者与新的电池企业签订合同的消息，进行曲意解读，制造好像所有车企都与宁德时代闹掰的错觉。互联网是个神奇的地方，有时不管真假，也无论对错，只要通过“碰瓷”特斯拉、宁德时代等明星企业，就能挑动大家的情绪，达到蹭流量、带节奏以及其他特定目的。

不可否认，继车企接连投资动力电池企业之后，越来越多车企开始自研电池。比如，长城、大众等均宣布建设电池工厂。特别是随着电池上游原材料涨价，出于稳定供应链的考虑，不少车企开始与更多的电池生产商建立合作关系。但也要看到，市场上这样的选择是相互的、动态的。一些车企在构建新的供应链时，也有新的车企在将宁德时代纳入自身供应链，以实现产业链和价值链提升。

出人意料的是，目前宁德时代全球的装机量不降反升。韩国市场机构 SNE Research 公布的最新数据显示，今年上半年宁德时代电池装机量为 70.9GWh（吉瓦时），同比增长 115.6%，不仅稳居世界第一，而且市场份额也从去年的 28.6% 提升到 34.8%。

宁德时代市场份额不降反升，得益于其领先实力和日益巩固的行业地位。经过多年创新发展，无论是从产品和技术，还是从规模和品牌看，宁德时代已成为当仁不让的全球动力电池霸主。以其最新发布的麒麟电池为例，不仅实现了续航、快充、安全、寿命、效率以及低温性能的全面提升，而且各种技术参数标注着全球动力电池技术的新高度。

回溯汽车产业发展历史，每一次汽车技术和产品的重要突破，都是整车和零部件企业共同创新的结果。一般而言，整车企业在技术集成上功不可没，但核心技术和关键零部件大都出自零部件企业，如汽油喷射、增压器、防抱死刹车等。在新能源汽车时代，汽车供应链面临重构，核心零部件不再是过去的发动机、变速箱，取而代之的是“三电”，显然这为宁德时代的崛起提供了机会。也正是有了以宁德时代为代表的动力电池企业的快速崛起，中国新能源汽车才有了今天领先世界和蓬勃向上的动力。

还要看到，尽管车企对于整车研发制造经验丰富，但动力电池研发和生产所牵涉的技术、人才和经验积累与整车研发制造差异巨大。动力电池在实验室做出来或许不是太难，最难的是在制造端。作为一种极致制造，动力电池生产不能引入任何杂质，否则就会有安全隐患。而从百万分之一的缺陷电池，跨越到十亿分之一的缺陷电池，这需要技术、工艺上的精进，绝非车企体系里的电池工厂短时间就能完成的。

以锂电池为代表的动力电池技术起源于欧美，之后日韩将锂电池产品化，中国则实现了锂电池工业化成熟应用。如今的动力电池世界，用中日韩“三足鼎立”已经不足以概括，中国“独占鳌头”或许更加准确。客观地讲，引领中国动力电池进入国际供应链体系，实现集体超越的，正是“宁王”。因此，现在说“去宁德时代化”，要么是不负责任，要么是别有用心。

（刊发于 2022 年 9 月 2 日企业版）

无须过度解读巴菲特减持比亚迪

近一段时间，关于巴菲特减持比亚迪股份的议论关注度高。港交所网站显示，9 月 1 日，巴菲特旗下的伯克希尔·哈撒韦公司减持 171.6 万股比亚迪股份 H 股，平均减持价格为每股 262.72 港元，减持后持股比例从 19.02% 下降至 18.87%。自 8 月 24 日以来，伯克希尔共减持 1157.9 万股比亚迪股份。而比亚迪的股价也在巴菲特两次减持之后大幅下跌。

在持有比亚迪 H 股长达 14 年之后，巴菲特的“突然减持”一度冲上热搜。巴菲特“落袋为安论”、比亚迪“估值泡沫论”等各种猜测和说法不一。笔者以为，没必要过度解读。

巴菲特是在 2008 年以每股 8 港元价格，通过投资的旗下附属公司认购 2.25 亿股比亚迪 H 股的。随着股价上涨，目前这部分股票市值已超过 600 亿港元。在投资回报高达 30 多倍的背景下，抛售部分股票实乃正常。更何况巴菲特此次并不是清仓比亚迪，减持股份占比也较小，仍然为比亚迪的第二大股东。因此，在巴菲特本人没有就减持作表态之前，过度解读或许只是某些人一厢情愿的臆想，说明不了什么。

巴菲特是颇有战略眼光、令人尊敬的投资者。多年来，巴菲特通过价值投资，坚持长期主义，选择优秀管理团队等，不仅创造了很好的投资业绩，而且成为全球资本市场投资风向标。即便如此，我们也没必要就此神话巴菲特。毕竟这里既有时代的机遇，也有坚守的定力。事实上，巴菲特减持与否，并不能完全决定某企业的股价走势。比如富国银行、沃尔玛和宝洁在巴菲特减持后，股价均出现快速上涨。

不少人将此次巴菲特减持比亚迪股份与当年清仓中石油相提并论。从 2003 年起，巴菲特以 1.4 港元价格买入中石油股票，当 2007 年 5 月中石油股票高涨的时候，他开始卖出。虽然中石油港股后来曾达到 19 港元左右，但目前股价长期徘徊在 3.6 港元附近，而巴菲特以 13 港元的均价套现离场，不仅赚得盆满钵满，而且再次证明了其在资本市场上的先见之明和“不赚最后一个铜板”的定力。问题是，观察和思考事情时不能用简单化思维，刻舟求剑。在时间、环境和条件发生变化后，中石油和比亚迪已不具备可比性。这里还要考量传统能源领域和新能源领域这两个行业发展的大格局。

在“双碳”背景下，新能源汽车已成为全球汽车产业转型升级、绿色发展的主要方向，这并不以巴菲特是否减持比亚迪股份为转移。要看到，当前新能源汽车正在进入大众快速普及阶段，市场渗透率还有较大提升空间，与之相伴的绿电、储能、电池、充电桩、智能化、新材料等都在迎来几何级增长。可以说，新能源赛道坡长雪厚，发展潜力和投资价值巨大。当然，资本市场短期涨多了，调整一下也很正常。但是从长期来看，偶尔的波动难改产业发展大势。

目前，比亚迪股价已处于历史高位，看起来给人一定泡沫的感觉。毕竟长期以来，比亚迪“增收不增利”，业绩远不如吉利、长安等自主品牌。但最新发布的半年报显示，今年上半年，比亚迪实现营业收入 1506.07 亿元，同比增长 65.71%；实现归母净利润 35.95

亿元，同比增长 206.35%。这一成绩不仅创下新高，并且净利润已超过去年全年。亮点还在于，随着整车销量高速增长、比亚迪电池上量，未来比亚迪的业绩还将处于高速增长阶段。这无疑有利于稀释比亚迪曾经的估值泡沫，增厚比亚迪在资本市场的投资价值。

退一步讲，就算巴菲特真的清空了比亚迪 H 股，也并不代表比亚迪就不行了，更不代表新能源汽车没有未来了。毕竟，资本市场没有只涨不跌的股票，即使再优秀的公司，股价涨多了会出现回调，股价跌多了也会上涨。事实上，比亚迪的投资核心价值从来都不决定于巴菲特的买与卖，而是其自身业务的成长性及技术的引领力。

（刊发于 2022 年 9 月 9 日企业版）

加快推动国产操作系统“上车”

“在功能产品向智能产品转换过程中，如果没有操作系统，芯片再强，汽车做得再好，都是在沙滩上起高楼。如果‘缺芯少魂’问题不解决，我们走不快，也走不远。”在第四届全球新能源与智能汽车供应链创新大会上，全国政协经济委员会副主任苗圩的发言一度刷屏。

随着新能源整车的电子电气架构由分布式向集中式发展，汽车软件也从过去以嵌入式软件开发为主，向全栈式软件开发演进。作为连接和统一管理硬件、软件及用户的核心枢纽，车用操作系统被称为智能电动汽车的灵魂，重要性越发凸显。

按照《车用操作系统标准体系》划分，汽车操作系统分为两类，分别是车控操作系统和车载操作系统。车控操作系统主要面向经典车辆控制领域，包括安全车控操作系统和智能驾驶操作系统；车载操作系统主要面向信息娱乐和智能座舱领域。

车用操作系统涉及产业安全。用户信息、地理位置等关键信息数据可以通过后门植入等手段轻易获取。如果我国不能实现车用操作系统的自主可控，将会面临极大的数据安全、网络安全、个人信息安全隐患，甚至威胁国家安全。而且，国产车用操作系统缺失会导致汽车产业被“卡脖子”，存在供应链断供、产业被锁定在低端、制约应用软件迭代等风险。

与此同时，通过打造自主可控的操作系统，可以实现硬件和软件的解耦。一个操作系统可以适配若干异构芯片，就像计算机的外围设备，即插即用。可以说，发展好操作系统，可在一定程度上解决我国芯片先进制程发展受阻难题。

问题在于，虽然我国新能源汽车保有量已超千万辆，但国内大多数车企使用的仍是安卓系统。在个人计算机时代，操作系统被 Windows 垄断；智能手机领域，则为安卓和 iOS 两大系统。iOS 由苹果公司开发，相对封闭；安卓系统由谷歌公司开发，虽然是开源的，但在安全性、实时性和稳定性方面仍存在一定风险。因此，加快建立一套自主可控的车用操作系统已成当务之急。

车用操作系统不仅是车辆设计的基础，也是决定汽车智能化的关键。有能力的车企自己研发操作系统必须鼓励，但也要看到，成功研发操作系统的难度不在于能不能做，而是在于能不能形成生态。由于用户量的关系，车企很难形成自己的生态。即使是全球最大的车企，每年新车销售超千万辆，但这个量级对于互联网而言，还是小巫见大巫。如果头部整车企业、软件企业和芯片企业，通过市场化手段实现强强联合，或许更有利于车用操作系统产业链上下游贯通互联和相关行业的协同互动，加快建设开放的应用生态。

加快国产操作系统“上车”还需要政企协同。国产车用操作系统发展如何迈过产业化门槛，关键在于加快解决“缺乏装车机会”问题。车企要敢于且主动选用国产车用操作系统，在提升产品竞争力的同时，给国内操作系统以技术迭代升级的机会。政府层面，则要充分发挥政策引导作用和集中力量办大事的体制优势，积极推动芯片和操作系统企业深度合作、联合攻关，开放整合资源，优先解决产品有无问题。同时，应当尽快构建智能网联汽车操作系统标准体系，建立完善操作系统检测认证体系，充分发挥标准的引领作用。

当前，全球车用操作系统还没有发展成熟，没有一个可以直接长期应用的版本。可以说，智能汽车发展格局未定。通过 3 年至 5 年的努力，我们完全有可能打造一个自主可控、开源开放的操作系统，形成我国引领未来汽车产业发展的新格局。毕竟，中国汽车产销量占全球的三分之一，智能汽车和新能源汽车则占全球的一半以上，如此超大规模市场正是孕育创新的最佳载体。

（刊发于 2022 年 9 月 16 日企业版）

多方协同阻击“锂超疯”

“锂超疯”卷土重来。澳大利亚皮尔巴拉矿业公司20日举行了年内第六次、历史上第九次锂精矿拍卖，最终成交离岸价为每吨6988美元，较上次拍卖价格上涨10%左右，创出新高。皮尔巴拉的拍卖价格是全球锂精矿风向标，受此影响，这几日国内电池级碳酸锂价格频繁刷新纪录。

今年3月，上海钢联统计的电池级碳酸锂均价涨至每吨50.4万元。此价格经过1个月震荡回落，稳定于每吨46万多元。时隔半年，现货市场电池级碳酸锂成交价重返每吨50万元以上，并突破前期高点，令行业保供稳价压力大增。

锂精矿是生产锂盐的重要原材料。锂盐产品主要包括碳酸锂和氢氧化锂，前者主要用于磷酸铁锂、钴酸锂以及部分三元正极材料，后者主要用于高镍三元正极材料生产。上游锂精矿和锂盐价格居高不下，让产业中游电池企业和下游整车企业苦不堪言。广汽集团和宁德时代高管在世界动力电池大会上的“打工论”，就是其困境的折射，值得反思。

关于锂价不断攀高的原因，市面上不缺分析。有人说，8月份国内锂盐主要生产区域四川省遭遇“限电”，产能大幅下挫；也有人说，是需求端电池产能提升速度比供给端的矿山和盐湖开采与提锂进展更快，导致供需阶段性错配；还有人说，国内并不掌握锂及相关大宗商品的话语权，目前价格被国际炒家带了节奏。

同时，锂资源价格趋势性上涨，卖家惜卖、买家囤货、中间商囤积居奇等，都可能导致真正的供给偏紧；而新能源汽车市场大爆发，似乎也在印证市场认为供给不足的判断，从而引发锂价格易涨难跌。

不管具体原因如何，如果不能保证各个环节有利润可图，产业链就难言稳定和安全，更谈不上健康。然而，最新的市场信息显示，由于新能源汽车消费强劲和储能市场扩容，当前电池企业均有赶工意愿，这将加大锂盐消耗，而各大厂家此前计划中的锂盐新产能多集中在年底投产，明年产能才能真正上量。这意味着，短期内电池供应商和新能源汽车企业的压力很难得到缓解。面对当前新能源的高景气度和市场复杂状况，要想让锂价稳定运行在合理区间，需从供给、需求和回收及监管等方面发力。

从供给侧来说，一方面要加快国内锂资源开发进度，另一方面要帮助国内企业稳步拓展国外原材料开采与供应渠道。从需求侧来说，要加强新能源汽车产业链上下游供需对接，引导上下游企业通过签订长协等方式建立利益长期共享的协作关系，对冲上下游暴涨暴跌的风险。从回收链来说，要鼓励企业加大退役电池柔性拆解、高效再生利用等关键技术的攻关和推广，探索形成“梯次电池以租代售”“废料换原材料”等一批新型商业模式，提高资源循环高效利用水平。当然，常态化的监管也必不可少。相关部门对中间商囤积居奇、高价炒作现象要发现一起查处一起，绝不能手软。

随着新一轮科技革命和产业变革加速演进，汽车产品的动力正由内燃机转向电力驱动，锂电池已成为当前新能源汽车的主要动力源。不过，在新能源汽车多条技术路线博弈，固态电池、钠电池、氢燃料等各种新品层出不穷的当下，需要反复追问的是，将来会不会有更好的动力源取代锂电池？如果有，锂电池可能只是众多工业产品中的过客而已；如果没有，我们更应将锂作为能源金属的价值对其高看一眼，从战略上做好顶层设计、产业布局和发展规划，不仅要加快建设相对稳定的供应体系，还要争取国际定价权。

（刊发于 2022 年 9 月 23 日企业版）

“两桶油”入局换电赛道有看点

由中国石油、中国石化、宁德时代、上汽集团和上海国际汽车城共同投资的上海捷能智电新能源科技有限公司日前成立。据报道，新公司注册资金40亿元，将以动力电池租赁业务为核心，开展换电技术研发推广、电池运营管理、大数据服务等，构建车电分离完整生态，打造标准化平台，为新能源车主带来更安全可靠、方便快捷的优质出行体验。这是“两桶油”首次自掏腰包，以合资的方式入局新能源汽车换电赛道。消息一经发布，就引发行业关注。

与充电模式相比，换电模式具有补能速度快、延长电池寿命、减少电网冲击、提升二手车残值等优势。截至今年8月底，我国累计充电设施数量为432万个，而换电站仅有1600多座。当前新能源汽车主要通过充电来补能。就连曾经试水的特斯拉也早已放弃换电模式，坚信“充电模式才是大规模民用电动车最好的补能方式”。

回溯换电模式的历史，绕不过的是世界首家换电运营公司Better Place。因为创新地打造了电动车换电补能解决方案，Better Place一度成为新能源领域弄潮儿，前后共融资8.5亿美元，估值达到22.5亿美元。Better Place曾来到中国，先与奇瑞汽车达成合作开发量产版换电车型应用方案，后又与南方电网就换电模式签订战略合作协议，并在广州设立换电站及体验中心。其换电业务先后覆盖多个国家。令人大跌眼镜的是，运营数年后，2013 年 5 月 26 日 Better Place 却以破产清算的方式淡出了大众视野。

反思这家公司失败的原因，不少人认为，无关技术，而是商业模式、产业政策、行业生态等多方面综合博弈的结果。换电站建设成本高，包含换电设备、备用电池、场地租赁和运营费等。而为了支撑换电车辆的正常运转，需建立多座换电站形成换电网络，同时市场上还要有足够数量的换电车辆来支撑换电站运营。总之，如果没有一定的规模和效率，换电站是很难实现盈利的，最终也难逃出局的命运。

问题在于，换电模式要想获得市场认可，得有统一的电池和换电标准。比较而言，当前各大车企充电接口标准已基本统一，而换电模式补能涉及的标准就复杂得多。比如，电池容量标准、电池包尺寸、电池组种类以及换电连接，每一项都是考验。倘若各家企业的电池标准、换电站标准不统一，既容易造成重复建设，又会导致使用效率低，形成恶性循环。

退一步讲，即使标准统一，换电站还需要确保数据安全和商业机密。一般来说，汽车级的电池管理系统采用 CAN 通信，但目前每个厂家的通信协议并不公开，也不一致。一旦电池可以兼容共享，这意味着车企要把相关参数交到他人手中，车企对此能否放心，恐怕也要画个问号。

也正是这些标准和安全难题横亘在赛道上，让换电模式短时间内难以大面积推广。虽然蔚来以一己之力建设了上千座换电站，用高额的成本硬生生地把换电体验推了上去，但毕竟针对的是单一品牌。对于当前我国超千万辆新能源汽车保有量来说，还需要更多的玩家携起手来，推动标准统一，加速网点布局，打造更多换电车型，实现全行业在换电模式上的破局。

此次“两桶油”和“宁王”与上汽集团联手，舆论展开了充分的想象。倘若依托“两桶油”现有加油站铺开换电网点，“宁王”确保电池有更强续航能力，上汽集团提供旗下多款车型，换电规模与效率有望提升，能尽快跑通商业模式，倒也不辜负人们对其“换电天团”的美称。也许从此蔚来喊出的“加电比加油方便”在行业就不再被认为是个笑话。

（刊发于 2022 年 9 月 30 日企业版）

充电桩要建更要管

“充电一小时，排队数小时”，每到节假日，总有不少电动车主在高速服务区遭遇充电排长队的尴尬。虽然这只是充电需求在特定时间段的矛盾，但这些特殊经历经社交媒体渲染后，常常会放大新能源汽车补能焦虑，引发舆论“加快充电桩建设，降低车桩比”的呼吁。

所谓车桩比，指的是新能源汽车和充电桩数量的比例。长期以来，车桩比在人们眼中都是衡量能否满足新能源汽车充电需求的重要指标。比值越低，意味着充电桩的供给越充分，充电也更加便利。自我国新能源汽车产业起步以来，不断降低车桩比就成了产业共同追求的方向。

应该说，去年之前我国车桩比是逐年下降的。然而，随着这两年新能源汽车销量的暴增，车桩比又开始拉大。中国电动汽车充电基础设施促进联盟发布的数据显示，截至今年 8 月底，全国充电基础设施累计数量为 431.5 万台，而新能源汽车保有量为 1099 万辆。这意味着，车桩比为 2.5：1，远未达到 1:1，即一辆新能源车配备一台充电桩的目标。

这个现在被广泛提及的比例目标，源自 2015 年国家发展改革委等 4 部门联合印发的《电动汽车充电基础设施发展指南》。不过，在我看来，这一车桩比目标是根据当时技术发展情况进行测算的，眼下不必纠结于此，更重要的是加强充电桩的合理布局与使用效率提升。

理论上讲，新能源车主对于充电网络建设的满意度应与车桩比的降低成正比。但从实践来看，车桩比并不是解决“补能焦虑”的唯一度量衡，新能源汽车应用“最后 1 公里”，远比 1:1 的车桩比复杂得多。

比如，在一些高速公路服务区，有些充电桩因为遭受不同程度的损毁，早已成为故障桩。在不少城市，有些充电桩无电源接入，有些充电桩出现问题联系不到服务商，网友笑称“充电装”。还有些充电桩虽然能用，但使用效率并不高。据 2021 年度《中国主要城市充电基础设施监测报告》，全国 25 座大型城市中有 22 座城市，单个公用充电桩的平均时间利用率不足 10%。

之所以会出现如此现象，存在一定客观原因。早些年，曾是风口的充电桩行业吸引了不少企业跑马圈地，尽管企业建设了充电站，但没有达到预期盈利目标，最终放弃了运营。此外，也有充电网点布局不合理、维护不到位的问题。

事实上，充电桩布局是否合理、运营效率能否满足用户需要，才是真正影响充电桩使用体验的关键点。与一些商品不同的是，充电桩既有商业利益诉求，又有公共服务的属性。如果布局不合理，不仅体现不出充电桩的公共属性，还会造成资源浪费。因此，相关部门在充电桩规划布局中，有必要结合大数据技术进行综合分析，做好“在哪建”和“建多少”的功课。

加强新型充电技术研发，提高充电服务的数字化和智能化水平，也有利于提高充电效率，优化充电资源配置。当前，各大企业在竞相开发超大功率充电技术，部分已产业化。如果这一技术得以更大规模应用，一方面可以大大降低充电桩的数量需求，车桩比就不用非得达到所谓的1:1；另一方面，还可通过推动产业升级，更好地提升用户充电体验。

此外，还应当建立起有效的监管体系。对企业来说，不仅需要建立起日常充电桩的维护运营机制，及时在数据平台进行更新，为车主提供有效的充电桩信息，更要合理分配运维人员，对使用频率高、损坏率高的充电桩提高检查频次，拆除一些长期闲置或难以维修的充电桩，减少不必要的维护成本，提高运营质量和效率。就监管部门来说，则要通过不定期巡查，对充电桩产品质量和实际使用进行监督，让充电桩“有人建，没人管”的问题得到有效解决。

（刊发于2022年10月7日企业版）

百分之五十的跨越意义非凡

中国汽车工业协会公布的最新数据显示，9月份，中国品牌乘用车销售116.6万辆，市场份额上升至50%。这是中国品牌乘用车在本土市场占有率首次真正意义上与外资品牌“平分秋色”，标志着中国品牌乘用车市场竞争力实现了新的跨越。

之所以强调“真正意义上”，是因为中国品牌乘用车份额曾于前年2月份和今年4月份超越过50%。其中，今年4月份中国品牌乘用车曾以55.1万辆的销量，达到过57%的市场份额。不过，由于受新冠肺炎疫情影响，当时汽车业重镇上海、长春等地产业链供应链受阻，而这两地也是我国不少头部合资、外资品牌大本营。因此，最终统计的数据具有一定特殊性，而9月份的数据则具有普遍代表性。

市场份额不仅是企业赖以生存的基本前提，也是企业规模体量的直观体现，最能表征一国汽车产业的强弱。长期以来，中国品牌乘用车市场份额在40%上下徘徊。突破50%这条分界线，意味着中国品牌乘用车开始真正走强。试想，如果一国品牌在本土市场都不能占据一半的份额，又何谈拥有全球竞争力。

有人会问，把商用车与乘用车加起来算，我们的市场份额不早就超过50%的分界线吗？此话不假，问题是造商用车的技术水平和影响力难以与乘用车比肩。“做卡车是小学水平，做轻型车是中学水平，做乘用车才是大学水平”，这在汽车界已成共识。因此，汽车产业竞争力的比较，不是做一道“加法题”那么简单。

跨越50%的分界线，业内不缺分析。有人说，是因为中国品牌乘用车全面推动品牌向上，进一步缩小了与国外优势汽车企业之间的差距；也有人说，主要源于中国品牌对中国汽车消费市场的精准把握，以及依托本土供应链获得了一定优势。但我以为，更重要的是，得益于国家对新能源汽车产业发展的前瞻性布局和中国品牌企业在新能源汽车这条新赛道上的创新精进。

在全球新能源汽车起步阶段，我国就将其列入战略性新兴产业，从顶层设计、技术创新、标准体系、财税政策等各方面加以引导和扶持，为新能源汽车发展营造了良好环境。而中国品牌企业紧抓新一轮科技革命和产业变革所带来的电动化和智能化机遇，围绕市场新需求，通过创新驱动，推出了一系列创新的产品和服务。

数字最有说服力。今年9月份，我国新能源汽车产销量再创历史新高。其中，中国品牌在新能源乘用车总销量中占比约八成，处于绝对领先优势。“油车BBA，电动蔚小理、特斯拉、比亚迪。”社交媒体上这样的评论，就是当前新能源汽车市场消费者心态的真实折射。

与中国品牌乘用车市场份额同步跨越的还有海外出口。9月份，我国汽车企业出口30.1万辆，连续两个月超过30万辆。今年前9个月，我国汽车企业出口211.7万辆，同比增长55.5%。出口总量已超过德国，仅次于日本。其中，新能源汽车出口量在出口总量中提升最快，占比越来越高。

更令人振奋的是，新能源汽车的出口实现了价稳质优的提升。

据乘联会统计，中国汽车出口均价从 3 年前的 1.29 万美元，达到今年 8 月份的 1.89 万美元。其中，电动车出口均价 2.58 万美元。而本月蔚来汽车进入欧洲四国，特别是进入德国这一世界汽车强国，更彰显出中国汽车品牌的实力。

习近平总书记强调，“发展新能源汽车是我国从汽车大国迈向汽车强国的必由之路。”这个 50% 的跨越，就是我们从大变强的关键一跃，意义非凡。只要我们保持在新能源汽车赛道上的战略定力，不断跨越更高的山峰，汽车强国就不是梦！

（刊发于 2022 年 10 月 14 日企业版）

进退之间说神龙

最近汽车圈两条新闻，形成鲜明对比。

一条是宝马集团将停止在英国牛津工厂生产 MINI 电动车型，并计划在明年年底前把该生产线转移到中国，明确由与长城汽车合作的光束汽车工厂负责生产。

另一条是在 10 月 17 日巴黎车展上，Stellantis 集团 CEO 唐唯实表示正考虑为标致雪铁龙等旗下品牌在中国实施“轻资产”战略，“如果我们推进现在采取的战略，那么我们就不需要在中国设厂，公司可以将其欧美工厂制造的汽车出口到中国，就像 Jeep 和阿尔法·罗密欧”。

同样是面对中国市场，不同企业的两种态度和言行，引发了舆论热烈讨论。

宝马 MINI 产能从英国迁移中国不难理解。从供应链来看，经过多年精心培育，当前我国不仅拥有大批有竞争力的新能源车型，而且构建起完整、具有全球成本优势的电动车产业链。

从销量上来看，虽然去年宝马 MINI 在中国销量不如英国多，但这也意味着更大的潜力，毕竟中国超大规模市场优势明显。凭借自身品牌魅力和日益高涨的电动车消费浪潮，宝马 MINI 在中国市场销量翻个番并非难事。

至于唐唯实的“退出论”，争议则较大。不少人猜测是唐唯实在向东风汽车公司“施压”。毕竟目前是 Stellantis 和东风就神龙汽车未来发展进行谈判的关键期。也有人愤愤不平，指责唐唯实“退出中国市场”的言论是为自身经营不善“甩锅”。

究竟是“施压”，还是“甩锅”？姑且不论。需要指出的是，随着乘用车股比全面放开，汽车产业变革加剧，当前神龙的确到了双方股东直面现实、奋力改变的时候。

按照神龙发布的数据，截至 10 月 16 日，今年累计销量 10.06 万辆。尽管这一数字已超过去年全年总和，实现连续 23 个月同比正增长，但这不意味着危机已解除。

“起个大早，赶个晚集”，是人们对神龙的普遍印象。作为东风与法国标致雪铁龙集团早在 1992 年就已成立的乘用车合资企业，神龙一路走得磕磕绊绊。对外，远不如晚其成立的一汽 - 大众，对内则不如同门兄弟东风日产和东风本田。虽然 2015 年神龙汽车年销量曾突破 70 万辆，但很快就跌入年销量只有 5 万多辆的低谷，至今还在亏损的泥潭中挣扎。

神龙断崖式下跌的原因颇为复杂，既有中法双方企业管理层经营观念的冲突，也有产品不能适应中国市场和消费者需求变化的因素，还有产品定价不接地气的营销失误。虽然作为中方股东的东风竭力想让神龙重回赛道，但就目前情况而言，神龙想靠燃油车重回主流合资阵营基本没有可能。

要看到，随着新能源汽车市场渗透率快速提升，整个燃油车市场都在萎缩。而在自主品牌快速崛起的背景下，大部分合资品牌能守住当前市场份额已实属不易。在新能源这条新赛道上，神龙有所尝试，先后推出富康 ES500 和富康 ES600 两款车型，但市场表现不及预期。总之，现在还难以看到神龙在新赛道上腾飞的潜质和实力。

“明者因时而变，知者随事而制”。过去5年，神龙汽车给双方母公司造成的利润损失高达数十亿元。与其无望地耗下去，不如及早抽身。这或许才是Stellantis集团不愿意再耗费资金和精力的根本原因。不过，Stellantis“不在中国设厂”，对东风未必就是坏事。面对产业变革和企业变局，通过股比调整，拿回经营主导权，神龙何尝不是在给自己一次绝地求生的机会呢？毕竟中国有全球最大汽车市场。

（刊发于2022年10月28日企业版）

后　记

日月经天，江河行地。

不知不觉，《忠阳车评》已开栏两年，成文百余篇。这些评论既有我对汽车产业百年未有大变局的观察与思考，也有作为一名媒体人对移动互联网时代记者职业的新理解与新追求。

面对产业大变局和舆论场众声喧哗，作为中央党报、经济大报记者，不应只是一名记录者，更应是一名思想者。感谢经济日报编委会提供了这样一个机会，在经济日报开设《忠阳车评》专栏，让我能够围绕汽车产业，从政策信号、行业变化、企业经营，以及消费者关注的新闻事件、热点话题、社会现象等方面，进行深入观察和理性思考，通过长期稳定的观点输出和价值传递，孜孜以求地推动行业进步。特别是在面对产业重大争议时，能及时发声，做舆论的压舱石和稳定器。

评论是媒体的旗帜和灵魂。旗帜代表着方向，灵魂代表着思想。在信息海量且高度同质化、思维碎片且情绪化表达泛滥的网络时代，如何在专业的基础分析和判断之上提高观点的穿透力和引领力，提升思想的高站位和大格局，用真知冲击成见、用洞见唤醒光明、用共识推动进步？我在写作中做了一些努力和探索：一是坚持专业理念与通俗表达；二是坚持观点出新与事实求真；三是坚持宏观思维与微观解剖；四是坚持问题意识与建设心态；五是坚持历史眼光与前瞻预测。

欣慰的是这些努力和探索没有白费，不少专栏文章刊发后，经过网络和社交媒体平台转发，屡上热搜，成为刷屏和破圈之作。包括“盖楼式”造车、埃安“反向输出”、上汽“灵魂论”、小鹏“停产论”、禁燃不宜“一刀切”等定义和论述，已成为产业独特的记忆标识。

文字是有力量的。也许在直观感受方面，文字呈现远不如视频鲜活，但其背后隐含着理性和深思。与直观形象直接袭击我们的视网膜不同，文字阅读是一种精神上的思考，绽放着思想的光芒与气质。

最后，再次感谢报社编委会，特别是庆东社长，没有他的关心鼓励，就没有专栏的坚持和本书的顺利出版。借此书出版之际，我还要感谢徐涵、王智、姜范等同事和专栏全体编辑，以及给予我鼓励的报社同仁。由于才疏学浅，书中尚存不足和遗漏之处，敬请读者朋友不吝批评指正。

杨忠阳

2022 年 11 月

图书在版编目（CIP）数据

忠阳车评 / 杨忠阳著．-- 北京：经济日报出版社，
2022.12
ISBN 978-7-5196-1211-5

Ⅰ．①忠… Ⅱ．①杨… Ⅲ．①新闻报道-作品集-中
国-当代 Ⅳ．①I253

中国版本图书馆 CIP 数据核字（2022）第 210281 号

忠阳车评

作　　者	杨忠阳
责任编辑	陈礼滟
助理编辑	王　真
责任校对	富雪莲
出版发行	经济日报出版社
地　　址	北京市西城区白纸坊东街 2 号 A 座综合楼 710（邮政编码：100054）
电　　话	010-63567684（总编室） 010-63584556（财经编辑部） 010-63567687（企业与企业家史编辑部） 010-63567683（经济与管理学术编辑部） 010-63538621　63567692（发行部）
网　　址	www.edpbook.com.cn
E-mail	edpbook@126.com
经　　销	全国新华书店
印　　刷	北京中科印刷有限公司
开　　本	710 毫米×1000 毫米　1/16
印　　张	19.25
字　　数	224 千字
版　　次	2022 年 12 月第 1 版
印　　次	2022 年 12 月第 1 次印刷
书　　号	ISBN 978-7-5196-1211-5
定　　价	58.00 元